WARRIORS

貓戰士

三力量

三部曲之V

暗夜長影

Long Shadows

艾琳・杭特 (Erin Hunter) 著
韓宜辰 譯

晨星出版

這本書要獻給傑米、戴娜、艾瑪，
由衷的謝謝你們。
特別感謝基立・鮑德卓

鼠鬚：灰白色公貓。

獅焰：琥珀色眼睛的金色虎斑公貓。

冬青葉：綠眼睛的黑色母貓。

煤心：灰色母虎斑貓。

罌粟霜：雜黃褐色的母貓。

蜜蕨：淺棕色母虎斑貓。

見習生　（六個月大以上的公貓，正在接受戰士訓練）

松鴉掌：藍色盲眼的灰色虎斑公貓。導師：葉池。

狐掌：毛色泛紅的公虎斑貓。導師：松鼠飛。

冰掌：白色母貓。導師：白翅。

貓后　（正在懷孕或照顧幼貓的母貓）

蕨雲：綠眼睛、身上有深色斑點的淺灰色母貓。

黛西：來自馬場的乳白色長毛母貓，她和蛛足生下小玫瑰（深乳色的母貓）和小蟾蜍（黑白相間的公貓）。

蜜妮：藍色眼睛，嬌小的銀灰色虎斑寵物貓，她和灰紋生下小薔（暗褐色母貓）、小蜂（淺灰色黑條紋公貓）、小花（背脊有深條紋的淺棕色母貓）。

長老　（退休的戰士和退位的貓后）

長尾：有暗黑色條紋的淺色公虎斑貓，因失明而提前退休。

鼠毛：嬌小的黑棕色母貓。

本集各族成員

雷族 *Thunderclan*

族長　火星：有火焰般毛色的薑黃色公貓。

副手　棘爪：琥珀色眼睛、暗棕色的公虎斑貓。

巫醫　葉池：琥珀色眼睛、白色腳掌、嬌小的淺褐色母虎斑貓。見習生：松鴉掌。

戰士　（公貓，以及沒有子女的母貓）

松鼠飛：綠色眼睛，暗薑黃色的母貓。見習生：狐掌。

塵皮：黑棕色的公虎斑貓。

沙暴：淡薑黃色的母貓。

雲尾：白色的長毛公貓。

蕨毛：金棕色的公虎斑貓。

刺爪：金棕色的公虎斑貓。

亮心：白色帶薑黃色斑點的母貓。

灰毛：深藍色眼睛，淺灰色帶深色斑點的公貓。

栗尾：琥珀色眼睛，雜黃褐色的母貓。

蛛足：琥珀色眼睛，四肢修長，下腹部棕色的黑色公貓。

白翅：綠色眼睛，白色母貓。見習生：冰掌。

樺落：淺棕色公虎斑貓。

灰紋：灰色的長毛公貓。

莓鼻：奶油色公貓。

榛尾：嬌小的灰白色母貓。

雪鳥：純白色母貓。

長老 杉心：暗灰色公貓。

高罌粟：有雙長腿、淡褐色的母虎斑貓。

風族 *Windclan*

族長 一星：棕色的公虎斑貓。

副手 灰足：灰色母貓。

巫醫 吠臉：短尾的棕色公貓。見習生：隼掌。

戰士 裂耳：公虎斑貓。

鴉羽：暗灰色公貓。見習生：石楠掌。

鴞鬚：亮棕色的公虎斑貓。

白尾：嬌小的白色母貓。見習生：風掌。

夜雲：黑色母貓。

豆尾：藍眼睛的淺灰白相間母貓。

鼬毛：有白掌的薑黃色公貓。

兔躍：棕白相間的公貓。

葉尾：琥珀色眼睛的深色公虎斑貓。

露珠：灰色母虎斑貓。

柳爪：灰色母貓。見習生：燕掌。

蟻皮：一耳是黑色的棕色公貓。

影族 *Shadowclan*

族長 **黑星**：白色大公貓，腳掌巨大黑亮。

副手 **枯毛**：暗薑黃色的母貓。

巫醫 **小雲**：非常嬌小的公虎斑貓。

戰士 **橡毛**：嬌小的棕色公貓。

花楸爪：薑黃色公貓。

煙足：黑色公貓。見習生：鴞掌。

藤尾：黑白褐三色母貓。

蟾蜍足：暗棕色公貓。

鴉霜：黑白色的公貓。見習生：橄欖掌。

毛球：虎斑母貓，全身長滿直挺挺的長毛。

鼠疤：棕色公貓，背上有長長一條疤紋。見習生：鼩鼱掌。

蛇尾：深棕色的公貓，有著虎斑條紋的尾巴。見習生：焦掌。

白水：白色長毛母貓，一眼是瞎的。見習生：紅掌。

見習生 **鴞掌**：淺棕色虎斑公貓。導師：煙足。

橄欖掌：玳瑁色母貓。導師：鴉霜。

鼩鼱掌：灰色母貓，腳是黑色的。導師：鼠疤。

焦掌：灰色公貓。導師：蛇尾。

紅掌：雜棕色和薑黃色相間的公貓。導師：白水。

貓后 **褐皮**：綠色眼睛，雜黃褐色母貓。

櫸毛：淺棕色公貓。

漣尾：暗灰色公虎斑貓。見習生：錦葵掌。

灰霧：淡灰色虎斑母貓。

曙花：淺灰色母貓。

斑鼻：身上有斑點的灰色母貓。

撲尾：黃白相間的公貓。

薄荷毛：淡灰色公虎斑貓。見習生：蕁麻掌。

獺心：深棕色母貓。見習生：噴嚏掌。

松毛：毛非常短的母虎斑貓。見習生：知更掌。

雨暴：藍灰色公貓。

暮毛：雜色斑點棕色母虎斑貓。見習生：銅掌。

見習生 柳光：綠眼睛的淺灰色虎斑母貓。導師：蛾翅。

鯉掌：琥珀色眼睛，暗灰色和白色相間的母貓。導師：鼠牙。

卵石掌：雜灰色公貓。導師：苔皮。

錦葵掌：淺棕色虎斑公貓。導師：漣尾。

蕁麻掌：深棕色虎斑公貓。導師：薄荷毛。

噴嚏掌：灰白相間的公貓。導師：獺心。

銅掌：深薑黃色母貓。導師：暮毛。

貓后 冰翅：藍眼睛的白貓，是小甲蟲、小刺、小花瓣和小草的母親。

長老 燕尾：暗色母虎斑貓。

石流：灰色公貓。

燼足：兩隻腳掌是黑色的灰色公貓。見習生：陽掌。

見習生 石楠掌：棕色虎斑母貓，石楠似的藍眼睛。導師：鴉羽。

風掌：黑色公貓。導師：白尾。

隼掌：雜色的灰色公貓。導師：吠臉。

燕掌：暗灰色母貓。導師：柳爪。

陽掌：玳瑁色母貓，額上有一大塊白色斑點。導師：燼足。

長老 晨花：很老的玳瑁貓貓后。

網足：暗灰色公虎斑貓。

河族 *Riverclan*

族長 豹星：帶有少見斑點的金色母虎斑貓。

副手 霧足：藍眼睛的暗灰色母貓。

巫醫 蛾翅：琥珀色眼睛、漂亮的金色母虎斑貓。見習生：柳光。

戰士 黑爪：煙黑色的公貓。

鼠牙：矮小的棕色公虎斑貓。見習生：鯉掌。

蘆葦鬚：黑色公貓。

苔皮：藍眼睛的雜黃褐色母貓。見習生：卵石掌。

族外的貓

索日：淡黃色眼睛，棕色和玳瑁色相間的長毛公貓。

其他動物

午夜：一隻懂占卜的母獾，住在海邊。

古代貓族

族長　**捲蕨**：琥珀色眼睛的深薑黃色虎斑公貓。

利爪　**碎影**：琥珀色眼睛、有白掌的纖細橙色母貓。

羞鹿：琥珀色眼睛的土褐色母貓。

輕風：藍眼睛的銀灰色母貓。

曙河：琥珀色眼睛的雜黃褐色母貓。

石歌：藍眼睛的深灰公虎斑貓。

暗鬚：大黑毛公貓。

追雲：藍眼睛的灰白色公貓。

鉤雷：琥珀色眼睛的黑白色公貓。

接受利爪訓練的貓

松鴉翅：藍眼睛的灰色公虎斑貓。

鴿羽：藍眼睛的淺灰色母貓。

半月：綠眼睛的白色母貓。

魚躍：琥珀色眼睛的褐色公虎斑貓。

貓后　**升月**：藍眼睛的灰白色母貓。

梟羽：黃眼睛、身材結實瘦小的褐色母貓。

長老　**雲日**：綠眼睛的淺橙色母貓。

奔馬：藍眼睛的深褐色公貓。

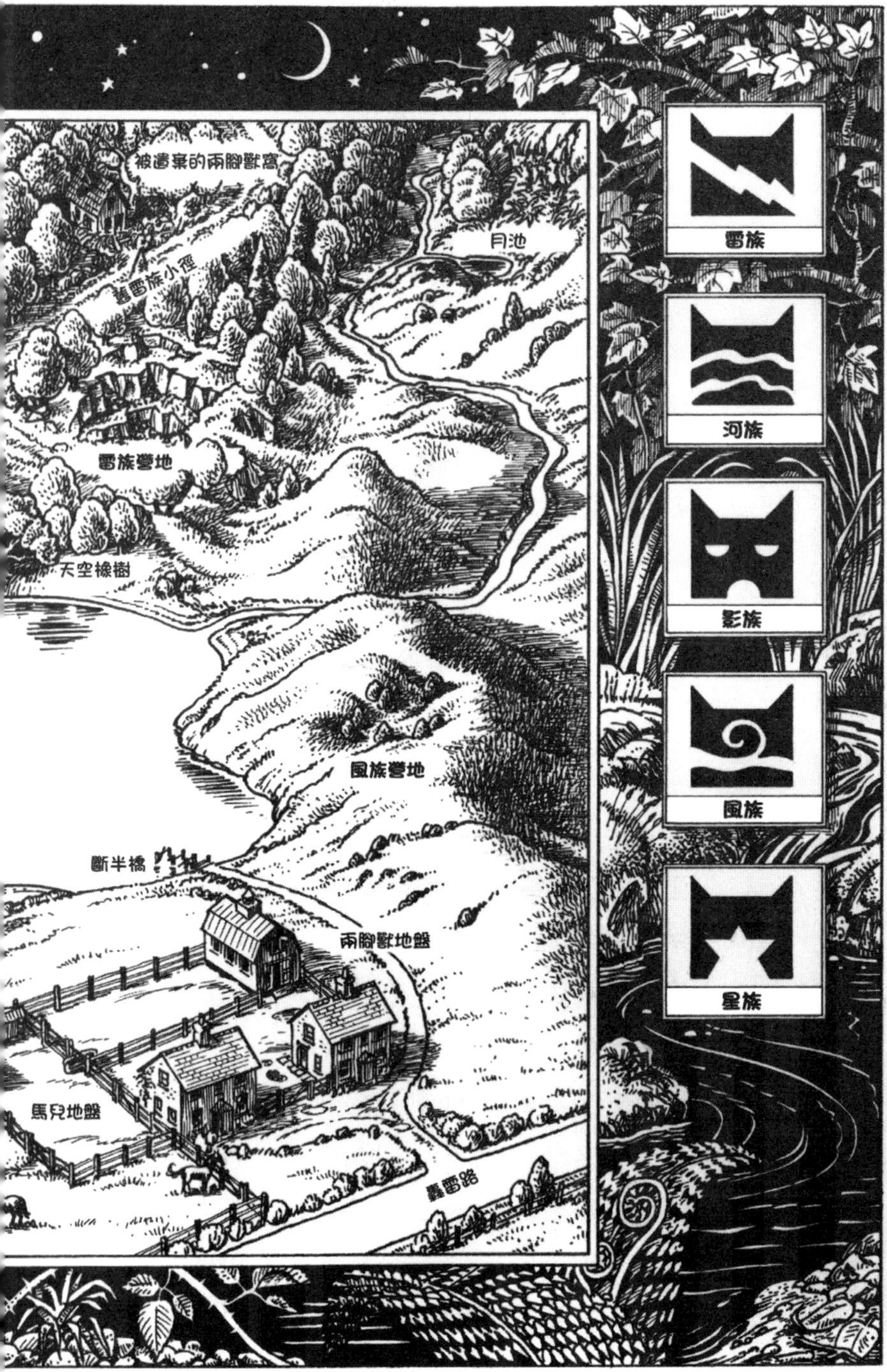
被遺棄的兩腳獸窩
月池
舊雷族小徑
雷族營地
天空橡樹
風族營地
斷半橋
兩腳獸地盤
馬兒地盤
轟雷路
雷族
河族
影族
風族
星族

綠葉
兩腳獸地盤
兩腳獸窩
空地
兩腳獸小徑
兩腳獸小徑
影族營地
半橋
小轟雷路
綠葉
兩腳獸地盤
湖
半橋
小河
小島
河族營地

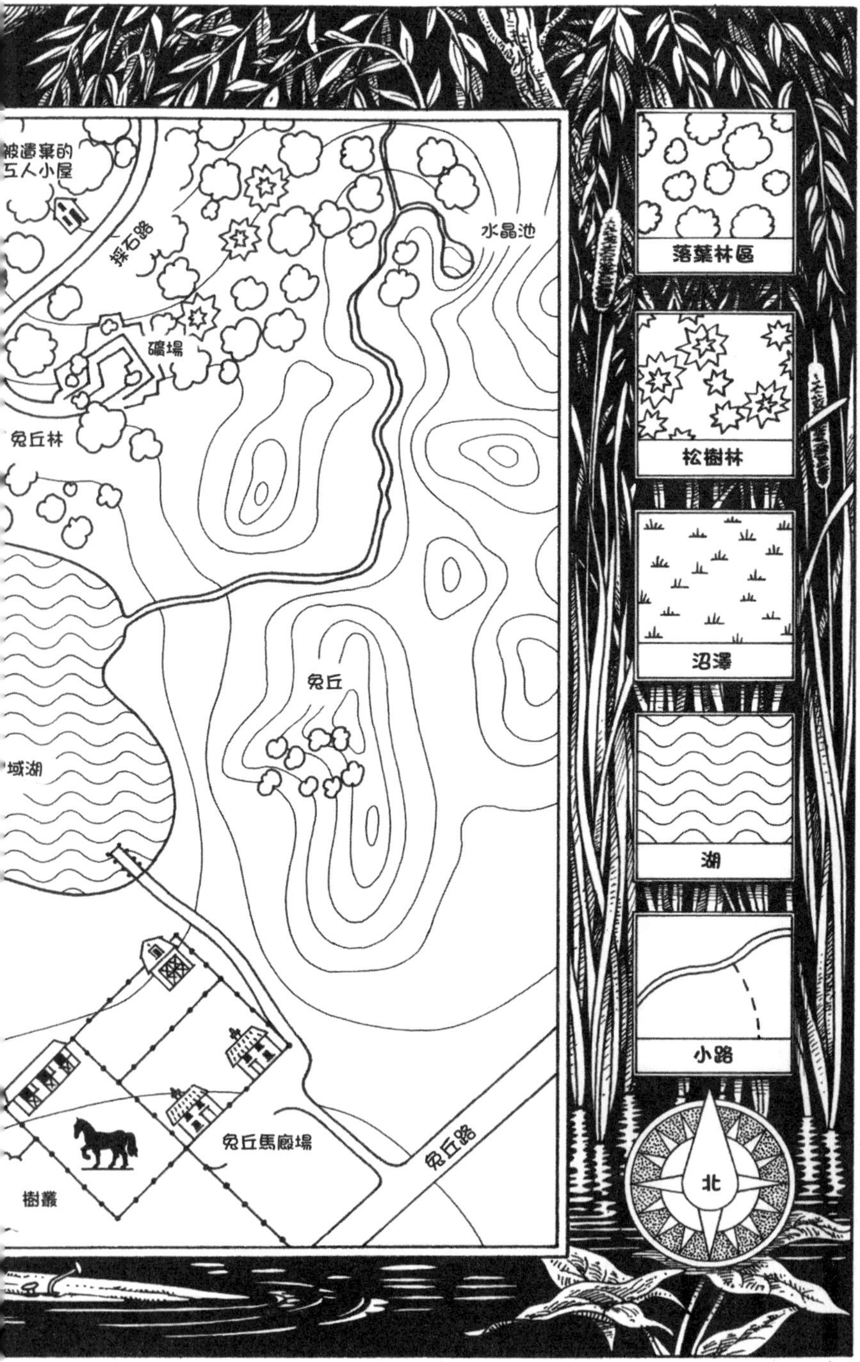
被遺棄的
人小屋
採石路
水晶池
礦場
兔丘林
兔丘
域湖
兔丘馬廄場
兔丘路
樹叢
落葉林區
松樹林
沼澤
湖
小路
北

觀兔露營區
聖域農場
塞德勒森林區
小松路
小松乘船中心
小松島
艾柏河
魏特高奇路

序章

風掃過荒涼的沼地，帶來一陣大雨。草溼答答的，溪水沖破了堤岸，積成一片水塘，雨水在水面上打出許多小泡泡。

一隻獾蜷伏在水塘邊，顯然對寒風冷雨無動於衷。好長一段時間她就這樣凝視著水面，彷佛能透視烏雲破碎的倒影，瞧見水面下的東西。然後她抬起頭，看了看四周。

「我來了。」一隻黑色的母貓從裸岩後方出現，腳下閃動著星光，身形只比影子還稍微清楚一點。她身後跟著一隻銀灰色的公貓，睜大一雙綠眼睛走向獾，身邊閃爍的星光使他看起來像是從雨中化身而出。

「我們為什麼要來這裡？」銀毛公貓的聲音沙啞，彷佛已經很久沒說話了。「這種天氣，我們應該趴在溫暖的窩裡才對。」

「說得沒錯，河，」黑色的母貓喵聲說。「在這種連狐狸都討厭的天氣還把我們拖到這裡來，到底是誰的主意啊？」

「我的主意，」第三隻貓從金雀花叢後方現身，他有著寬闊的肩膀，一身黃毛，腳掌是白色的。星光在他琥珀色的眼裡閃爍，然而他就跟火焰一樣變幻無常。「妳明明清楚得很，影。我們非會面不可。」

影哼了一聲。「我根本不必聽你的，雷。」

雷點點頭。「當然不必，但我們受召而來，是因為貓族會有危險，他們即將永遠迷失，而這都是妳的錯，午夜。」他的聲音變得高亢。

午夜還來不及回答，河就開口了。「風呢？沒有她，我們沒辦法討論。」

「我在這裡，」聲音發自溪流上游，潮溼的沼地巧妙地掩蔽這隻精瘦的棕毛母貓，只有她身邊的點點銀光標出她的身形輪廓。她跳下山坡走向水塘，腳掌幾乎沒觸地。「你們怎麼像走失的小貓一樣圍在這裡？」她的聲音裡帶了一絲嘲弄意味。「不過是下了點小雨、有一點風嘛。」

影張口想說話，雷卻打斷她。「風，我們不習慣住在空地上。但現在不管這個了，我們需要知道午夜為什麼洩漏貓族的祕密。」

「但為什麼是我們？」河一邊打顫一邊抱怨。「星族裡還有比我們更年輕的貓，為什麼要把最元老的我們叫來？」

風點頭。「我們做得難道不夠？我們創建了貓族，領導大家度過開始的那幾個季節。打從我們在樹林裡行走的那天起，他們就虧欠我們。」

「我們還是得關心族貓，」雷低語。「這次他們面對的危險比以往都大。」他轉向獾。

「午夜，妳為什麼要說出我們的祕密？」

「對，而且還是跟那個身上長癬、吃烏鴉食物的獨行貓說？」影呸了一口，把爪上的草扯掉。「自從他開始橫行跋扈，我的族貓就不聽戰士祖先的話了。」

「我在沙崖遇到索日，」午夜冷靜地開口。「那是第一次見面。」

「妳對每個剛好經過的陌生客都洩漏祕密嗎？」風低吼。

「難道妳看不出來，把我們的事都告訴他，他就有力量掌控我們的貓族？」雷追問。

「知識不一定是力量，」午夜回答。「貓族不需用祕密來自保。無賴貓和獨行貓會遠走，他們知道自己不適合貓族的生活。」

「但這隻獨行貓可沒遠離啊。」河挑出毛病。

「貓族不必躲，」午夜堅持著。「躲了，就不夠強，抵不住外來的挑戰。」

「我的戰士可以接受任何挑戰。」風頂嘴回去。

「挑戰不一定來自利齒利爪。」獾說。

風做出嘶嘶聲，豎起頸後的毛，同時也伸出爪子。「別把我當傻子！妳只是不想承認自己犯了大錯。星族的戰士對妳透露祕密，妳卻告訴一個異客！要不是妳，影族根本不會有什麼麻煩。」

午夜站起身。「收起爪子吧，小不點戰士。」她發出是隆隆的低吼聲。「跟非敵之者爭執的才是傻子。」

有幾個心跳的時間，風不為所動，直到雷把尾巴放上她的肩頭才退後一步，縮回爪子。

「吵架是沒用的，」史上第一位雷族首領說。「祕密已經洩漏出去了，我們必須想想該如何幫助族貓。」

河搖搖頭。「唔，我不知道。」

「我也不知道。」影沮喪地揮動尾巴。「我很想扯爛這隻不知感激的獾，但那樣無濟於事。」

「我們不明白，」雷說，迎上午夜的目光。「我們跟妳分享祕密，妳過去也對我們貓族幫助良多。妳為什麼會想這樣毀掉他們？」

他的話還沒說完，風勢就增強了，閃著星光的貓影逐漸消淡，如霧般被風吹散。午夜那雙如漿果般明亮的雙眼凝望著他們，直到那虛幻的形影消失，閃動的星光也一一熄滅。

幾個尾巴的距離外，有隻貓從被風吹亂的樹叢後方現身，他身上沒有毛，瞎了的雙眼向外突出。

「都聽到了？磐石？」午夜問。

磐石點頭。「我就知道貓族領袖對妳把祕密告訴索日的事會不高興，」他啞聲說道。「但妳別無選擇。三力量就要來了，貓族一定要做好準備。」

第一章

一輪又大又黃的月亮掛在黑暗的山脊上。星星在冬青葉的頭上大放光芒，提醒她祖靈正從上方凝望。她發現山脊上有東西在動，馬上豎起身上的毛。明月照出一隻貓的輪廓。冬青葉認得那顆大頭和一簇小耳朵，尾巴尖端毛茸茸的，即使那背光的身影很暗，她仍清楚知道那貓的毛色：棕、黑、白相間，雜有黃斑。

「**索日！**」她咬著牙說。

那貓拱起背，單靠後腿而站，一雙前腳伸得老長，彷彿準備對空揮出一爪。他往上跳，身體隨著這個縱躍鼓脹起來，最後大得遮住了月亮、擋住了耀目的星光。冬青葉伏低身子，渾身發顫，連樹林最深處都沒有這裡漆黑。

四周響起一片警戒的尖叫，陰影隔絕了星族對貓族的凝視守護，躲起來的貓兒發出恐懼的哀鳴。鬧哄哄當中，一個聲音高高響起：

「冬青葉！冬青葉！快出來！」

冬青葉嚇得跳起，這才發現腳掌被柔軟的

苔蘚和蕨葉絆住了。淡灰色的光芒從戰士窩的樹枝間灑落，幾個狐狸身長外，榛尾手忙腳亂地從鋪位爬出，一邊甩掉身上的幾塊苔蘚。

「冬青葉！」喊聲又響起，這一次冬青葉認出是樺落，他的聲音不耐煩地從窩外傳來。「妳準備睡一整天嗎？我們要去狩獵耶。」

「來了。」冬青葉睡眼惺忪地說，剛才的惡夢仍讓她渾身顫抖。她走向最近的一個樹枝缺口，還沒走到，腳上就被一隻還在睡的貓兒絆倒。這隻貓蜷成一團，半隱在蕨葉當中。

「對、對不起，」冬青葉結結巴巴地說，想起雲尾昨晚才做完夜班巡邏，她守夜時還看到他跟塵皮和栗尾回來。

真倒楣。才第一天，我就惹惱了一名資深戰士！

雲尾哼了一聲又盤起身子，把鼻子藏進毛下時，一雙藍眼也閉上了。

「沒關係啦，」榛尾低聲說，臉拂過冬青葉肩頭。「雲尾其實嘴硬心軟，妳也別被樺落嚇著，他就愛對新手戰士頤指氣使的，妳很快就習慣了。」

冬青葉感激地點點頭，但並沒說出讓她跌倒的真正原因。讓她煩惱的不是樺落，而是那場夢。對夢境的記憶一陣又一陣地刺著她全身，讓她腳步不穩，思緒混亂。

她的目光飄向獅掌的床鋪——不，現在他叫**獅焰**了——那是他守夜完蜷身而臥的地方。她真想跟他說話，但鋪位是空的，獅焰一定是去黎明巡邏了。

冬青葉小心翼翼地跟在榛尾身後走出戰士窩。外頭的樺落正不耐煩地扒著地面。

「總算出來了！」他罵道。「怎麼拖這麼久？」

「樺落，放輕鬆點。」雷族副族長，也是冬青葉的父親棘爪就坐在一個尾巴外，尾巴整齊地裹住四腳。他琥珀色的眼裡透著鎮靜。「獵物又不會跑掉。」

「除非看到了我們。」沙暴加了句，踩著小跳步從獵物堆過來。

「要是還有獵物的話。」樺落尾巴一揮。「自從打了那場仗，獵物就愈來愈難找了。」

冬青葉的肚子咕嚕咕嚕地叫起來，樺落說得沒錯。幾個日出以前，四族的貓在雷族營地上大打出手，尖叫聲和踩踏聲不是把所有獵物都嚇跑，就是把牠們都趕進深深的地底。

「也許獵物會慢慢回來。」她猜測。

「也許吧。」棘爪表示同意。「我們往影族邊界走，之前那裡的打鬥比較少。」

提起影族，冬青葉的身子一陣僵硬。**我會再見到索日嗎？**她納悶。

「不知道會不會看到影族貓，」樺落說出冬青葉的想法。「我想知道他們會不會全都背離星族，轉而投靠那隻獨行怪貓。」

冬青葉覺得肚子裡好像裝滿了石塊，讓她舉步維艱。兩個夜晚前的那場大集會，影族貓就已經缺席，只有族長黑星隻身前來，外加索日這隻最近才來到湖邊的獨行貓。黑星還說，他的貓兒已不再相信戰士祖先的力量。

但這樣是不對的！沒有星族，沒有戰士守則，貓族怎麼生存？

「索日也不算怪貓，」榛尾動了動耳朵，對樺落說。「他預言太陽會消失，後來果真如此。沒有一位巫醫預知到這件事。」

樺落聳聳肩。「太陽後來又出現了，不是嗎？沒什麼大不了的。」

「不管怎樣，」棘爪打斷他的話。「這是狩獵巡邏隊，我們不是去拜訪影族的。」

「但他們跟我們並肩而戰，」樺落反對。「要是沒有影族的戰士，風族和河族會把我們變成烏鴉食物的。我們總不能這麼快就把人家當敵人吧？」

「不，不是敵人，」沙暴糾正他。「但他們畢竟不是雷族。何況，我也不確定我們能跟拒絕星族的貓做朋友。」

要是是我們本族的貓呢？這個問題冬青葉不敢問。**雲尾就從不相信有星族。**但她也毫無疑問地知道，雲尾是名忠誠的戰士，會為了族貓兩肋插刀。

棘爪什麼也沒說，只抖了抖身子，抽動尾巴召來其餘的巡邏戰士。他們朝荊棘隧道走去，正好遇到鑽進山谷的蕨毛，蕨毛身後跟著栗尾和獅焰。黎明巡邏隊回來了。這三隻貓走向獵物堆時，冬青葉飛奔過去，攔住弟弟。

「巡邏得怎樣？有什麼消息嗎？」

獅焰張嘴打了個大呵欠。**他一定累壞了，**冬青葉想。**才剛結束戰士守夜，又被選去負責黎明巡邏。**

「什麼也沒有，」他搖搖頭說。「風族邊界那裡平靜得很。」

「我們要往影族邊界那邊走，」單獨跟弟弟在一起，冬青葉就能說說自己有多擔心了。「我怕我們會遇見索日。要是他把預言的事告訴其他貓怎麼辦？」

獅焰靠在她的肩頭。「拜託！索日可能去邊界巡邏嗎？他只會躺在影族營地，大啖獵物啦。」

冬青葉搖搖頭。「我不知道……我只希望我們什麼也沒告訴他。」

「我也是。」獅焰瞇起眼，再度開口時語氣苦澀。「但索日應該不會管我們的事，他不是決定跟黑星在一起嗎？在我們把預言告訴他之後，他答應過要幫忙，只是不久就改變了心意。」

「沒有他，我們會過得更好。」冬青葉舔舔弟弟的耳朵。

「冬青葉！」

她轉過身，看到棘爪在荊棘隧道入口旁等候，尾巴尖端不耐地抽動著。

「我走了，」她對獅焰說，然後跑過空地，來到棘爪身邊。「抱歉。」她上氣不接下氣地說，一頭衝進隧道。

這天早上寒冷刺骨，但等到冬青葉跟同伴走進樹林時，烏雲已經散去，陽光伸出長長的爪子刺穿樹枝，用火焰在葉子上輕點著，讓樹葉由綠轉紅、又由紅轉黃。落葉季就快到來。

棘爪率領巡邏隊離開湖泊，朝影族邊界前進，遠遠避開舊的兩腳獸小徑和貓族打鬥後荒廢的窩。

冬青葉嚐了嚐空氣，想嗅出松鼠或肥老鼠的氣息，卻聞到自己和兩個弟弟的一絲淡淡氣味，游移在他們穿越樹林去找索日的路上。她暗自希望其他巡邏隊隊員不會發現，尤其不要是棘爪或沙暴，因為他們會問起敏感的問題，而她不確定自己有辦法回答。

幸好，其他貓兒似乎都忙著追蹤獵物，並沒有發覺。沙暴揚起尾巴要大家安靜，冬青葉聽到有隻鶇正在石頭上啄蝸牛殼的清脆聲響。她從一簇蕨葉上方探頭望，看到那隻肥美的鳥兒背對著群貓，正忙著大快朵頤，渾然不覺身後的危機。

沙暴壓低身子擺出狩獵伏姿，腳下無聲地接近，她在林地上止步，搖擺臀部準備做出最後撲擊。搖擺的動作驚動了鶇鳥，鳥兒丟下蝸牛，發出一聲警戒的鳴叫，振翅飛上空中。

但沙暴的動作卻更快。她一個大縱躍，從半空中抓下仍在撲翅掙扎的鳥，在鳥脖子上用力一咬，鳥兒不再動彈。

「抓得好啊！」榛尾說。

「還可以啦。」沙暴滿意地發出呼嚕聲，撥土蓋住鳥兒準備待會再取。

冬青葉嗅出老鼠的氣味，她沿著蕨叢一路追蹤，看到這隻小東西正在靠外的殘枝間扭動。幾個心跳過後，她也把這個獵物埋到沙暴的獵物旁邊。

棘爪正扒土蓋住一隻田鼠，對她點點頭表示讚許。「幹得好，冬青葉。繼續加油，雷族貓就能吃飽了。」他雄赳赳、氣昂昂地走進榛木叢，張著嘴免得漏掉一絲獵物的氣味。

有幾個心跳的時間，冬青葉站著不動，望著父親。他的讚許溫暖了她。她四處尋找獵物，嗅到松鼠的氣味，於是繞過一棵大橡樹的樹幹，卻發現榛尾就在前方，也追尋著同一股氣味。這裡沒有松鼠的蹤影，但那股氣味卻直直朝影族的邊界延伸。冬青葉已經聞到邊界標記的氣味了，但一心一意要找獵物的榛尾卻好像完全沒發覺。

「嘿，榛尾，別——」

冬青葉才說到一半，三隻貓就從影族邊界內的蕨叢裡走了出來，距離榛尾不過幾個尾巴遠。她嚇了一跳停步，驚訝地抽動耳朵。

一陣欣慰湧上冬青葉全身，她看出這三隻貓是誰了：藤尾、蛇尾，還有蛇尾的見習生焦掌。這三隻貓都曾在那場打鬥裡與雷族並肩而戰，藤尾的身側還留有刮痕，焦掌的耳朵也被扯裂了。他們絕不會因為榛尾靠近邊界而發脾氣的。

「嗨，」她跳著來到榛尾身邊。「影族那邊獵物的情況怎麼樣？」

「退後！」藤尾呸聲說。「你們無權進入影族領域。就因為我們在打鬥時幫過你們，不代表我們就是盟友。」

「雷族就是這樣，」蛇尾低聲咆哮地附和：「總以為每個族都是他們的朋友。」

「那樣有什麼不對？」冬青葉追問，被他們的敵意刺傷。

這個問題誰也沒有回答。只見藤尾大步走到邊界，跟榛尾面對面。「妳離邊界這麼近，想做什麼？」

「我在追松鼠。」榛尾的語氣困惑。「可是——」

「偷獵物！」蛇尾打斷她的話，肩上的毛全因憤怒而蓬起，條紋尾巴左右揮動。

「才沒有！」冬青葉忿忿不平地說。「你們看不出來嗎？我們還在雷族領域裡。榛尾並沒有越界。」

「那是因為我們剛好出現，阻止了她。」蛇尾吼道。

冬青葉身後的樹叢傳來窸窸窣窣的聲響，她轉身看到棘爪和沙暴正往這邊走來，樺落跟在他們後方。「感謝星族！」她低喊。

棘爪走向前，站到冬青葉和榛尾身邊。「你們好，」他向影族的三隻貓點了點頭。「這裡是怎麼回事？」

「我們得擋住你們族的戰士，」影族貓兒解釋道。「否則要不了多久他們就會越界啦。」

「你亂講！」冬青葉怒喊。

「我在追松鼠。」榛尾對雷族副族長這麼說，眼中帶著抱歉的神色。「那時我真的忘了自己在哪裡，但冬青葉出言警告，然後影族的巡邏隊就出現了。我發誓我根本沒有越界一步。」

棘爪點點頭。「你們距離我們的邊界也一樣近，」他對影族貓說。「但我們可沒指控你們想越界。」

「我們是邊界巡邏好嗎！」蛇尾忿忿地回嘴。「幸好我們走了這一趟。」

「不能信任雷族。」焦掌也說，上前一步站到導師身邊。

樺落發出憤怒的嘶嘶聲，從長草間衝出來，在副族長身邊停步。「棘爪，你準備站著讓一個見習生侮辱雷族嗎？尤其我們根本什麼也沒做！」

沙暴的尾巴輕碰他的肩。「夠了，樺落。這事讓棘爪來處理。」

這位年輕戰士發出不滿的哼聲，嘴巴雖然閉上了，卻虎視眈眈地瞪著影族巡邏隊員。

「樺落說得對！」冬青葉出言抗議。「他們只想惹麻煩，我們並沒有違反戰士守則。」

「唷，偉大的戰士守則！」藤尾的語氣裡滿是輕蔑。「你們以為那是一切事情的答案，真是錯到底了。戰士守則並沒阻止太陽消失，對不對？」

「對，」蛇尾聲援自己的族貓。「也許貓族該停止對死去的貓執迷不悟，開始尋找其他答案了。」

冬青葉驚慌地看著他們，她知道這種念頭來自索日。這就是那隻怪貓一直想要的嗎？從貓族內部毀掉戰士守則？

他原本準備從我們下手的。冬青葉記得索日以前有多友善、多熱心。或許影族是更輕鬆的目標，冬青葉無法想像火星會像黑星那樣輕易地放棄信仰。

我要拯救影族！豁出去的冬青葉這時幾乎忘了周遭的貓。**他們不能背棄星族和戰士守則！貓族向來都是四個！**

「冬青葉，冷靜點。」棘爪在她身邊低聲說。

冬青葉才發現身上的毛全都蓬起來了，爪子也插進潮溼的泥土。而影族的三隻貓都瞪著她，蓬起了毛好像以為她會撲過去。冬青葉深吸口氣，收起爪子，想辦法把毛放平。

「我沒事。」她低聲告訴父親。

「你們都被索日影響，對吧？」樺落嘲弄地說，向前跨出一步，站到邊界上。「你們簡直比生氣的狐狸還瘋狂！聽信那隻從沒被貓族見過的貓，簡直是鼠腦袋透頂。」

「我們聽信索日，是因為他說得有道理。」蛇尾反脣相譏，也向前一步跟樺落面對面。「他知道該怎麼做，影族才會有更好的未來。如果雷族肯聽話，打鬥時就有辦法自衛了。也許就是因為這樣，太陽才會消失，告訴我們貓族的時代已經結束，貓兒必須想辦法自行生活。如果雷族懦弱得不敢面對——」

樺落一聲怒吼，撲向蛇尾。

兩隻貓滾成一團纏鬥，焦掌跳到他們身上，抓向樺落的肩。榛尾向這位見習生衝過去，想把他從樺落身上打下來。

「樺落、榛尾，立刻給我回來。」沙暴跨出一步，卻發現藤尾擋在面前。

「你們的年輕戰士想打鬥也不行嗎？」影族戰士譏笑道。「這還是他們挑起的呢。」她伸出爪子，縮脣咆哮。

棘爪跳上前，站在沙暴身邊。「不，是被影族激出來的。」

又一聲嚎叫發自打鬥中的貓兒，冬青葉被這聲膽顫心驚的吼聲嚇得縮身子，彷彿利爪正刮過她身體。「住手！」她尖叫。「你們在做什麼？」

出乎她意料，纏鬥中的貓喘著氣分開。棘爪立刻走上前，把樺落和榛尾推回雷族領域內。

「前一陣子打得還不夠嗎？」他說。「走吧，雷族貓們。」就在他們準備離開時，棘爪停步，回頭對影族巡邏隊說：「只要你們留在自己的領域裡，想相信什麼都隨你們。」

「我們可不是第一個越界的。」藤尾咬著牙說。

棘爪回頭跳到雷族貓前方，帶著巡邏隊走了。

「妳還好嗎？」冬青葉低聲問榛尾。她的同伴在林間跌撞而行，不時被樹枝絆住，被垂著的刺藤刮到毛皮。

「我有點頭暈，」榛尾承認。「想把焦掌從樺落身上拉開時，頭撞到樹枝了。」

「來，我帶妳走。」冬青葉把尾巴放在榛尾肩頭。「回到營地後，讓葉池看看妳的傷。樺落有妳幫忙真是幸運。」她又補上一句：「沒有妳的話，他會傷得更慘呢。」

那名年輕的雷族戰士一跛一跛地走著，鮮血從肩上的一道傷口滲出。巡邏隊在藤叢附近停步，準備取回沙暴的鶇鳥和其他貓的獵物時，他坐了下來，舌頭猛舔傷口。

「樺落，你這是自找的。」棘爪暫停挖掘田鼠的動作說。「影族不該責怪我們想越界，但你先發動攻擊就使我們成了錯誤的一方。戰士應該懂得自制。」

「對不起。」樺落咕噥著說。

「的確該說對不起。」

巡邏隊再次上路時，棘爪和沙暴都陰鬱地沉默著。樺落垂頭喪氣地跟在他們後方。

榛尾開始恢復力氣了。「謝了，冬青葉，」她說著把朋友的尾巴甩掉。「現在我可以自己走了。妳不覺得棘爪對樺落太兇了嗎？」她繼續說。「影族根本是找打。」

「那並不表示我們就要跟他們戰鬥。」冬青葉心不在焉地回答。她發覺自己對什麼都難以專心，恐懼像是多出來的一層皮將她裹住，厚得快讓她窒息。影族相信索日握有美好未來的答案，但他們錯了。

他會毀掉貓族的，她想，驚恐凍住她的四肢，幾乎使她跨不出步伐。**我們一定要想辦法阻止他。**

第二章

松鴉掌叼著一堆貓薄荷溜進育兒室，貓薄荷的氣味掩蓋不住貓后身上溫暖的奶香，也掩蓋不住讓松鴉掌不自在的隱隱酸味。黛西以濃濃睡意聲向他打招呼。「嗨，松鴉掌。」

「嗨，黛西，」松鴉掌滿嘴藥草，含糊不清地回答。「嘿，蜜妮。」

蜜妮的唯一回答就是一聲咳嗽。松鴉掌跨過鋪在地上的厚厚苔蘚和蕨葉走向她，把藥草放在她身邊。「葉池要給妳這個。」

「謝了，松鴉掌，」蜜妮的聲音沙啞。「請你看看小薔好嗎?她的身體好燙。」

松鴉掌在小貓堆裡嗅著，他們全都貼著母親的肚子而睡，最後他聞到小薔的氣味。這隻小貓睡得很不安穩，邊發出細微的喵喵聲，邊在苔蘚上翻來覆去，似乎很不舒服。松鴉掌捕捉到他有跟蜜妮一樣的酸味。就跟蜜妮說的一樣，她身上很燙，而且鼻頭是乾的。

小薔可能被母親傳染咳嗽了!他擔憂地

想，並且大聲說：「我會請葉池拿一些治發燒的琉璃苣來，她一定不會有事的。」**希望我能說得更有信心一點，**他暗想。

松鴉掌一面聽蜜妮在咀嚼貓薄荷，一面想著讓她和小薔搬離育兒室是否會比較好，這樣傳染病就不會繼續擴大。在葉池的窩裡照顧他們也容易一些。

但這麼一來，蜜妮就無法餵哺小花和小蜂了。

他感覺到黛西散發著強烈的焦慮感，害怕小玫瑰和小蟾蜍也會生病。松鴉掌完全沒辦法安慰她，他的爪子不耐煩地在苔蘚上扒著。**如果我的掌中握有星族的力量，為什麼我治不好咳嗽？**

育兒室裡擠了五隻小貓咪和兩位母親，又熱又悶。松鴉掌急著想到外面去，但他要等著看吃了貓薄荷的蜜妮是否舒服多了。

他聽到扭打聲，接著是小蟾蜍的聲音。「我是風族戰士，我要來抓你了！」

「我會先抓到你！」小玫瑰也喵聲回應。兩隻小貓開始扭打，一隻小掌打到松鴉掌肩頭。

「夠了！」黛西罵道。「想玩就到外面去。」

兩隻小貓匆匆從松鴉掌身邊走過，興奮的喵喵聲隨著他們跑到空地而愈來愈遠。

這隻長毛母貓嘆了口氣。「有時候我真等不及他們成為見習生。」

「很快的。」松鴉掌說。「他們都是強壯的貓咪。」

黛西又嘆氣。松鴉掌仍感覺到她的擔憂，但她並沒有把害怕說出來。

「我的喉嚨舒服多了，」蜜妮說著吞下最後一口藥草。「謝謝你，松鴉掌。」

又是一聲大咳打斷她的話。一球黏答答的口水沾上松鴉掌耳朵，他縮了一下。「我去跟葉池說。」他匆忙說完，倒退走向窩口。

他邊往外走，邊扒一堆苔蘚把耳朵清潔乾淨。**要是巫醫也生病，不知道會怎樣？**聳聳肩，他橫越空地，前往巫醫窩。

撥開洞口的藤幕時，松鴉掌聞到葉池和其他貓的氣味。他嗅認出是樺落和榛尾，空氣裡還有濃厚的血腥味。

「誰受傷了？」他問。想到之前的那場打鬥，他頸上的毛都豎了起來。

「樺落的肩膀受傷了，」葉池解釋。「聽說是跟影族貓打了一架。」

「是他們先找我們打架的耶！」樺落抗議。

「但先伸出爪子的是誰呢？」雷族的巫醫責罵道。「棘爪全都告訴我了，沒受更重的傷真是走運。蜘蛛網應該可以止血，」她又說，「但如果血又開始流，你們再回來。明天我還要再檢查一次，看看傷口癒合的情況。」

「好啦，」樺落不高興地說，又加了句：「葉池，謝謝。」

「榛尾，妳也一樣，」葉池又說。「如果妳還會頭暈，馬上到這裡來。現在你們把這些罌粟籽吃掉，回戰士窩裡好好睡一覺，明天以前不准去巡邏。」

榛尾和樺落離開巫醫窩後，葉池問：「蜜妮的情況怎麼樣？」

「她說喉嚨舒服多了，」松鴉掌回答。「但還是在咳。而且小薔發燒，我想她可能也被傳染到咳嗽了。」

「噢，糟糕！」松鴉掌感到葉池突然大為擔憂。「我過去看看，」她說。「然後我得到樹林去一趟──我們治療發燒的琉璃苣快沒了。你去看看長老的情況好嗎？」

松鴉掌忍住一聲呻吟。「好。」他寧可到樹林裡去。他聞味道找琉璃苣的能力就跟葉池用眼睛去找一樣好。

「我擔心鼠毛自從打鬥那天爬上擎天架後，手腳就一直不靈活，」葉池繼續說。「而且也要查查他們身上有沒有蝨子。」

那是見習生的工作耶，松鴉掌忿忿不平地想，看著導師走向育兒室。他又自問自答：**那又怎樣？你不就是見習生嗎？接受現實吧。**

火星讓他的兄姊成為戰士時，他的確替他們感到驕傲，但松鴉掌一點也不知道葉池什麼時候會讓他成為正式的巫醫。在葉池死掉以前，他都一直活在她的影子裡。他並不想要她死，可是……**我就不能做點什麼嗎？還要多久預言才會實現？**

他試著擺脫不愉快的念頭，找了一截樹枝，從存放藥品的洞穴裡取一球沾了老鼠膽汁的苔蘚，那股酸味使他皺起鼻子。他大步走過空地，前往榛樹叢下方的長老窩。

「嘿，松鴉掌。」他走近時，長尾睡眼惺忪地說。松鴉掌很驚訝這隻瞎眼長老竟能在充滿老鼠膽汁的空氣裡聞出自己。

「真高興見到你，」鼠毛也說。「我肩膀上有隻蝨子，感覺就像黑莓一樣大。」

「我看看。」松鴉掌叼著樹枝，含糊不清地說。至少鼠毛今天的心情似乎不錯，她心情不好時，說話的尖酸程度絕對不下於黃牙。

他很快就找到蝨子，並沒有像鼠毛說得那麼大，卻也夠讓她不舒服的。她在上面滴了幾滴膽汁，蝨子就掉下來。

鼠毛動動肩膀。「謝了，松鴉掌，感覺好多啦。」

松鴉掌把樹枝放在一旁，開始檢查這隻瘦削的長老身上是否還有其他蝨子。「葉池想知道妳自從爬上擎天架到現在，是不是仍舊手腳不靈活。」

鼠毛哼了一聲。「告訴小葉池，我老歸老，可沒有不中用。爬上那一小段哪會不靈活？」

「好，」松鴉掌低聲說。「要我幫妳抓蝨子嗎？要的話就別亂動。」

「對長老是這樣說話的嗎？」鼠毛尖刻地說，但松鴉掌感覺得出她語帶笑意。她找了個好位子坐下，又說：「你去參加大集會了，對吧？發生什麼事？我知道大集會上有麻煩，但沒貓把經過告訴我們。又是風族在惹事嗎？」

「不……」松鴉掌遲疑了。他不想討論索日的事。

「說啊。」鼠毛追問。「舌頭被獾咬走啦？」

「影族沒來，」松鴉掌開口，小心翼翼地說明。「只有黑星，他跟索日一起來。」

「索日？就是告訴我們太陽會消失的那個狡猾毛球嗎？」

「對。」松鴉掌有些驚訝，鼠毛似乎頗有敵意。「所以妳不喜歡索日囉？」

「星族還沒告訴巫醫的事，他卻知道，對這種貓我一概不信任。」鼠毛回答。「一定有什麼事不對勁，不然我就是兔子。」

「黑星在大集會上說，」松鴉掌繼續說。鼠毛並不知道索日差點就成為他的導師、那個祕密預言差點就實現的事，他放心多了。「他說索日說服他和影族，不再聽信星族。」

「什麼？」鼠毛豎起身上的毛。「但每隻貓都聽星族的話。不然他們想怎麼樣？」

松鴉掌聳聳肩。「黑星認為活著的貓能夠照顧自己。」

鼠毛哼了一聲。「那個鼠腦袋，果然跟我想的一樣。那麼星族對這件事又怎麼說？」

「什麼也沒說，」松鴉掌承認。「月亮依舊又明又亮。」

鼠毛繃著腳。「這樣不合理。」她低聲說。

松鴉掌當然同意，卻沒有回答，只是將沾了老鼠膽汁的苔蘚球，放在長老尾巴附近的另一隻蝨子上。「好啦，都弄完了。」蝨子掉落在地上的同時，他說。

鼠毛嘀咕道謝，松鴉掌轉向長尾。這隻瞎眼長老在松鴉掌告知大集會消息時一直很安靜；松鴉掌察覺到混合著愧疚與困惑的情緒。他猜想，長尾對於無法跟族貓一起戰鬥仍舊難過。對於這點，松鴉掌沒辦法開口安慰他。他自己也瞎，但至少他能夠運用巫醫技巧來幫助族貓。

「別動，」他輕輕地分開長尾的毛。「我馬上就幫你檢查蝨子。」

「謝了，松鴉掌。」長尾放鬆著。「也幫我檢查一下肉墊好嗎？」他伸出一隻前腳。「好像是在我爬上擎天架的時候被石頭刮著了。」

「當然。」松鴉掌沒找到蝨子，就把沾了老鼠膽汁的苔蘚球放在一旁，摸起長尾的肉墊。肉墊似乎沒流血，但他摸到粗糙的皮膚之間夾著小石子。

松鴉掌低下頭，舌頭刮過長尾的腳掌，直到掌上皮膚又光滑起來。「我想你不需要蓍草，但我明天會再檢查一次。保持乾淨，有空就仔細舔乾淨。」

「知道了，」長尾說。「我感覺好很多。」

松鴉掌叼起樹枝，擠身走出長老窩。**真希望解決索日和影族的問題，也能像治療被刮傷的肉墊那麼簡單。**

他在附近嗅到冬青葉的氣息，她的焦慮感，就像頂著逆風行走，身上的毛要被風吹平。

「我以為你永遠弄不完了！」他的姊姊喊。

「怎麼回事？」松鴉掌問道。

「我有話想說。」冬青葉的聲音低沉而緊張。「今天早上在影族邊界發生一場打鬥。」

「我知道，」松鴉掌回答。「那又如何？邊界上一天到晚都有小打鬥。」

「這次可不只是小打鬥，」冬青葉噓聲說。「都是因為索日叫影族貓背棄戰士守則。」

「這也不是新消息了。」松鴉掌說。

冬青葉的焦慮如閃電般劈啪作響。「我們現在不能多談，等獅焰來再說。沙暴和雲尾還在等我去狩獵巡邏，我回來以後再聚，好嗎？」

「好。」松鴉掌知道他如果不同意，冬青葉就不會罷休。

「冬青葉！」雲尾的聲音從營地的另一端傳來。

「來了！」冬青葉喊了回去。「待會見。」她對松鴉掌說完就跑開。

松鴉掌搖搖頭，一邊對姊姊的憂慮又是惱怒又是擔心，一邊踱步走回自己的窩。

松鴉掌整理蓍草時，葉池從樹林回來，帶回一大堆琉璃苣。「能找到這些真是幸運，」她把葉柄放在松鴉掌腳邊。「我們應該開始囤積藥草，為禿葉季做準備。」

「我可以出去採集藥草。」松鴉掌滿懷希望地提議。**只要能離開營地，做什麼都好！**

「也許再過一兩天吧。」葉池回答。「我們應該先清查存貨，看看我們需要什麼。你可以扯碎這些葉片，把它們咀嚼成葉汁給小薔。」

無聊！但松鴉掌知道不該反對。他把琉璃苣放進存放藥草的裂縫深處，開始用爪子扯碎著草葉。還沒弄完這堆草葉，就聽到窩外有腳步聲，還有一絲獵物的氣息。他也聞出冬青葉的氣味；狩獵巡邏隊回來了。

「抱歉，」他對葉池說，匆忙站起身。「我有點事情。」

他穿過藤幕，追蹤著姊姊的氣味。他快步向前，冬青葉與他擦臉相碰。

「快來，」她喘著氣催促。「獅焰在戰士窩後面等我們。」

松鴉掌跟著她，擠進小時候經常去玩的地方。「我記得這裡沒這麼擠啊。」他從哥哥和姊姊中間擠過去時低聲咕噥。

「因為我們長大啦，鼠腦袋。」冬青葉罵道。

「而且他們擴建了戰士窩，」獅焰也說。「只是裡面還是很擠。我真羨慕狐掌和冰掌，見習生的窩裡就只有他們兩個。」

「他們的好日子也不久了，」松鴉掌說。「小玫瑰和小蟾蜍很快就會住進去。」冬青葉的一隻腳戳到他。「喂！小心點啦！」

「我的腳趾中間卡了一根刺，我搆不著嘛。」冬青葉解釋道。

「好吧。」松鴉掌在姊姊的腳上摸索著，那根刺就深深插在她的爪根之間。

「冬青葉，把妳的想法說出來聽聽。」獅焰提議。松鴉掌感覺到他的不耐煩就像刺一樣。

「我們不能整天躲在這裡。」

「我擔心索日教導影族的事，」冬青葉開口。「藤尾說索日要他們不再聽信星族。」

松鴉掌放開冬青葉的腳掌，把嘴中的那根刺吐出來。「我們是在大集會時聽說的，」他說。「這樣有很糟嗎？」

「什麼？」冬青葉似乎氣壞了。

「我不是說不理星族啦。但遇事提出質疑而不只是照單全收，也是好事一樁啊。」

「有些事情就是不該質疑。」冬青葉說得斬釘截鐵。「索日認為我們不該遵守戰士守則，但沒有戰士守則，我們算是什麼？只不過是一群無賴貓罷了。」

「這又不算新消息。」獅焰說。「妳何必這麼沮喪？」

「新消息是，現在我們知道不只是黑星，而是整個影族都贊成索日。難道你們兩個都是鼠腦袋嗎？你們真想跟一個不遵守戰士守則的貓族為鄰？有什麼能阻止他們不越界偷獵物？或是闖進我們營地，偷走小貓咪？」

「我倒想看他們有沒有那個膽。」獅焰低吼。

「如果我們不團結、不相信相同的事物，貓族會完蛋的。」冬青葉繼續說，並且愈來愈憤怒。「我們一定要做點什麼。」

「我倒想把那隻長癬的無賴貓撕成兩半，」獅焰的惱怒轉變成跟姊姊一樣的熊熊怒火。松鴉掌勉強在兩邊強烈的憤怒感中保持冷靜。「索日答應過，要幫我們實現預言的，結果卻跑到影族去。」短暫停頓過後，獅焰又說：「你們想，影族那邊也有預言嗎？」

「我確定沒有，」松鴉掌說。「我們就是預言裡的三隻貓，這我很清楚。」

他希望兩位兄姊都不會問他為何如此肯定。他無法想像把那個夢告訴他們，夢裡他進入山區，見到了殺無盡部落。

「我還是認為索日知道預言的事，卻沒有全部告訴我們。」他繼續說。「如果他不肯過來，我們就只有越界去找他。」

「擅闖影族領域？」冬青葉的震驚像爆炸擊中松鴉掌。「不行！那違背戰士守則的就是我們了。」

「我就是這個意思。」松鴉掌說。「我們沒有戰士守則當然不行，可是有時候違背一下也無妨。偉大的星族！」察覺到姊姊想出言反對，他又繼續說：「我們還小的時候，不是聽說過火星有時會在他認為正確的時候違背戰士守則嗎？除非先弄清楚索日究竟知道多少，我們才能去猜測預言的含意。無論他對星族的看法是對是錯，太陽會消失的事星族不知道，他卻知道了。而我們想得到他的消息，光待在這裡是沒用的。」

「我去。」獅焰咆哮。「我會有辦法讓索日給我們一個答案。冬青葉，如果妳不想做也沒關係。」

冬青葉的震驚消退，轉為遲疑。「不，要就一起去。而且，」她繼續說時似乎更有決心了。「也許那個預言是說，我們是唯一有力量拯救影族的貓。」

松鴉掌沒說話。如果冬青葉肯越界的唯一辦法就是認為這麼做是為了影族，那麼就讓她繼續這樣想吧。但他和獅焰卻是為了要知道那個預言究竟是什麼意思，還有他們該怎麼做才能達到預言裡承諾的力量。

「松鴉掌？你在嗎？」

松鴉掌的耳朵動了一動，獅焰輕喊的聲音從藤幕的另一邊傳來。他直到聽見葉池睡得正沉的規律呼吸聲，才爬出鋪位，走到空地。

獅焰和冬青葉的氣味圍繞著他。「跟緊我們，」獅焰低聲說。「月亮很亮，我們必須在陰影裡走。雲尾就守在入口。」

「我們要穿過如廁的隧道溜出去。」冬青葉說。

「噢，好極了。」松鴉掌皺起鼻子。

「你要從刺藤下面爬出去也隨便你，」獅焰嘀咕著。「快點。」

松鴉掌身上一陣刺痛，悄步跟在哥哥身後繞過石頭山谷，身上一陣刺痛感，隧道壁摩擦著他，皮毛上也黏了尖刺，卻一直沒聽到雲尾發出吼叫。他從隧道另一端出來，穿越泥地，才放下心。他們走進樹林，他想嗅出藥草叢在哪裡，好讓他把那股難聞的氣味去除。

樹林一片寂靜，只有輕柔的樹葉沙沙聲和樹叢間偶有獵物跑過的聲響。

「我們要靠近一點，別出聲。」獅焰低聲說。「可能還有雷族貓在這裡做夜間狩獵，我們的行蹤不能被發現。」

「好。」冬青葉回答。松鴉掌聽得出她很怕，倒不是怕跟影族戰士開戰，而是怕違背戰士守則。**真希望她能放輕鬆點，如果我們握有星族的力量，不就凌駕於戰士守則之上了嗎？**

獅焰帶著他們走向邊界的小溪。「緊跟在我後頭，」他告訴松鴉掌。「水不深。」

松鴉掌豎起全身的毛。「我沒問題，謝了。」他咕噥著。雖然他教過煤心游泳，卻不想被任何貓發現自己其實很怕水。當溪水拍打在腳邊時，他胃裡一陣翻攪，水位還沒升到他的肚子，他就感覺出水位已在下降，不久他們就爬上影族領域內的河岸。四周都是影族的臭味。

「我們應該在他們的氣味記號上打滾。」冬青葉提議。「這樣就能掩蓋雷族氣味。」

「好主意。」松鴉掌嘀咕著，雖然姊姊的點子的確不錯。「先是如廁的泥地，現在又是影族氣味，我看我一整個月都不必舔毛了。」

全身都沾上影族氣味的三隻貓，繼續深入敵族領域。松鴉掌豎起耳朵聆聽巡邏隊接近的聲音，同時張嘴以便嗅出戰士接近的氣味。但林子裡卻出奇地靜。

「他們都到哪裡去了？」冬青葉悄聲說。入夜了還空蕩蕩的很不尋常，尤其是月光明亮的晚上，這裡卻連狩獵的貓都不見蹤影。

沒有回答。他們繼續走著，直到松鴉掌感覺腳下的落葉慢慢變成尖銳的松針。「我們一定很接近營地了。」他低語。

獅焰再度上前，帶著松鴉掌跑跑停停，松鴉掌明白他們是在石頭陰影間躲躲藏藏著。最後他嗅出前方有股濃烈的影族氣味，地面開始上升、碎裂，石塊突出在覆蓋著松針的地面上。

松鴉掌很快就感覺到獅焰用尾巴擋在自己面前。「趴下！」獅焰噓聲說。「然後匍匐前進約一個尾巴的距離。」

松鴉掌照做了，感到背上有尖刺刮過的感覺。他嗅到金雀花的氣味，猜到他們一定是躲在樹叢下，哥哥姊姊一個一邊緊靠著自己。

「你們看到什麼了嗎？」他問。

「我們看到營地，索日也在，」冬青葉在他耳邊悄聲說。「就站在岩石上。全影族的貓都在聽他說話，連小貓也在！我看到黑星、褐毛，還有……噢，是褐皮！」

「安靜！」獅焰低吼。「我想聽聽索日在說什麼。」

松鴉掌豎起耳朵。索日的聲音響徹山谷，所有影族貓都很安靜，使他能聽到這隻獨行貓在說什麼。

「……任何貓都不該全盤接收逝者的所作所言。」索日說，他嘹亮的聲音蓋過樹林裡的微弱聲響。「星族的時代結束了，那些貓都**死了**，祂們的靈魂沒有掌控你們的力量。」

松鴉掌壓抑住顫抖。任何曾在月池見過星族的貓，都不會同意「星族沒有力量」的話。**雖然我們的力量會更強，**他想。**但因為我們是預言裡的三隻貓，一般的貓還是應該崇拜星族。**

「我跟星族交談過。」松鴉掌聽出來是影族的巫醫小雲，他的語氣頗為擔憂。「我無法相信我們的戰士祖先毫無力量。難道我所經驗的一切都是虛幻？」

「星族很懂得唬騙，」索日若無其事地回答。「問問你們自己吧，星族對太陽消失之事可曾提出警告？沒有！那表示祂們不是毫不知情，就是對你們不夠關心，不想警告你們。那我們又何必信任祂們？」

贊同的聲浪傳到躲著的三隻雷族貓耳邊。小雲不再反對。

「太陽消失時，你們所相信的一切都變了，」索日的語氣既有力又肯定。松鴉掌心想，難怪一般的貓會受索日影響。「你們要自問的是，現在該怎麼做？你們該去哪裡尋找答案？」

「反求諸己，」黑星開口了，嗓音比索日更低沉、更沙啞。「這隻貓的話是真的，」他對全族的貓繼續說著。「星族引領我們到湖邊住，我一直對這決定是否正確心存懷疑。首先，這裡的兩腳獸實在太多。」

「還發生了太多糟糕的事，」杉心吼著。「兩腳獸窩裡的兩隻小寵物貓——」

「有關邊界的爭執。」蟾蜍足也插上一句。

「等一下，」聽到褐皮也開口了，松鴉掌全身僵硬。「糟糕的事在舊森林時也發生過，我們總不能期待生活裡總是事事順利啊。」

「這正好證明了索日所說的話，」黑星的語氣嚴厲。「星族當時也幫不了我們，祂們甚至無法阻止兩腳獸把我們趕出去。」

「黑星是什麼意思？」獅焰靠近松鴉掌低聲問。「他想帶影族離開湖邊？他腦袋瓜裡一定有蜜蜂！在禿葉季快來臨時自己獨自一族？」

「他**不能**這樣啊！」冬青葉的聲音發顫。「一定要有四族的。」

「噓！」松鴉掌發出噓聲，想專心聽山谷裡發生的一切。但一陣曲折的銀色閃光突然掃過他眼前：他似乎正低頭凝視著一條長長的林間小徑，月光照得林地一片銀白，林地上一條條的黑色柵欄則是拖曳在地的樹影。一隻獾笨重地走過來，臉上的白色條紋像銀色火焰般發亮。松鴉掌還沒在驚嚇中喘過氣，那隻獾就不見了，那目不見物的熟悉感，漆黑又吞噬了他的視覺。

「怎麼回事？」獅焰問。

「我看到一隻獾！」松鴉掌全身都緊繃著，但他及時想起要壓低音量。

「你看到……」冬青葉糊塗了。

「我剛才看到幻覺。」松鴉掌嚇得無法詳細解釋。「我們在這裡有危險。」

他聽到獅焰張嘴嚐著空氣。

「這裡沒有獾，」獅焰說。「你確定你看到了？」

松鴉掌揮動尾巴。「當然，」他反駁。「我只是胡謅好玩的嗎？你想也知道，鼠腦袋！」

他停頓嚐嚐空氣，聆聽有沒有巨大笨重的生物踐踏過樹叢的聲音。但樹林靜悄悄地，只有影族營地傳來的聲音，他也嗅不出一絲一毫獾的氣味。

「一定是什麼事情的預兆，」他說。「我還沒搞懂，但我覺得這裡已經不安全了。我們應該儘快回到石頭山谷。」

「但我們還沒跟索日說到話。」獅焰反對著。

「今晚也不可能了，」冬青葉說。「全影族貓都在聽他說話，我們現在沒有機會。我覺得松鴉掌說得對，我們應該找機會回去。」

松鴉掌感覺得出來，獅焰對這個決定不太高興，對索日的惱怒在他體內翻攪，但他的哥哥並沒出言爭辯，只跟著帶頭走下山坡的冬青葉離開影族營地，退回邊界。

松鴉掌身上的毛一直豎著，直到他們又涉水過溪、爬進隧道，回到雷族營地時才放平。他悄悄爬進自己的窩，倒在睡著的葉池旁邊。

獾，累垮了的他進入夢鄉時想著。**星族啊，祢們到底想告訴我什麼？**

松鴉掌因為有隻腳重重戳著他的身體而醒來。陽光溫暖他的毛，葉池的氣味圍繞在周圍。

「醒來，松鴉掌！以為自己是睡鼠嗎？」

松鴉掌迷迷糊糊地眨著眼。「說什……」

「還有工作得完成，我要你去看看蜜妮和小薔的狀況。」

「噢……好。」松鴉掌搖搖晃晃地站起身，窩外的扭打聲令他瑟縮了一下，然後才聽出那只不過是冰掌和狐掌跑過。

經過昨夜的探險，他一點也不覺得自己有睡飽，花了好大的力氣才把心思從索日和影族貓，還有那恐怖獾的幻覺上移開。「妳要我做什麼？」他問。

「我去過育兒室看蜜妮和小薔了，蜜妮還要多吃貓薄荷。我替小薔弄了一包琉璃苣，你可以順便帶過去——」

接下來的話松鴉掌根本沒聽見，樹林傳來一個發自喉嚨深處的吠叫，他把身子緊貼地面。

「松鴉掌，你到底怎麼回事？」葉池語氣裡的惱怒被擔憂取代。「你病了嗎？」她的鼻子碰到他的毛，他聽到她在嗅聞。「你聞起來有點怪。」

松鴉掌暗自感到畏縮。他不想討論氣味的事，免得又惹來更多難以回答的問題。「我沒事，」他肯定地說。「只不過被那聲吠叫嚇了一跳而已。」

「你又不是沒聽過狐狸叫。狐狸離這裡還很遠，如果很接近就會被巡邏隊發現的。」

「我知道。」松鴉掌手忙腳亂地轉為坐姿，笨拙地在胸前舔了一下。「只是……我昨晚做夢。」在哪裡夢到的就不必說了。「夢到一隻獾，不知道……不知道這是否代表危險。」

「就只有一隻獾嗎？」葉池琢磨著。「而不是一大群獾？」

松鴉掌搖頭，葉池在他身邊坐下。他感覺到她的不肯定，但她似乎並不害怕。「我想你看到的獾可能是午夜。」她說。

「誰是午夜？」

葉池在蕨叢鋪位換個更舒服的姿勢坐定。「在舊森林裡，星族曾預告四族裡的四隻貓，長途跋涉到太陽沉沒之地去找一隻叫午夜的獾。」

松鴉掌豎起耳朵。「就是這樣他們才知道貓族要離開樹林的嗎？」

「沒錯。」葉池說。「雷族裡被選中的貓是棘爪，松鼠飛跟他一起去了。午夜警告說舊樹林會被摧毀，並協助所有貓族找到湖邊新家。」

松鴉掌感到頸上的毛開始豎立。「星族把訊息給了一隻獾？可是獾會害死貓啊！」

「午夜不會。」葉池安慰她。「她不是普通的獾。後來，等我們在湖邊都安頓好後，一群有敵意的獾入侵我們的營地，想把我們全都趕盡殺絕，而午夜……」

她沒再說下去。松鴉掌感覺一股混合恐懼、懊悔和悲痛的情緒湧上她。對一場在他出生前就已結束的戰鬥，他不懂葉池為何會有如此強烈的感覺，但他太想知道午夜的事了，便沒在葉池的感覺上多耗費心思。

「那些獾後來怎樣了？」他問。

「我們想把牠們趕走。」松鴉掌發覺導師正極力想讓話聲穩定。「但獾的數量太多了，要不是午夜帶風族來幫忙，牠們就會把雷族摧毀。」

「一隻幫助貓兒對抗自己族的獾？」

「對。」葉池深深吸口氣，然後緩緩吐出。「你完全不必怕她。但她可能是想警告我們會有其他危險。如果她又出現，你會告訴我吧？」

「當然。」**或許會**。松鴉掌知道如果這隻怪獾又出現，他會先弄清楚她有何話說，才決定要不要告訴其他貓。

「我們為什麼要枯等她來？」他問。「棘爪知道她住哪，為什麼我們不能直接去找她？」

「距離是不遠，」葉池堅定地回答。不再討論獾群入侵的事之後，她似乎鎮靜多了。「但目前各族間情勢緊繃，火星絕不會派戰士去，更別談是派棘爪。他是副族長，這裡需要他。」

「那——」松鴉掌即時住口。他本想提議松鼠飛的，但她在對抗風族的打鬥中受重傷，不久前才剛離開巫醫窩，甚至還沒恢復戰士職務，這種狀況下的她絕對不可能走完那趟旅程的。

「我想妳說得沒錯。」他低聲說。

那麼，午夜，如果妳想找我，就只得親自過來了。

第三章

一片深紅色的樹葉慵懶地繞圈從獅焰頭頂飄落。他跳起來，用前掌撥打，又馬上站定，羞赧得全身發燙。這副孩子氣的模樣不會被其他貓看到吧？

黎明巡邏隊就快回來，太陽已爬上樹梢，但陰影裡的樹葉和小草邊緣依舊結著霜。落葉季悄悄籠罩樹林，酷寒的禿葉季也不遠了。

帶頭巡邏的灰毛領先刺爪和亮心幾個狐狸尾巴的距離。獅焰發現沒有任何巡邏隊隊員看到自己，欣慰地吸了口氣。他張嘴豎耳，捕捉任何風族入侵者的跡象。但風族貓微弱的氣息全都來自他們的領域內。

「獅焰！」灰毛停步，回過頭。「你準備在那裡站到生根嗎？」

「來了！」獅焰喊著，跳向前追上這位前任導師。「我只是想確保沒有風族貓過來。」

灰毛對他讚許地點點頭。「很好，但我想我們不需要擔心。」

「小心點總是沒錯。」獅焰說，放慢步子跟其他的老戰士並行。亮心和刺爪消失在蕨叢後頭，獅焰發覺，想跟灰毛私下交談，現在就是他等待許久的良機。他瞥了灰毛一眼，開口說：「能不能問你一件事？」

灰毛的鬍鬚抽動了一下。「當然。」

「我覺得我需要加強戰鬥訓練，你可以陪我練習嗎？」

這位前任導師停步面對他，藍色的雙眼在訝異中睜大。「獅焰，你現在是戰士了，」他提醒他。「還是族裡最棒的戰士之一，你真覺得還有需要學習的地方嗎？」

灰毛的讚許像道陽光溫暖了獅焰。在他還是見習生時，總以為自己永遠無法讓這位灰毛戰士滿意。

「總有學不完的東西，」他說。「我想盡可能鍛鍊強健的體格，以備隨時應戰。」

灰毛深思地眨眼。「我不確定還會有戰役，至少這一陣子不會有。」

「風族可能會惹出更多麻煩，而且我需要加強練習。」獅焰堅持道。他伸縮著爪子，準備撕扯地上的草，然後又停止動作。他不想讓灰毛知道這對自己有何意義。「拜託你。」

「好吧，」灰毛仍然半信半疑，卻不再反對，讓獅焰鬆了口氣。「我們現在就可以練習。我先趕上亮心，叫她去跟火星報告，然後我們在訓練處見。」

他跳步走開，獅焰獨自前往訓練處。他享受著涼風拂過身體和腳下踩到露水的感覺，心裡清楚一定要持續訓練，儘量利用自己的力量，而不能讓虎星表現得像是自己的導師。

獅焰打了個顫，彷彿想起這位黑暗戰士就會把他召來；他看了看四周，並不見條紋的陰影和燃燒著的琥珀眼睛。

或許他並沒變。也許我看到的只是虎星原本的面目。

他記得蕨雲在小狐和小冰成為見習生前，曾經斥責他們：「要是你們不聽話，就會被虎星抓走！」兩隻小貓咪嚇得尖叫，貼近媽媽的肚子躲著。

我是鼠腦袋嗎？獅焰納悶。**竟然以為他在幫我，其實我只是被他利用了？**

如果他跟灰毛練習，就不再需要虎星。如果虎星還是繼續來找他，他會有足夠的力量把他趕走。

如果我能證明，沒有他我一樣能成為優秀的戰士，也許他就會走了。

時候還早，訓練處一片空蕩，草上還沾著幾縷水氣。獅焰走到中央，開始練習打鬥動作，跳高、半空扭身，想像自己落在虎星寬寬的肩頭，爪子插進這隻深色虎斑貓的身體。

「不錯嘛。」灰毛的聲音從山谷另一邊傳來。

「謝謝。」獅焰喘著氣說。

他正準備轉頭看這位前任導師，灰毛卻衝過來把他撞得四腳朝天。獅焰氣自己還沒準備好，發出一聲叫喊，用後腳猛踢灰毛，灰毛則想一口咬住他的脖子。灰毛戰士的沉重身軀把獅焰壓在地上，他簡直喘不過氣。

「還想打嗎？」灰毛激他。

獅焰使出全身力氣打滾、甩開灰毛，爬了起來。他重重喘氣，趁灰毛還沒站穩就撲過去，前腳迅速打灰毛戰士兩拳，正準備跳開。

但灰毛動作更快。他如電光石火地伸出一腳，從後面勾住獅焰的後腿。兩隻貓在地上扭打，灰毛一掌用力地打中獅焰的耳朵。

獅焰用前腳向對手揮擊，打鬥的紅霧要將他吞沒，他發覺縮著爪子實在很困難。

「住手！」獅焰幾乎沒聽到那聲喊叫，但灰毛卻立刻從他身上離開站起來，只剩獅焰還在地上亂抓亂扒，猛搖頭想把紅霧弄散。

「看在星族的份上，你們到底在幹什麼？」

獅焰認出了火星的聲音。他掙扎著站起，把眼中的砂礫眨掉，看到火星站在山谷邊緣，身後是白翅、冰掌和樺落。雷族族長的眼裡閃動著綠色的火焰。

「戰士打架？為什麼？」他追問。

灰毛把身上的土塊抖落。「火星，我們只是在練習。」

「可是獅焰已經是戰士，」火星說。「不再是你的見習生了。」

「火星，這是我的主意，」獅焰說。「我請灰毛跟我練習的。我們只是想——」

「我不想聽藉口，」火星的語氣冰冷。「我剛才看到的是遠比一般練習還要凶狠的打鬥。在我們領域有困難的時候，不能再有戰士受傷了。何況禿葉季即將到來，葉池也不能在不必要的傷口上浪費藥草。你們兩個都是鼠腦袋嗎？」

「對不起，火星。」獅焰低下頭。「都是我不好，不要責怪灰毛。」**但要是不准我們練習，又怎麼可能進步？**

「灰毛是一位經驗老到的戰士，應該更有理智才對，」火星斥責著，尾巴一掃，然後又稍稍放鬆。「我知道你很積極，獅焰。這樣是很好，但下次記得想得遠些，好嗎？現在並不是冒險的時候。」

恥辱又絕望的獅焰全身發出細碎的響聲，喃喃表示同意。

「白翅、樺落和冰掌要去狩獵，」火星繼續說。「獅焰，你最好也跟去。把你練習打鬥的力氣用來打獵，而不是用在另一位戰士身上。灰毛，你跟我來。」火星尾巴一揮，走出空地，後頭跟著那位灰毛戰士。

「我們想去湖邊打獵哦。」白翅對獅焰說。

「隨便啦。」獅焰讓樺落和白翅領頭，三隻貓前腳不離後腳地穿過樹叢，冰掌則踩著小跳步，興奮地跟在後頭。

打鬥的熱度仍一陣陣貫穿獅焰的身體，他好想把爪子插進什麼東西裡，希望很快就會有松鼠或兔子經過面前。

他覺得火星的說法很不公平，這感覺一直甩不掉。現在當然是練習打鬥動作的好時機吧？隨時都可能跟風族或影族開戰啊。再說，如果他永遠沒機會練習技巧，又如何才能實現那個預言，成為貓族史上最優秀的戰士？

ϟ ϟ ϟ

獅焰穿過荊棘通道，嘴裡叼著兩隻老鼠、一隻田鼠，食物的氣味淹沒了他的感官。抵達空地時，他看到弟弟和姊姊都在巫醫窩外。冬青葉用尾巴向他打招呼，於是他把東西放上獵物堆後，就跳著到姊弟身旁。

「我聽說你和灰毛打架是怎麼回事？」冬青葉問。

「什麼？」獅焰大驚失色。「妳怎麼知道的？」

松鴉掌抽動耳朵。「我們營地的消息傳得比兔子還快呀，你還不知道嗎？」

「莓鼻告訴我的。」冬青葉語帶警惕。「他狩獵巡邏時聽到你的聲音，還說你兇得不得了。」

「莓鼻！」獅焰嗤之以鼻，尾巴一甩。「除了會到處說八卦，他就沒別的事可做了嗎？」

「總而言之，消息是真的囉？」冬青葉追問。「你們為什麼打架？」

獅焰豎起頸上的毛，全身肌肉緊繃。他想跟真正的敵人戰鬥，而不是聊八卦、回答無關緊要的問題。

「我們不是在打架，」他忿忿地回嘴。「是在訓練。別提了行不行？火星因為這件事已經罵過我，但我覺得他錯了！我需要更多練習！要是我忘記怎麼打鬥，又該怎麼捍衛雷族？」

等他把話說完，已經是咬牙切齒地吐出每個字，爪子也絕望地在地上猛扒著。

一個心跳過後，冬青葉向他走近一步，輕輕把尾尖放上他的肩頭，獅焰打了個顫，想把幾乎滿溢而出的熊熊怒火壓抑住。

「你不會喪失打鬥技巧，」冬青葉說。「還不懂嗎?這就是預言給你的特殊力量，讓你能比所有貓族裡的戰士都更精於打鬥。」

「妳不懂，」獅焰咕噥。「我的感覺並不是那樣，我覺得我需要不斷練習。」

「唔，那你最好別再被火星發現。其他貓已經開始議論了，」冬青葉警告他。「我們不能讓其他族貓知道預言的事，至少在我們還不確定預言的意義之前不行。」

「我會盡力的。」獅焰，垮下雙肩答應著。「我不會再跟其他戰士打架了。」**至少，不會在火星聽得見的地方。**

ϟϟϟ

厚重的黑暗包圍著獅焰，戰鬥中的尖叫迴盪在耳際。他嗅到血腥味，感覺鮮血擋住他的腳掌，黏在毛皮上。他胸口劇烈地上下起伏，好像已戰鬥一整夜。月光穿透過雲層，一束慘淡的月光灑落地面。獅焰驚恐地吸了口氣，認出前方泥濘中橫躺著石楠掌的屍體。

她身上從頸到尾被刮出一道長長的深口，淡淡的虎斑毛上浸滿血，在銀色的月光下成了黑色。她的脣縮成一個凍結的咆哮嘴形，一雙藍眼無神地瞪視夜空。

「不……不……」獅焰哀鳴。

他肩膀突然被尾巴碰一下，他吃了一驚，轉身只見虎星熱切的黃褐色目光。

「幹得好，」這隻大虎斑貓發出滿意的咕嚕聲。「那場仗打得真好。」

「但這——這並不是我想要的！」獅焰反對。

「不是嗎？」虎星的聲音裡帶有一絲怒吼，雙眼大放光芒。「記得她是怎麼背叛你的吧！她差點因為把隧道的事告訴風族而毀了你們全族。」

「可是……」獅焰伸出一隻腳掌，輕輕放在石楠掌身上。她的毛是冰冷的。「她也不該落到這個下場啊。」他低聲說。

「每個叛徒都該死！」虎星眼裡的火焰陡然升高，讓獅焰透不過氣來，他發出一聲恐懼的吼叫，以為身上的毛會被燒焦。四隻腳在浸滿血的地上猛扒，卻怎樣也動彈不得。

另一隻貓伸出一掌從後方碰碰他的肩，獅焰回過頭，伸出利爪，準備對敵人撲擊。

塵皮站在他面前，目光閃動著惱怒。陽光穿透戰士窩的樹枝灑了進來。

「星族啊，我還以為是風族入侵了，」他斥責著。「你非得弄出那麼大的聲音嗎？」

「對不起。」獅焰喃喃地說。鋪位上的苔蘚和蕨葉都被他剛才的亂扒給弄散，幾隻貓也睡眼惺忪地抬起頭，看看是怎麼回事。

「我想也是。」塵皮轉身，又回到蕨雲身邊盤起身子睡下。

獅焰仍因那個夢顫抖著，體內的血帶著打鬥的熱度一下又一下地敲擊。他站起來，走出窩外。正在獵物堆旁的沙暴和蛛足轉過頭，好奇地打量著他。

石楠掌支離破碎的屍體影像，仍縈繞在獅焰腦海裡揮之不去，遠比他面前的空地還要清晰。**我真會變成那樣嗎？一隻下手不眨眼的貓？像虎星那樣？**

他希望自己從來沒聽過那個預言，就當一隻普通的戰士，跟族貓擁有一樣的打鬥技巧。但預言的內容已被說破，獅焰很清楚，自己逃不掉即將降臨到他和姊弟身上的命運。

第四章

松鴉掌聽到葉池走進窩裡的聲音，正在數罌粟籽的他抬起頭。葉池身上混著小薔的氣味。巫醫嘴裡叼著的那隻小貓咪傳來輕微的咳嗽聲。

「小薔情況更糟了？」他擔憂地問。

葉池把小貓放在蕨葉鋪位上，松鴉掌聽到枝梗的窸窸窣窣聲，知道小薔正在找個舒服的姿勢趴下。

「就跟我擔心的一樣。」葉池說。「小薔被傳染咳嗽，蜜妮也沒好轉。我想讓她也搬進來住，但我猜黛西無法同時餵哺自己的小孩，又加上小蜂和小花，而且這裡的空間也不夠。」

松鴉掌感覺導師身上傳來穩定的焦慮感，猶如拍打岸邊的浪。「妳為什麼這麼擔心？只不過是白咳症。」

葉池嘆口氣。「很容易就會變成綠咳症，尤其寒冷天氣快來了。」她壓低聲音，免得被小薔聽見，繼續說：「族裡有幾隻小貓病了，鼠毛也很虛弱。我們的小貓可能會病死。」

她滑步走過松鴉掌身邊，進入儲藏洞穴。「貓薄荷快用光了，」她低聲說。「目前的存量足夠讓小薔吃，也夠讓蜜妮再吃一次，但之後就沒了。」

「我去多摘一些來。」松鴉掌立刻自告奮勇。

「你幫了我一個大忙，」葉池說。「再找一隻貓陪你去吧——不，不是因為我認為你無法單獨做到，」好像知道他的毛會豎起來似地，她這麼補充：「而是兩隻貓能採回的量更多。」

「好吧，要不要我先把一些貓薄荷拿去給蜜妮？」

「不，我去就行了。你愈早出發，就能愈快帶回新鮮藥草。」

松鴉掌走上空地時首先看到的是罌粟霜，她正蜷伏在獵物堆旁。他快步跑過去。

「妳在忙嗎？」

罌粟霜大口吞下滿嘴的田鼠。「不太忙。」她回答。「亮心建議我把戰士窩裡的鋪位清一清——鋪位數量有夠多，只有兩名見習生簡直忙不過來。但老實說，能有理由不做也好。」她把最後一口食物吞下，站起來。「你要我做什麼？」

松鴉掌解釋了小薔的情況，並說需要採集更多貓薄荷。

「可憐的小貓咪，」罌粟霜同情地說。「我當然要幫忙，走吧！」

她跳步走過空地來到隧道，松鴉掌只得跟上。一旦通過隧道他就迎頭趕上，並肩走向廢棄的兩腳獸窩。想起上次那場戰役，松鴉掌覺得腳掌一陣刺痛，鮮血和恐懼的氣味雖已消淡，打鬥的尖叫聲仍迴盪在他腦海。他帶領罌粟霜遠離風族入侵雷族時的隧道，不願去想，如果還有另一個入口可以進入他初次遇見磐石的地下洞穴，是代表什麼意義。

他們逐漸接近兩腳獸的窩，但他並沒聞到辛辣清新的藥草味，反而嗅出一股霉味。

「噢，不！」罌粟霜突然停步。

「怎麼了？」

「貓薄荷！噢，松鴉掌，幾乎都沒了！」

「沒了？不可能！」

罌粟霜跳向前，松鴉掌跟隨在後。他感覺腳下有厚軟的草，然後是一塊翻動過的土地，兩腳獸曾在這裡種過植物。那股霉味現在到處都是，混雜著偶爾飄來的一絲新鮮樹葉氣味。

「妳看到什麼？」他問。

「全都被壓爛了，」罌粟霜回答，語氣裡充滿悲痛。「枝梗全都斷裂、枯黑又腐朽。」

松鴉掌感覺體內有個黑暗的恐懼正在擴大。「病貓可不能吃那個。」

「我知道，一定是打鬥時造成的。」

松鴉掌揮動尾巴。「一定是風族和河族故意弄的。」

「不會有貓這麼殘忍吧？」罌粟霜說。

松鴉掌憤怒地用爪扒地。「我們得告訴火星，決不能跟他們善罷甘休！」

「不——等等。」松鴉掌正準備衝回營地，罌粟霜卻用尾巴擋在他胸前。「之前這裡到處都有貓打鬥，這些貓薄荷大概只是被踩爛了。」

松鴉掌悶哼一聲。她說得或許沒錯，但他仍不得不懷疑。不過，替小薔和蜜妮找到新鮮的貓薄荷仍是首先該做的事，向火星報告這件事可以慢一點。

他細細嚐著空氣，辨出幾絲剛露出土面的貓薄荷草梗，但枝梗還太幼嫩，而且數量也不足。他小心翼翼地咬起每根草梗。

在附近走動的罌粟霜在樹葉間弄出沙沙聲響。「我把這些斷梗拉開，」她解釋道。「這樣新草才有空間生長。」

「好主意，」松鴉掌說。「我來幫妳。把妳看到的新草梗叼起來，跟我的放在一起。」

他開始把枯死的草梗和堵住新草生長的落葉扒開，一面想像太陽溫暖著憔悴的植物，鼓勵它們再接再厲，往上生長。但禿葉季很快就要到了，到時候什麼植物都不會生長。他們能等到新葉季再找新鮮的貓薄荷嗎？

最後他們能做的都做完了。找到的貓薄荷雖是一隻貓就能輕鬆帶走的量，松鴉掌和罌粟霜還是把貓薄荷分成兩堆，走回營地。

「怎麼回事？」松鴉掌繞過藤幕時，葉池擔憂又尖銳的聲音響起。「怎麼這麼久？怎麼只帶回這麼一點？」

松鴉掌把嘴裡那堆藥草放下。「就只有這麼多了。」

「什麼？」

罌粟霜走上幾步來到松鴉掌身邊，也把嘴裡那堆草放下。她沉聲解釋在兩腳獸窩附近看到的情形。

「真是糟糕！」葉池喊。「我們領域裡，我只知道那裡有貓薄荷。」

「那麼只得把這些全都給小蕾了。」松鴉掌幾乎認不出說話的貓是誰，那聲音沙啞至極。然後他聞出了蜜妮的氣味，心裡猜想她是來跟孩子聚聚的。「我沒關係，葉池，真的。」她的話聲被一陣猛咳打斷。

松鴉掌並不相信她。她聽起來比之前還要嚴重，他也感覺到葉池對病情的恐懼。

「我去跟火星報告。」罌粟霜低聲說著並走出窩。

「蜜妮，妳一點都不好。」葉池的擔憂讓她的語氣更嚴厲了。「看看妳咳出來的東西吧，妳得了綠咳症，非要住在這裡不可，松鴉掌和我才能照顧妳。」

「可是小蜂和小花怎麼辦？」蜜妮的聲音轉為哀號，接著又是一陣劇烈的大咳。「黛西不可能又餵他們又餵自己的孩子啊。」

「我不跟妳爭這個，」葉池反駁。「黛西會想辦法的。再說，小蕾已經生病了，難道妳想讓綠咳症傳染給其他小貓嗎？」

蜜妮還來不及回答，窩口就傳來腳步聲，松鴉掌嗅出灰紋的氣息。「怎麼回事？」這位灰毛戰士問。「蜜妮，我在營地另一頭都能聽見妳咳嗽。」

「她得了綠咳症，」葉池告訴他。「不——待著別動！」她衝過松鴉掌身邊，松鴉掌想像得到她擋住灰紋，不讓他跑到伴侶身邊。「你想被傳染，然後散播給全族嗎？」

一陣沉默。松鴉掌感覺出灰紋的怒意和對蜜妮的擔憂。「好吧，」灰毛戰士終於開口。「我能幫什麼忙？」

「去跟黛西談談，」葉池說。「她必須餵哺育兒室的四隻小貓，因為我決不會讓蜜妮離開這裡。小玫瑰和小蟾蜍可以吃正常食物了，這點應該有幫助。」

「好。」得知自己可以做點什麼，灰紋似乎鬆了口氣。「我會確保她有足夠的食物——我也會替你們帶點吃的過來。如果還有什麼需要就告訴我。」

「謝了，灰紋。」葉池說。

「我愛妳，蜜妮，」灰紋對伴侶喊著。「別擔心孩子，我每天都會去探望他們。」

蜜妮的唯一回答就是一陣累壞的低喃，她咳得快虛脫了。松鴉掌聽到她把小薔拉到身邊。「好好吃吧，小東西，」她輕聲說。「長壯一點，那妳很快就會好了。」

「我可以帶點琉璃苣去給黛西，引出她的奶水。」松鴉掌自告奮勇。

「好，但先跟蜜妮和小薔在這裡稍等一下。」葉池告訴他。「我得去跟火星報告，營地裡有綠咳症了。」她一個轉身走出窩外。

松鴉掌來到裂縫前，查看琉璃苣的存量。琉璃苣也所剩無幾了，但他知道可以去哪裡採。他把要給黛西的份推到一旁，然後咀嚼起那堆少得可憐的貓薄荷，準備給蜜妮和小薔吃。

我們還要更多，但我不知道該去哪裡找。這兩隻貓如果是我們在新葉季來臨前，唯一需要治療的病貓，那我就是老鼠。

葉池回來時，一陣涼風吹動巫醫窩口的藤蔓。新月高掛在天空，月亮的尖端就在樹梢上。

「該到月池去了。」她煩惱地說。「真希望天空能被雲蓋住！我不想離開蜜妮和小薔。」

「妳不是非去不可，」松鴉掌說。「妳說得對，這裡需要妳。我可以自己去。」

「噢，可是……」葉池反對的話沒說完就住了口。

松鴉掌強迫自己安靜地細聽她的沉默。他還想跟她說，她可能會累得走不動，因為她把力氣都花在照顧兩隻病貓身上了，如果她堅持要走這一趟，搞不好會從山上摔下來。但松鴉掌知道最好還是別這麼說，如果他暗示她做不到，葉池只會倔強地想證明自己無所不能。

「見習生通常不會在沒有導師陪同之下去月池，」葉池像是在自言自語地說。「但我想就這麼一次應該沒關係。你認得路……而我又非得留下來照顧蜜妮和小薔。」

沒錯！松鴉掌極力克制自己不要做出勝利的跳躍。

「好吧，」葉池終於做出決定。「但要小心點，千萬別跟柳光吵架。」

我會嗎？松鴉掌不是很喜歡蛾翅的這位見習生，但自己既然成了雷族唯一的發言者，當然不會感情用事地跟她吵架。

「那我走了。」他說。

「好……對了，松鴉掌，如果你剛好聞到貓薄荷——」

「我會順便帶回來的。」松鴉掌答應，雖然心裡很清楚這個承諾有多虛幻。雷族領域裡再也沒別的地方有貓薄荷了。如果真要找到足夠拯救病貓的藥草，或許得走到離湖邊更遠之處。

第五章

松鴉掌滑步走出荊棘隧道，然後大步走進樹林。夜晚的氣息和聲音，似乎因為他單獨行動而比以往更清晰，這裡沒有其他貓煩他，如果他被樹枝絆倒或一腳踩進洞裡，也可以悠哉地站起來再走。

現在整個領域他都很熟，尤其自從他參與那場戰役之後。不久，他離開雷族領域，攀爬上岩石嶙峋的峭壁。前方有其他貓的氣味，他認出那是河族的柳光、風族的吠臉和他的見習生隼掌。小雲不在其中。

氣味迅速變濃，松鴉掌發覺其他巫醫正在等他趕上。他在大家面前停下，點了點頭。「大家好。」

「你好，松鴉掌，」吠臉說。「獵物情況怎麼樣？」他的聲音怪怪的，松鴉掌感覺出一股強烈的愧疚，彷彿這位風族巫醫想為兩族之間的敵意道歉。

松鴉掌點點頭，表示接受了這隻年長的貓

不肯說出口的話。「還不錯，謝謝。」

「葉池呢？」柳光問。

「她不能來，」松鴉掌回答。「她有事情要做。」每位巫醫雖然都依循不同守則生活，他卻不想讓其他族知道雷族營地有綠咳症。這樣他們給貓的感覺會變弱。

三隻貓都很驚訝，但柳光卻多了一絲惱怒。

「我還等到被命名以後，蛾翅才准我單獨過來。」她說。

我打賭蛾翅在這之前，就肯讓妳單獨來了，這趟旅程在她眼中根本是浪費時間。松鴉掌真想這麼反駁，但及時阻止自己。河族的巫醫不相信星族，其實她可以待在窩裡，省得千里迢迢來月池一遭。

「看來小雲是不會來了，」吠臉低聲說。「我以為至少他對星族是忠誠的。」

他盡力了，松鴉掌想這麼告訴他，但他不能洩漏那趟前往影族的探險。那時小雲曾反駁索日告訴全影族的話，但卻毫無效果。影族已背棄戰士祖先，黑星一定也已禁止巫醫前來聚會。

「或許他可以跟星族聊聊他們族裡的事。」柳光低聲說。

「也許星族會顯示給我們看，該拿索日怎麼辦？」松鴉掌建議，儘管私底下他卻不認為有這種可能。

吠臉咕噥著同意。「我們最好繼續走，不要等了。別再浪費月光。」

松鴉掌跟著其他貓走下迴旋小徑，前往月池時，聽見瀑布和輕柔的腳步聲。腳掌踩到磐石和落葉許久以前弄出的洞，他只覺得跟祂們好親近。

希望我今晚能好好做個夢，他想。**做夢的時間到了。**

自從他在影族有過那個幻覺，事後又跟葉池談過後，他一直希望能再見到那隻名叫午夜的怪獾。如果在這半月之夜，她都不來月池，那麼也許她根本無意過來。

其他貓都在池邊坐定，松鴉掌來到吠臉身邊。隼掌蜷伏在導師的另一側，柳光則在水邊找了一個較遠的位子。

松鴉掌把鼻頭浸在月池裡，冰涼的水使他渾身打顫。他捲曲身子，讓睡意裹住自己。

當他睜開眼睛時，發現自己在一片凹凸不平的空地上。腳下的峭壁直陡而下，深得讓他一陣眩暈，使他退後一步。風在岩石間呼嘯而過，松鴉掌把爪子插進滿布石礫的土裡，就怕自己會被吹走。微光從山頭上朝他照來，松鴉掌分不出那是星光還是曙光。他本以為這裡沒有其他貓，這時才發現其中一塊大石頂端有東西在動。他認出磐石那無毛、扭曲的身體和瞎了的眼。

「祢來了！」松鴉掌倒吸口氣。「祢有事情要告訴我嗎？」

磐石搖搖頭。「她想見你，所以我帶她來了。」

一個黑色的身影聳立在磐石身後，緩緩移到空地。松鴉掌的爪子更用力地抓地了，頸上的毛開始豎起，他正凝視著那隻獾明亮的一對豆眼。

「午夜？」他邊問，邊氣自己竟然止不住聲音裡的顫抖。「妳就是曾經幫過雷族的獾？」

這隻龐大的動物點點頭，頭上的白色條紋在新月下微微發光。「小東西，沒什麼好怕。你肯跟我談談嗎?」

「好,我……我想問妳為什麼在我們去影族的那天晚上現身給我看。那個是妳沒錯吧?」

午夜點頭。「我經過,發現索日跟貓族說的話。」

「妳認識索日?」松鴉掌太驚訝了。

「他來到我在海邊的窩。他聽說湖邊有貓,問了一堆問題。」

「而妳都回答了?」是因為這樣,索日才會這麼清楚貓族的事嗎?「為什麼?葉池說妳是我們的朋友!」松鴉掌抗議。

午夜聳聳她那對沉重的肩。「做朋友方式很多。沒錯,我把知識給了索日,知識並不總會帶來力量。」

「知識給索日的力量已經夠大了,」松鴉掌苦澀地說。「他已經說服一個貓族背棄對星族的信仰。」

「也許星族的任務就是要重建影族對他們的信仰。」

松鴉掌眨眨眼,他以為磐石一直教導他的是星族並沒有那種力量。「怎麼辦到?」

午夜的眼睛閃著黑光。「信仰夠強,就能夠達成一切。」她安慰他。

「這不是答案!」松鴉掌頹喪地喊。「妳為什麼跟索日談而不找我?」

沒有回答。午夜龐大的身軀融進陰影,白條紋又閃動一個心跳的時間,然後她就消失了。

松鴉掌狂亂地往四周看。磐石也消失了,僅剩他單獨在荒涼的山頂。他努力想清醒來,不斷眨眼希望睜開雙眼就能看到黑暗,但毫無用處。**我被困在這裡了嗎?**他想著並開始驚慌。

然後他發現又有兩隻貓橫越空地朝自己走來，風吹亂祂們身上的毛。在前的是肌肉壯碩的虎斑貓，一隻耳朵被扯裂；這隻貓身後則是一隻灰白相間的小公貓，鼻頭上還有溼氣在閃爍。兩隻貓腳下都有微弱的星光閃動，但祂們緊張地前進著，不時迅速瞥著陰影，好像以為會被敵人偷襲。

虎斑貓停在松鴉掌面前，點了點頭。「你好，松鴉掌，」祂說。「我叫鋸星，曾經是影族的族長。這位是鼻涕蟲，我們的巫醫。」

松鴉掌望著祂們。葉池告訴過他鼻涕蟲的事，但看來這位前任巫醫就連進入了星族，還是治不好自己的感冒。「祢們為什麼來找我？」

「看在我們族貓的份上，」鋸星回答，語氣悲傷，聲音空洞。「如果沒有貓能幫得上忙，那麼索日會將他們四分五裂。四散的他們只會變成無賴貓呀！所有的榮譽和驕傲都沒了！」

「我在夢裡跟小雲談過，」鼻涕蟲補充，把尾尖放在族長的肩上。「他還有信仰，但沒幾隻貓肯聽話，現在黑星還禁止他跟星族交談了。他不能離開營地，到月池跟我們聊天。」

「可是……祢們又期望我怎麼做呢？」松鴉掌一頭霧水地問。「我不能走進影族去跟黑星談，就算我去了他也不會肯聽，只會把我分屍送回雷族去的。」

「我不能告訴你該做什麼，」鋸星承認。「我只知道我的心告訴我，你可能是最能夠救我們族的貓。」

祂跟鼻涕蟲絕望地互看一眼。看到祂們這樣，松鴉掌發覺影族不僅拒絕了星族，連戰士祖先似乎都準備放棄他們了。

憤怒像尖刺刺著他的肚子，讓他豎起了頸上的毛。**好吧，**他暗暗低吼。**如果祂們什麼也不肯做，我來好了！一定有什麼辦法可以打敗索日，重建影族的祖靈信仰。然後索日就能信守承諾，幫我們實現那個預言。**

「我儘量，」他答應，顧不得掩蓋聲音裡的憤怒和輕視。「至少我不會枯坐哀號，像隻走失的小貓。」

「謝謝，」鋸星又點點頭。「你們的戰士祖先……」

祂的聲音開始變小，彷彿幻覺正在消失，但松鴉掌還是能清楚看到祂和鼻涕蟲。困惑的他望了望四周和下方，全身在驚恐中僵住。他可以看到**腳下**岩石嶙峋的表面。

我要消失了！

他的眼睛猛然睜開，眼前一片黑暗，仍蜷伏在月池畔，瀑布輕柔的水聲傳入耳中，其他的巫醫也陸續醒來。

再次跟吠臉、隼掌和柳光走下峭壁時，松鴉掌回想剛才看到的一切。午夜的話等於沒說，只不過表明是她讓索日知道貓族隱私的。她是否也告訴索日太陽會消失呢？就算有，松鴉掌也不會訝異。但午夜並沒說任何能幫他解決影族問題的事。她似乎認為星族有辦法重建信仰，但星族顯然不準備採取行動，只打算讓一隻巫醫見習生來幫忙。

松鴉掌在風族邊界上與其他貓道別。一陣微風從沼澤吹來，帶來藥草和兔子的氣味。柳光趕上他，尾巴拂過他的肩。

「願星族與你同在，松鴉掌。下次見囉。」

「謝了，」松鴉掌咕噥著。「妳也一樣。」不必讓她以為他會開始友善，她剛剛在他面前，把自己被命名的事講得太驕傲了。但現在他不想說話，只想思考。

擊敗索日的唯一辦法，就是讓影族恢復對戰士祖先的信仰。**我該怎麼做呢？**尖石巫師曾欺騙部落，好說服他們繼續跟入侵者對抗。他的謊言讓大家有了勇氣，而他們也打敗入侵的貓。急水部落變得更強，只因為他們相信戰士祖先所做的一切都是為他們好。

但沒有唾手可得的謊話能讓影族相信啊，松鴉掌自問。**除非……**

等他回到石頭山谷，松鴉掌感覺一陣清新的風表示著黎明即將到來，他也聽到鳥兒開始在枝頭鳴叫的聲音。**真想吞掉一隻肥美的畫眉鳥，**他飢餓地想。

他走過空地時，對蜜妮和小薔的擔憂又回來了，但他走進巫醫窩後，卻只聽到三隻貓深沉、規律的呼吸聲。**真好，他們都需要睡眠。**

松鴉掌不但沒去睡，反而又悄悄地爬出去。他不覺得累，反而因興奮而全身打顫。回家途中，有個計畫在他腦中成形，他要跟姊姊哥哥談一談。他嚐了嚐空氣想知道他們在哪裡，不久就聞出冬青葉正蜷伏在獵物堆旁，跟鼠鬚和莓鼻在一起。

「嘿，冬青葉！」他喊，不想走近而捲入其他貓的交談。

冬青葉起身跳過來，肚子咕嚕叫著，他嗅出她身上還沾著新鮮老鼠的氣味。「發生什麼事了嗎？」她問，他感覺出她的急切如閃電般發出爆響。

「我們得談談。獅焰在哪？」

「還在戰士窩裡睡覺呢。」冬青葉說。

「去叫他。我到窩後方等妳。」

松鴉掌悄步走進戰士窩後面的裂縫，爪子不耐煩地伸縮著，直到冬青葉和獅焰都擠進身旁的狹窄空間。

「一定要再找個更好的地方，」獅焰抱怨。「我們要是再長大一點，這裡就擠不下了。」

「少抱怨了，」松鴉掌頂嘴，扭動身子讓自己占據的空間更舒適。「這件事很重要。」

「那就快說啊！」冬青葉說。

松鴉掌說了他在月池畔的夢，見到那隻名叫午夜的獾，之後還見到鋸星和鼻涕蟲。

「星族請你幫忙？」冬青葉發問，聲音裡透著敬畏。「好了不起喔！」

松鴉掌不耐地發出一聲輕噓。「沒必要表現得這麼驚訝好嗎？」

「祂們要你做的事，你做得到嗎？」獅焰問。「你知道我們會幫忙的。」

「我有個主意。」松鴉掌開口。「我們必須讓影族相信他們的戰士祖先，對吧？所以他們需要的是星族顯一次靈——能讓每隻貓都清楚看見。」

「如果星族做得到，不就早做了嗎？」冬青葉懷疑地問。

「我想也是。」松鴉掌全身因興奮而刺痛。「所以，如果星族做不到，我們就幫祂們。」

一陣短暫的沉默。然後獅焰開口問：「捏造星族顯靈？」

「有何不可？」

「我不知道耶，」獅焰的語氣困惑。「就是……不大對。何況，如果我們比星族的力量還強，影族信不信他們的戰士祖先就不重要啦。」

「當然重要，你這個鼠腦袋！」冬青葉忿忿地說。松鴉掌感到全身肌肉都繃緊了，好像她隨時會撲向哥哥。「四族都必須遵守戰士守則。」

「好啦，冷靜點。」獅焰咕噥著。

冬青葉不理他。「松鴉掌，我不知道我們該怎麼做，但我知道我們做得到。我願意不惜一切，從索日手裡拯救影族！」

松鴉掌可以想像她綠色的眼裡燃燒著火焰。一陣震顫沿著他的脊椎流竄而過，事情愈來愈明顯：對冬青葉而言，沒有什麼會比戰士守則還重要。而這是松鴉掌生平第一次覺得有些怕她。

第六章

冬青葉被咳嗽聲吵醒，她抬起頭，看著戰士窩。幾個尾巴之遠，刺爪偏著頭在咳。

亮心把臉湊向他的肩說：「別擔心，我替你去葉池那邊拿點藥，你就會覺得好多了。」

「快去吧，」蛛足粗嘎的聲音說。「這樣我們才能睡覺。」

「就是說嘛，簡直像在怪物身邊睡覺似的。」莓鼻也附和。

亮心生氣地瞪了他們一眼，牙齒露出來準備咆哮。「等你們生病，看我會不會幫你們。」她反脣相譏，然後穿過樹枝出去了。

刺爪又開始咳。「對不起。」

「別對那兩個蠢毛球道歉，」冬青葉說。「如果他們不高興，大可以出去做點有用的事。」

蛛足和莓鼻都不理她，又盤起身並用尾巴遮住耳朵。刺爪也躺下，但他每次呼吸時又咳得全身大震。

冬青葉擔憂得睡不著。要是葉池沒有控制住綠咳症的病情，還有多少貓會病倒呢？她的思緒跳到前一天跟獅焰和松鴉掌的交談。他們真的有必要假造徵兆好讓影族再度相信星族嗎？這樣星族難道不會生氣？也許他們該想別的辦法來表達索日並非好領袖。

冬青葉不情願地想起自己第一次跟索日說話時的感覺。她全身裹在他溫暖的目光裡，他冷靜、低沉的嗓音讓她覺得只要聽他的話，一切都不會有問題。

然而他卻從星族手裡奪走一族。這是不對的！**星族一直都在！每個貓族都不該背棄祂們。**

內心的交戰讓她頭昏腦脹。外面雖然雨聲不斷，她還是站起來，擠身穿過窩口的樹枝。雨把空地上弄得一片泥濘，她跳向荊棘隧道時，泥水濺得她身上都是。她打著哆嗦站在雨淋不到的隧道裡，腳掌蠢蠢欲動，想衝過樹林，彷彿只要她像追獵物似的去找，就能夠找到答案。

灰濛濛的曙光不情願似地滲進山谷，除了亮心以外沒驚動任何貓，她從葉池窩裡出來，衝過空地，嘴裡叼著幾片葉子。不久，擎天架上的動靜吸引冬青葉的目光，她看到沙暴正跳下那堆亂石。這隻薑黃色的母貓朝泥地隧道前進，看到冬青葉後又一個轉身，跳了過來。

「這麼早，妳在這裡幹嘛？」她說。「在太陽出來以前，不會有巡邏的。」她抽動尾巴，又說：「幸運的話，那時候雨已經停了。」

「刺爪在咳嗽。」冬青葉回答，心裡很清楚自己並沒有全盤托出。

擔憂湧上沙暴的綠色眼睛。「我們營地現在最怕的就是疾病。很多貓兒還沒從上次的打鬥中復原——尤其是松鼠飛。」

冬青葉縮了一下。母親在打鬥中受重傷，傷口才剛開始癒合。雖然她已經不在葉池窩裡睡，葉池還是不准她離開營地。如果她也得了咳嗽，不會有體力對抗疾病的。

沙暴低下頭，把鼻子在冬青葉頭上靠了靠。有一個心跳的時間，冬青葉覺得自己好像又成了小貓，安全、受到撫慰。「別一臉擔心，」這隻年長的貓發出呼嚕聲。「我們族裡有足夠的戰士照顧大家，而且葉池是很棒的巫醫。妳只需專心把能夠服務雷族的一切學好就行。」

「我會的。」冬青葉說，痛苦地察覺自己想要達到的境界相差多麼遠。

「那場戰鬥，妳打得很好，」沙暴鼓勵她。「火星很以妳為榮哦。但妳不需要去做非妳分內的事。」

冬青葉忍下一聲苦笑。沙暴根本不知道她肩負著什麼責任。

「別忘了我的話。」沙暴的尾尖輕輕摸著冬青葉的肩，然後走出隧道，往泥地去了。

晨光愈來愈強，但天上仍是陰雲滿布，雨仍淅淅瀝瀝地下著。冬青葉看到灰紋跳過空地走向葉池的窩，卻沒走進藤幕裡。

他去探望蜜妮吧，冬青葉猜想。

就在灰紋出現了幾個心跳之後，灰毛也從戰士窩裡出來，身後跟著雲尾和煤心。這三隻貓都往隧道走來。

他們接近時，灰毛對冬青葉點點頭，藍眼中閃著好奇。「妳好像凍僵了，」他說。「要不要加入邊界巡邏暖暖身啊？」

「當然好！」她不想回到戰士窩，也很清楚沒有自己的話，松鴉掌不會開始籌劃捏造假徵兆的事。

灰毛帶頭走進樹林，走向那條舊的兩腳獸小徑。其餘的巡邏隊員跟著他，雨聲蓋住了他們的腳步聲，煤心放慢步子跟冬青葉並肩。她的藍眼睛裡有一絲緊張。「我不喜歡往這邊走，」她坦承。「讓我回想起太多那場打鬥的事。」

冬青葉發出表示同意的呢喃。回憶也糾纏著她不放，在他們可以看到廢棄的兩腳獸窩時尤為強烈。石頭上的血跡被沖掉了，但不難想像那股腥味仍飄在空中，打鬥的貓發出的尖喊仍在傾頹的牆上迴盪。看到那長滿苔蘚的牆和茂密的蕨叢，冬青葉忍不住豎起頸上的毛，好像風族戰士隨時會向他們撲擊。

「停！」雲尾的一句命令把她拉回現實。這隻白毛戰士高舉尾巴，示意眾貓停步。「前方有東西。」

「能不能告訴我們是什麼東西？」灰毛輕聲問。「風族嗎？」

雲尾搖搖頭，張開嘴嚐著空氣。

灰毛用尾巴示意冬青葉和煤心退後，讓雲尾帶頭。冬青葉知道這隻白毛公貓是雷族最優秀的追蹤者，一定很快就能弄清楚前面究竟有什麼。

雲尾躡手躡腳地沿著小徑的邊緣，在被雨摧殘的樹叢附近走著，然後躲到垂枝下方，藏住一身醒目的白毛。灰毛跟過去，冬青葉和煤心也照著做。跟在資深戰士身後的冬青葉嗅到一絲陌生的氣息，身子一僵，立即跟煤心交換了一個警戒的眼神。

影族！

冬青葉想說服自己，這是戰役後的殘餘氣味，心裡卻很清楚不然。這氣味很新鮮，而且愈往前走就愈濃烈。她胃裡一陣翻攪。索日不會叫影族入侵雷族領域吧？

不會嗎？冬青葉覺得聽見松鴉掌的聲音這麼說，一派挖苦的語氣。

雲尾和灰毛忽然伏低身子，準備撲上戰場，冬青葉和煤心也匆忙有樣學樣。雨快停了，只是風仍猛灌上冬青葉的臉，現在她也聽到前往兩腳獸小徑的貓，在溼答答的樹叢間走過的聲響。

然後她聽到一個哀愁的細細聲音。「媽媽，那片蕨葉上的水滴得我脖子上都是！」

「噓！」一個聲音回答。「就快到了。」

「褐皮！焰掌！」冬青葉跳向前，不理灰毛憤怒的噓聲。

路旁的蕨葉分開，這隻影族母貓從中間走出來。三個孩子都跟在她身後，一面走出蕨叢，一面把身上的水甩掉。

「是妳！」褐皮鬆了口氣地喊，跟冬青葉碰碰鼻子。「感謝星族，是一隻我認識的貓。」轉過身，她對雲尾和灰毛點點頭。「你們好，」她說。「我是來——」

「妳無權來這裡，」灰毛沒讓她說完，脊椎上的毛豎了起來。「妳想做什麼？是只有妳呢，還是妳把妳的族貓也帶來了？」

「等一等，」雲尾用尾巴拍上這隻灰毛戰士的嘴。「先讓她解釋清楚。」

褐皮感激地對雲尾眨眨眼。「我把我的孩子帶來雷族，」她的聲音很低，免得被三隻小貓聽見。小貓圍成一圈站在路旁，正睜大眼往四周望。「一個再也不傾聽戰士祖靈的貓族，我不想成為其中的一份子。」

她說話時，冬青葉注意到她看起來又累又餓。她的聲音發顫，跟冬青葉前往山區時所認識那強悍、有智謀的她相差甚遠。

「妳憑什麼以為……」灰毛開口，仍是敵意重重。

「沒事不要耍鼠腦袋好嗎，」雲尾的聲音蓋過了灰毛。「我們有什麼好怕的？不過是隻貓后和她的孩子。」

「我們是見習生！」焰掌忿忿不平地補充。

雲尾抽動著耳朵。「隨便啦。總之，你們可以一起回我們營地。火星會有興趣聽聽影族發生什麼事。」他瞥了灰毛一眼。「最後要由火星來下決定。」

灰毛藍色的眼裡仍燃燒著憤怒。「好吧，」他罵道。「我們回營地去。如果因為我們沒做完巡邏而讓風族趁機越界，可別怪我。」

「嗨，冬青掌！」虎掌說。

他回頭沿路而走，大步領先雲尾和褐皮。煤心跟過去，三隻見習生卻都擠在冬青葉身邊。

「我現在叫冬青葉了。」她告訴他們。

「哇，妳是戰士了！」曦掌睜大著眼。「恭喜妳！」

「冬青葉！冬青葉！」焰掌叫著，哥哥姊姊也跟著齊聲喊。

煤心回頭一望，藍色的眼裡閃著趣味。「聽起來好像妳有了三個見習生哦。」她低語。

「別喊啦。」冬青葉說，身上的每根毛都因羞澀而豎起。「你們這樣圍著會被我踩到的，我們已經落後了。」

年輕的見習生停止尖叫，都跟在冬青葉身邊一步步走著，尾巴翹得筆直。

「那是什麼？」他們經過廢棄的窩時，曦掌問。

「兩腳獸在這裡住過，」冬青葉解釋。「但牠們並沒住多久。」看到三個見習生擔憂地互望，她又這麼補充。「你們能聞到兩腳獸的氣味嗎？」

三隻小貓都張開小嘴嚐起空氣，然後神情肅穆地搖頭。「完全沒有！」虎掌說。

「真厲害。」冬青葉說，心想當導師的感覺是否就是如此。

「你們族裡其他的貓呢？」他們加快腳步追上其他貓時，焰掌問。

「幾乎都在營地上，」冬青葉回答。「我們是黎明巡邏隊，這時候狩獵巡邏隊可能也出來了，但現在時間還早。」

「我們也能狩獵嗎？」曦掌問。「我們快餓死了！」

「少當蠢毛球了，」虎掌罵她，用尾尖掃過她耳朵。「在別族領域裡又不能狩獵。」

「哼，我只是問問。」曦掌頂嘴。

「現在沒時間打獵了，」冬青葉回答，心想不知道這些見習生的技巧如何。他們都還年幼，不可能受過多少訓練。「等我們到營地，你們應該就可以吃到東西了。」

焰掌雙眼發光。「謝謝！」

細看過他們之後，冬青葉發現焰掌說他們快餓死的話，很可能是真的。他們都非常瘦小，皮下的肋骨清晰可見；褐皮也是，看起來又瘦又虛，身上的毛好像有一整個月沒梳理過了。影族的獵食出問題了嗎？

「妳想索日知道我們在這裡嗎？」他們離開兩腳獸小徑往石頭山谷前進時，虎掌問。

冬青葉不知道該怎麼回答。索日知道他們三姊弟的事，也知道太陽會消失，可是松鴉掌也說，他從午夜身上得知很多事。他有可能會知道褐皮和她的孩子在哪嗎？他會因為他們投靠他族而生氣嗎？

「我不知道索日是否知道，」她坦承。「你們離開的時候，你母親沒跟他說嗎？」

「才不會！」曦掌打個寒顫，恐懼地睜大眼。「他絕不會讓我們走的。」

幸好冬青葉不必回答他，因為他們正好繞過榛叢，隔在營地入口的荊棘就在眼前。棘爪站在外頭，一身深色的虎斑毛還有些剛起床的凌亂。巡邏隊進入他眼簾時，他凝視著褐皮一會兒，然後把臉湊到姊姊肩頭。

「見到妳真好，」他說。「妳和孩子都好嗎？影族過得怎麼樣？」

「一切都好，」褐皮回答時警惕地瞄了灰毛一眼。「影族領域裡的獵物還滿多的。」

棘爪瞇起眼，意味深長地望著姊姊。冬青葉看得出來他並不相信褐皮說出了一切。如果獵物豐足，她和孩子怎會這麼瘦？「你們最好到營地來，我會告訴火星你們來了。」

他帶頭穿過荊棘屏障。三個見習生興沖沖地跟在母親身後鑽進去，但一踏上營地卻又遲疑了，他們環顧四方，豎起身上的毛。

「沒關係，」冬青葉安慰他們。「棘爪說你們可以進來，就不會有別的貓來傷害你們。」

三隻小貓稍微放鬆了些。虎掌看到獵物堆，雙眼頓時放出光芒。「能不能讓我們吃一點？」他問冬青葉。「我們真的好餓！」

「你還是問棘爪吧。」冬青葉說。

棘爪正隔著一個尾巴遠跟褐皮說話，聽到了這個悲慘的問題。「想吃就吃吧，」他搖著尾巴表示邀請。「多得很呢。」

見習生跳向獵物堆，冬青葉跟過去。「別狼吞虎嚥，不然會肚子痛哦。」她出言警告。

焰掌急切地對她點點頭，就跟著哥哥姊姊一頭栽進獵物堆。他們扒開獵物堆頂端溼透的獵物，找到下面稍微乾一些也比較多汁的幾塊肉，就蹲著吃了起來，邊吃邊發出熱切的呼嚕聲。

冬青葉也拿了一隻老鼠，正準備吃的時候看到獅焰從戰士窩走出來，松鴉掌跟在後頭。兄弟倆越過空地朝她走來，注意到影族的三個見習生時，驚訝地抽動耳朵。

「怎麼回事？」松鴉掌問。冬青葉從他毛裡挑出一根藥草，他剛才一定是去看刺爪了。

「影族的貓？」

「嗨，獅焰！」曦掌滿嘴都是田鼠，含糊不清地喊。「真高興又見到你啦。」

「我也很高興見到妳。」獅焰打量著被弄亂的獵物堆。「看得出來妳挺自在的嘛。」

「我們的媽媽要去哪裡？」焰掌問。褐皮跟棘爪從一旁經過，走向擎天架。

「棘爪要帶她去見火星，」冬青葉解釋。「他的窩在那塊礁岩上面。」

「那上面？」虎掌喊。「好酷！」

「可是他們為什麼會來這裡？」松鴉掌堅持要問，聲音裡帶著不滿。

冬青葉解釋黎明巡邏隊在樹林裡遇到他們，並且帶回營地的事。「她說她不想成為一個不尊敬戰士祖先的貓族裡的一份子。」

松鴉掌什麼也沒說，但一臉深思的表情，鬍鬚像聞到獵物時那樣顫動著。冬青葉猜他是好奇還有多少貓會想離開，以及褐皮和三個孩子對於他想捏造來自星族的徵兆是否有幫助。

愈來愈多貓從戰士窩裡出來。塵皮踱步來到獵物堆，身後跟著鼠毛和蜜蕨；狐掌和冰掌從見習生窩裡跳出來。

「我的星族呀，這裡是怎麼回事？」塵皮問，縮起了嘴脣。「獵物堆怎麼了？好像被一群獾踩過一樣。」

「呃……我們有客人。」冬青葉說。

塵皮的尾巴豎得老高，望著三個見習生。「影族的貓？」他發出惱怒的嘆息。「還有剩下乾燥的食物嗎？」

虎掌開口了。「我們不想吃溼答答的肉。」

「別的貓也不想吃。」蜜蕨邊說邊伸掌翻動那堆食物，看看能否找到一塊比較乾的。

「我們該怎麼辦？」冰掌質問，用尾巴拍著一隻溼答答的兔子。「要是把這個拿去給鼠毛，她會把我們的耳朵扯下來的！」

三隻小貓咪盯著自己的腳掌，垂著尾巴。「對不起。」焰掌含糊地說。

「索日說只有我們自己才能把自己照顧得最好，」曦掌說明。「他說我們不該把時間花在思考打鬥和標示邊界上，這樣大家就會有空去獵捕食物、也不會出問題了。」

冬青葉跟獅焰交換了一個震驚的眼神。索日強加於影族貓兒身上的生活方式，哪裡有戰士守則的影子？

「那無法自行狩獵的貓怎麼辦？」她問曦掌。

這個見習生似乎不太肯定。「唔……我們不會讓任何貓挨餓。」

妳也許不會，但其他貓兒卻會，如果這樣能讓他們自己不餓肚子的話。冬青葉想。**看看你們三個，就跟快餓死了沒什麼差別。**

「曦掌，妳不該聽那隻斑點老蠢貓的話。」虎掌宣稱，推了姊姊一下。「他都不讓我們受訓當戰士了，但我想要為我們的族戰鬥出力呀！」

「我也真的很想當巫醫，」焰掌也說，生氣地用爪子刮著潮溼的土地。「可是索日說，如果每隻貓都懂得用藥草，我們就不需要有特殊技能的貓了。我原本會成為小雲的見習生，但現在我們連導師都沒了。」

「黑星要我們叫他『黑足』。」焰掌補充，垂著尾巴。

「看來影族好像四分五裂了，」塵皮聽完後說，大口吞下最後一隻畫眉鳥。「我從沒想過我會這麼說，但如果真是如此，我覺得挺遺憾的。你們族裡有不少優秀的戰士，」他朝鼠毛和蜜蕨指示。「走啦！我們去弄支巡邏隊，看看能不能找到一些可以吃的東西。」

他大步走向戰士窩。冰掌和狐掌合力叼起那隻兔子，往長老窩的方向去了。

「你來解釋兔子為什麼是溼的。」冰掌說。

「不，妳來說。」狐掌頂嘴回去。

冬青葉看著他們走遠。她的腳打顫著無法動彈。「我們能做什麼呢？」她問，也不期待有答案。想重建影族對戰士祖先的信心，他們實在束手無策。聽到索日是怎樣對影族洗腦、讓他們背棄戰士守則以後，就連松鴉掌想捏造星族徵兆的計畫好像都沒有多大希望了。

獅焰搖搖頭，琥珀色的眼神透著不安。「我不知道。」

「說說索日的事。」松鴉掌忽然發問。「他是不是——」

「嘿，我長得跟你很像，對不對？」虎掌插嘴，伸出一腳跟獅焰比著金色的皮毛。「一定是因為我們是同家族的。」

「沒錯，」獅焰說，友善地舔舔這隻小貓的耳朵。「你母親和我們的父親是姊弟。」

虎掌驕傲地點頭。「虎星是他們的父親。我的名字就是為了紀念他，史上最棒的戰士！」

獅焰抽動著耳朵。「我們全都應該努力成為史上最棒的戰士。」

曦掌一直凝視著擎天架，好像在等母親出現。「我們要加入雷族嗎？」她問，聽起來興趣缺缺。「畢竟，我們的母親是在這裡出生的。」

焰掌嘆了口氣。「我不想。葉池已經有見習生了，而且我想當的是影族的巫醫啊。」

虎掌用鼻子碰碰焰掌的耳朵。「我知道，我也想替影族奮鬥。」

冬青葉的心揪著，這三隻小貓真可憐，他們當然都想回家。影族仍是他們想效忠的對象，即使一切都不一樣了。她心底有一小簇溫暖在滋長。索日想毀掉戰士守則，但他並沒有成功，守則仍活在這些見習生的心裡。每隻貓都深信這麼久的事，索日無法讓他們說變就變。

她的爪子刮過潮溼的土地。不管怎樣，他們一定要找出辦法除掉索日，讓影族恢復到原本貓族的生活。

第七章

從眼角餘光裡，獅焰發覺擎天架上有動靜。火星、棘爪和褐皮出現了。

「所有能夠自行獵食的成年貓到擎天架下集合！」他吼著。

他迅捷地跑下亂石堆，躍上一塊大圓石上。就連這種陰沉的天氣，他一身火紅的皮毛都閃閃發亮。棘爪和褐皮則小心地慢慢往下走，最後來到火星身後。

鼠毛和長尾從長老窩出來，狐掌和冰掌跟在他們身後，嘴裡都叼著一束骯髒的墊鋪草。獅焰注意到鼠毛豎起的毛和懷疑的眼神，才明白見習生一定把剛才的事情告訴了她。

灰紋走出泥地隧道，來到獵物堆旁的群貓裡，對影族的見習生友善地點點頭。葉池在窩口的藤幕外坐定，黛西則出現在育兒室入口，四隻小貓咪從她身後好奇地張望。

隨著貓兒逐漸靠攏，獅焰也看出褐皮和她孩子的表情開始不安。他也聽到竊竊私語聲，好像戰士都不高興看到影族貓出現在自己的營地。

莓鼻大步走向獵物堆。「火星應該不會又要把外人帶進雷族吧？」

「希望不會，」蛛足表示贊同。「當初就是這樣才引發跟河族和風族的戰鬥。」

「莓鼻，要是你小時候，」獅焰問，頸後的毛開始在惱怒中豎起。「火星沒把你帶過來，現在的你又會在哪裡？」

莓鼻哼了一聲，背轉身子。「那又不一樣。」

松鴉掌靠過來在獅焰耳邊輕聲說：「是哦，他最特別了。」

「雷族貓們，」眾貓都聚集在他周圍後，火星開口：「各位都看到影族的褐皮帶著小貓來到這裡——」

「我們是見習生啦。」焰掌咕噥著。

「——她因為族裡發生變化，因此請求我們庇護。」

「那你會同意嗎？」站在長老窩前的鼠毛高聲喊道。「難道因為收留他族的貓而招致的麻煩還不夠多？」

火星還沒回答，灰紋就跳著站起身。「這些貓是雷族的一份子，」他咬牙說。「他們理所當然在此有個家。」

「沒有貓逼褐皮離開，」鼠毛駁斥。「如果你問我，我會說貓兒應該決定他們想在哪裡生活，決定了就住下來別走。」

一陣贊同的沙沙聲。獅焰從三個見習生眼裡看到驚慌。

「他們不要我們。」虎掌低聲說。

「是有些貓不要，」獅焰承認，把尾尖放在小貓的肩上。「但沒有關係，火星會說服他們的，你等著看就知道了。」

「我明白，」火星繼續說，「但褐皮並沒有要求在雷族永久居住。她和三隻小貓——」

曦掌翻了個白眼。「到底要講『小貓』幾遍啦？」

「——只會在索日掌控影族的這段期間待在這裡。如果她已看穿他的謊言，其他貓遲早也會，那麼就不會讓他久待。」

「那我們應該組一隊巡邏，跨越邊界把他趕走，」雲尾說。「讓他從湖邊完全消失。」

「對！」樺落大表贊成。「影族幫過我們，我們也該——」

反對的聲浪把他的最後幾個字給蓋過。「之前的打鬥已經夠多了，」栗尾邊說邊瞄了松鼠飛一眼。「有些貓的傷都還沒復原呢。」

「影族的問題應該讓他們自己處理，」蛛足也插上一句。「跟我們無關。」

雲尾轉頭瞪著這位黑毛戰士。「如果影族貓要搬來這裡，那就不只是他們的問題了。」

「夠了！」火星要大家安靜。「我們歡迎褐皮在這裡住到她想走為止。見習生——」

「總算改口啦！」虎掌低聲說。

「——就跟狐掌和冰掌一起受訓行動。」

獅焰看到兩個雷族見習生交換了高興的眼神，並且聽到一些年輕戰士發出鬆口氣的嘆息，很高興終於能從協助見習生的工作中解脫。

「褐皮會住進戰士窩，也會參與巡邏。」火星繼續說。

「她可以信任嗎？」灰毛大喊。「尤其在巡到影族邊界的時候？」

獅焰看到棘爪的毛開始豎立，但火星抬起尾巴，警告他不要輕舉妄動。「現在該做正式巡邏，」他沒理會灰毛的話。「獵物堆需要更多食物，我們也需要密切注意風族邊界。」

棘爪從石頭上跳下，開始分派巡邏。「獅焰、冬青葉，你們跟塵皮和栗尾負責狩獵巡邏。見習生到那邊去找火星。」

虎掌、焰掌和曦掌跳起來，對會見雷族領袖有些畏懼。「你們不會有事的啦。」獅焰安慰他們，然後走向栗尾和塵皮。

栗尾領著巡邏隊來到營地入口，獅焰回頭看到火星正替三位影族的見習生分派導師。焰掌配雲尾，虎掌配蕨毛，曦掌則跟蛛足。沙暴和白翅各自召來自己的見習生狐掌和冰掌。

「我們一起去空地做些狩獵練習。」沙暴宣布。

獅焰跟著栗尾鑽進隧道，忍不住因為三個影族見習生沒有接受打鬥訓練而感到放心——至少目前還沒。如果他們學會雷族的打鬥技巧，未來打仗時不就占有優勢嗎？

好奇像一簇火焰在他心裡燃燒。他真想知道這三隻小貓是否也曾夢見虎星？虎掌會是最佳的選擇，他又大又壯，而且似乎對他沿用名字的那位戰士感到有興趣。獅焰雖然想擺脫夢裡虎星的兇暴影響，但如果虎星另選一隻他族的貓來教導，他怎麼也壓抑不住心裡的那股嫉妒。

或許我該警告虎掌，他想。**但這樣一來，我就得告訴他虎星都會來找我。這樣不行啊。**

獅焰困惑地搖搖頭。似乎，自從索日來到湖邊以來，一切都不簡單了。

栗尾帶著大家走向營地頂端，那裡的邊界往外延伸成一片開闊的沼地，是不屬於任何貓族的地帶。雨雖然停了，地上仍是一片泥濘，樹叢也溼答答地，所有的氣味都被溼氣掩蓋，變得難以辨認。獅焰顫抖地走著，身體每擦過一片蕨葉或一叢野草，就有一陣雨水落下。他身上很快就溼了。

他聳起肩膀，真希望自己是在接受打鬥訓練，而不是追逐渾身溼透的小老鼠。**牠們全都縮在洞穴深處躲雨。有時候我真覺得牠們的頭腦比我們還清楚。**

獅焰低頭慌亂地走進一處蕨叢，蕨葉上的水全都倒在他身上，他發出惱怒的噓聲。

「獅焰！」喊聲來自栗尾。「看路行不行？你把我正在追蹤的一隻田鼠給嚇跑了。」

「對不起。」沮喪又不好意思的獅焰腳掌一陣刺痛。

「對不起能吃嗎？」栗尾斥責。

她站著不動，嗅著氣味，想再把那隻田鼠找出來。獅焰退後幾步給她空間，卻看到冬青葉出現在蕨叢後方，嘴裡叼著一隻老鼠。

「真厲害。」她走過來，把獵物放在他腳邊時，他這麼說。

「獅焰，我們需要談談。」冬青葉不理會他的讚美，眼睛裡滿是煩惱。「我們一定要阻止索日對影族所做的事！他在破壞戰士守則！」

「冷靜點，」獅焰被姊姊的急切嚇了一跳。「我們——」

「我們必須照松鴉掌的提議去做，捏造一個星族的徵兆出來。而且愈快愈好！我會盡一切力量提醒影族有戰士祖先的事。」

獅焰的驚訝加深成為不安，冬青葉眼中的熱情令他煩惱。「冷靜，」他低聲說，把臉湊向姊姊肩頭。「為什麼這麼重要？我們有自己的命運，而且跟其他貓族毫無關係。」

「當然重要！」冬青葉反駁。「索日本來應該幫我們的，記得嗎？要是影族背棄了戰士守則，其他的貓會怎麼樣呢？」

「我知道，」獅焰回答。「但面對一個總是敵意重重的影族，我們要如何捏造徵兆？他們不會想承認這樣是錯的。偉大的星族呀，我們甚至不熟悉他們的領域！」

「話是不錯，」冬青葉瞇起眼。「但雷族現在有了三個熟知領域的見習生。」

「冬青葉，妳真高明！」獅焰輕喊。「但他們會——」

一聲惱怒的噓聲打斷他的話。獅焰轉身看到塵皮就站在一個尾巴之外。

「你們準備在那裡閒聊一整天嗎？」這位資深戰士問，尾巴用力一揮。「還是你們覺得可以擠出一點時間來狩獵？」

「對不起。」獅焰低聲說。今天我做什麼事都不對！

「你們可能沒發覺，」塵皮繼續以那種挖苦的語氣說。「我們又多了四張嘴要餵，而本族有幾隻貓也病了，所以他們沒辦法幫忙巡邏。」

獅焰點頭。他知道這隻虎斑戰士的憤怒是來自擔憂。「真的很抱歉，」他又說了一次。「我們馬上就開始。」

「最好是這樣。」塵皮哼了一聲，大步走開。

獅焰豎起耳朵聆聽獵物的聲音，心裡知道冬青葉是對的。他們一定要幫助影族，好讓褐皮和三個見習生回家，雷族也才能專注於讓自己更強大。

接下來的狩獵行動，獅焰非常努力，但多數動物都躲在洞穴裡。到了日中時分，巡邏隊回到營地時，他只抓到兩隻老鼠和一隻鼩鼱。他把這些少得可憐的食物放上獵物堆，走去找松鴉掌。巫醫窩裡沒看到他，接著獅焰才在長老窩裡找到。

「鼠毛，」獅焰聽到松鴉掌說：「這些艾菊葉可以防止妳得綠咳症。妳為什麼不想吃？」

鼠毛把葉片推開。「我說過了，我不需要。你少管我，留給真正病重的貓吃吧。」

「松鴉掌不希望妳生病。」長尾想解釋。

鼠毛的尾巴憤怒地揮動。「你什麼時候當起巫醫啦？」

松鴉掌發出惱怒的嘆息。「鼠毛，我再說最後一次——」

「最後一次？」鼠毛罵了回去。「很好，你走開。」她故意轉過身子。

松鴉掌咬著牙說：「鼠毛，妳不吃這些藥草，我就不走。」顯然他正努力克制脾氣。

「拜託，鼠毛，」獅焰故作歡樂地說。「別鬧脾氣了，就吃掉吧。」

鼠毛一個轉身，瞪著他看。獅焰渾身緊繃，準備被她的利爪刮過，如果是被本族長老攻擊，他是不能還手的。但鼠毛突然對他點點頭，低下頭來把葉片都舔進嘴裡，帶著滿臉厭惡的表情咀嚼、吞下。「滿意了嗎？」她咕噥著盤起身子，用尾巴遮住鼻子。

「真不敢相信，」松鴉掌低聲說。長尾發出興味盎然的一聲輕哼，蜷伏在那隻暗棕色的長老身邊。「謝謝你幫忙。」松鴉掌跟著哥哥走出窩外時，又加了一句。

獅焰聳聳肩。「那沒什麼。我們要談談捏造徵兆的事。」

松鴉掌豎起頸後的毛。「真希望我有十個分身，我要做的事情好多。我們窩裡有蜜妮和小薔已經很擠了，但我們也有必要讓生病的刺爪離開戰士窩，因為他也生了病；狐掌現在也開始咳，真不知道我們怎樣才應付得了。」

憤怒湧上獅焰心頭，他可以跟普通的敵人打鬥，但卻對族貓所面對的疾病束手無策。

「要是沒有影族那幾口要餵就容易多了。」他說。**還有，如果索日肯像他答應過的那樣，離開影族來教導我們就好了。**

松鴉掌怨恨地點頭。「對啊。好吧，徵兆的事怎樣？」

獅焰走在弟弟身邊，往巫醫窩前進。「冬青葉有個點子。她覺得影族的見習生可能可以幫我們做出徵兆，因為他們熟悉影族領域。」

松鴉掌一臉不可置信。「幫我們欺騙他們的族？」

「他們剛來時，你也聽到他們是怎麼說的，」獅焰堅持。「他們只想要回家──回到真正的影族，而不是索日製造的混亂。你不覺得只要能讓這件事發生，他們誰都肯幫嗎？」

松鴉掌在藤幕前遲疑了，頭探了進去。「也許你說得對，」他同意。「好吧，那我們晚點再談。」然後他就消失在窩裡了。

獅焰轉過身，注意到遮住山谷入口的荊棘在動。見習生和他們的導師做完狩獵練習正要回來，影族的三個見習生都渾身骯髒，毛黏在一塊，還沾了小片樹葉和苔蘚。曦掌叼著一隻老鼠橫越空地，尾巴勝利地豎得老高，然後把老鼠放在獵物堆上。

「但是不能等，」虎掌跟狐掌在爭執。「如果你追獵物幾乎到了他們頭頂，他們就可能發覺你在後面。我們都在更遠的地方就往前撲。」

「那是因為我們領域上有茂密的樹叢，」狐掌解釋。「能掩藏形跡和氣味，等我們靠得夠近時，再撲上去就容易多了。」

「噢，」虎掌想了一下。「唔，在我看來還是滿鼠腦袋的。」他下定論。

「嘿，獅焰！」冬青葉從育兒室裡跳出，讓聆聽見習生閒聊的獅焰分了神。

「黛西單獨照顧那些小貓還可以吧？」他問。

「還不錯，」冬青葉回答。「蕨雲現在跟她在一起，幫她逗那些小貓。我剛才帶了點食物過去。」她往環顧四周，確定沒有其他貓兒在聽後，又說：「你跟松鴉掌談過了嗎？」

獅焰點頭。「他說我們可以跟見習生談談。」

冬青葉滿意地抽動鬍鬚。「好。我去把狐掌和冰掌帶開，你就把其他貓帶到戰士窩後面。在那邊不會被聽到的。」

導師和見習生都站在空地中央，雲尾正在解釋怎樣追蹤氣味蹤跡。冬青葉跳過去。「狐掌、冰掌，能不能替長老窩弄點乾淨的苔蘚來？」

狐掌和冰掌交換了一個惱怒的眼神。「為什麼不叫他們去？」冰掌問，耳朵朝影族見習生方向動了動。

「因為他們不是來這裡做所有你們不喜歡的工作，」冬青葉駁斥。「何況，長老會喜歡受到本族貓的尊敬。」

「對，等你們當了戰士，就可以決定誰做什麼，」沙暴補充。「在那之前可不行。」

「好啦好啦，我們去就是了。」狐掌咕噥著，壓抑住一聲咳嗽，回頭往荊棘屏障走去。

「苔蘚可會溼答答的哦，這個妳知道吧。」

「好像他們知道哪裡有最棒的苔蘚似的。」冰掌邊說邊抽動著尾尖，跟著弟弟走了。

冬青葉轉向那群導師。「要不要我帶焰掌、虎掌和曦掌去清洗一下？」她問。聽到她那熱情助人的語氣，獅焰抽動起鬍鬚。「誰都看得出來他們不習慣在茂密的林地上打獵。」

「是不習慣在茂密且溼透的林地上啦，」焰掌說。他仔細地把全身的水珠和碎葉子、樹枝和苔蘚抖掉。「我寧可在自己的領域上打獵。那裡乾淨多了。」

焰掌抖的水珠濺上雲尾的一身白毛，他往後跳開。「帶他們去吧，冬青葉。愈快愈好。」

就在這時，獅焰注意到愈來愈多貓從隧道裡出來：邊界巡邏隊回來了，領隊的是灰毛，接著是蜜蕨和蕨毛。

「對，去吧，冬青葉。」沙暴邊說走向巡邏。「我們要知道影族邊界那邊怎麼回事。」白翅、雲尾、栗尾和蛛足都緊跟在她後面走了。

「妳覺得會有更多貓跨過我們的邊界嗎？」蛛足問。

獅焰沒聽到沙暴的回答。他走向姊姊，冬青葉正對影族的三個見習生揮動尾巴，帶他們橫越空地。

「一起來吧，」冬青葉說。「我們要跟你們談談。」

狐疑在虎掌琥珀色的眼裡閃過。「你們不只是要清理我們的身體而已吧？」

「沒錯，但沒什麼好擔心的，」獅焰安慰他。「我們想出一個可以幫你們族的辦法了。」

唯一的回答就是一陣疲累的咳嗽。

「那裡是巫醫窩嗎？」焰掌好奇地問。「我可不可以看看裡面？我真的好想當巫醫哦。」他說。

「現在不行，」獅焰回答。「裡面現在有點擠。」

更多咳嗽聲穿過藤幕傳出來。曦掌睜大了眼。「天啊，聽起來那些貓病得很重耶。」

獅焰跟冬青葉互看一眼。對敵族隱瞞問題是很自然的，如果他告訴這三個見習生營地裡有綠咳症，雷族會像是變弱了。話說回來，這些小貓咪也不太可能會發動攻擊。如果影族又開始相信星族，才有可能發動攻擊。獅焰嘆口氣，一切又歸結到假徵兆上頭……

「松鴉掌？」冬青葉又喊。

「好啦！」松鴉掌的語氣惱怒。「喊一次我就聽見了，我會儘快過去啦。」

冬青葉帶頭走向戰士窩後方的空間。風吹不進那裡，但多三個見習生，現在又更擠了。

「你們互相幫對方清理身體，會清得比較乾淨。」她指導見習生。「把身上的樹枝和芒刺弄掉，然後就可以好好清理。」

「真是痛苦極了，」曦掌嘆氣，用力扯著虎掌身上一個怎樣也打不開的結。「真希望我們能回到舒服又柔軟的松針上。」

「幸運的話就會了。」獅焰保證。

「什麼意思？」焰掌問。

「等松鴉掌來再說。」冬青葉說。

「我來了，」松鴉掌出現在戰士窩邊緣。「星族呀，這裡真是擠到不行。」他一邊從獅焰身邊擠過來，扭動身子擠出空間。

「獅焰說我們很快就可以回到影族。」曦掌好奇地發抖。「但我實在不覺得可以做到。」

「我們有個主意，」松鴉掌開口。「但時間不多。索日在影族愈久，就愈難擺脫他。」

「沒有貓擺脫得了他的。」焰掌沮喪地說。

松鴉掌身上的肌肉緊繃起來。「我們就可以。我們要做出一個來自星族的徵兆，說服影族相信索日是在撒謊。要不了多久，黑星——我是說黑足——就會把他踢出趕走。」

三個見習生都滿臉困惑地望著松鴉掌。焰掌低聲問：「這樣星族不會生氣嗎？」

「我覺得不會，」松鴉掌抽動耳朵。「星族親自請我幫忙，祂們不可能反對我的作法。」

三隻小貓咪都睜大了眼睛。「哇！」曦掌喊。

「我們想知道在哪裡做徵兆最好。」獅焰接著解釋。「我們必須讓黑足和小雲都看到，這樣他們才會相信星族仍在天上關懷他們。」

「別忘了，你們的族現在都知道你們已經離開，」冬青葉提醒三個見習生。「所以我們想做的任何計畫都必須把這點考慮進去。」

「我懂了，」虎掌說。「靠近邊界的地方最棒，這樣你們就不必太深入我們的領域。」

「或許用領域邊緣的溼地吧，」曦掌提議。「會去那裡的貓不多，如果我們不想被打擾的話——」

「沒錯，湖邊最好，」虎掌插嘴。「這樣你們就可以讓星族貓從水裡現身，然後——」

「好極了，」松鴉掌嘀咕著。「你覺得我們要怎麼從水裡現身呢？」

「而且又要怎樣才能讓黑足和小雲到那裡、然後看到？」曦掌也問。

「我們可以說，我們看到有貓越界。」焰掌提議。

「或是狐狸，」虎掌也幫著出意見。「我們可以鋪一條狐狸氣味蹤跡。」

「什麼？」曦掌驚訝道。「你是鼠腦袋嗎?你是想彬彬有禮地去問狐狸願不願意——」

「我們可以用狐狸糞便啊。」焰掌說。

曦掌噁心地抽動鬍鬚。「你可以，我可不要接近狐狸糞便，謝了。」然後她的眼睛頑皮地閃了一下，又說：「何不餵他們吃罌粟籽，然後把他們拖到那個地方去呢？」

「才不要！」虎掌抗議。「黑足是一隻超巨大的貓耶，我可不要花這麼大力氣拖他走過半個營地。」

「小溪旁的橡樹附近長了一些有用的藥草，」焰掌說。「小雲會去那邊採。」他興致高昂地捲起尾巴。「然後我們可以拿橡實丟黑足，他就會以為那是星族丟的。」

「好蠢的點子！」曦掌喊著撲向弟弟。姊弟倆扭打起來，焰掌的一隻後腳在這狹小的空間裡戳到冬青葉的肚子。

「小心點！」她咆哮。等兩個見習生坐直身子後，她繼續冷靜地說：「你們沒把它當一回事。這不是玩遊戲，而是守護戰士守則。你們想看到影族四分五裂，成為一群無賴貓嗎?因為如果我們不想辦法讓他們相信星族，事情就會變成這樣。」

三個見習生現在都認真了，焦慮地睜大了眼，用不安的眼神互看著。「對不起。」虎掌含糊地說。

「唔，那麼那塊溼地怎樣？」曦掌重提她原來的點子。「那附近根本沒貓會去，尤其是下過雨以後。我們如果在那裡布置徵兆，絕不會受到打擾。索日從來不會走那麼遠，他不喜歡弄溼腳掌。」

「聽起來是不錯，」獅焰說。「你們覺得呢？」他問姊弟。

冬青葉點頭，松鴉掌低聲說：「不妨去看看。」

「但徵兆會是什麼呢？」焰掌熱切地問。

「我們到了那裡再想，」松鴉掌回答。「最好立刻出發。」

獅焰探頭往外望。淡淡的陽光透過雲層露出，栗尾和蕨毛正在戰士窩外閒聊，松鼠飛則在一旁曬太陽打盹。其餘的四隻小貓在育兒室門口玩耍，黛西和蕨雲看著他們。除此之外，這裡一片寂靜。獅焰猜想，大多數貓都還在窩裡睡覺，不是因為咳嗽而病著，就是正養精蓄銳準備下一次巡邏。

「很安全，」他告訴大家。「我們走。」

「可是我餓了，」焰掌抱怨。「能不能先吃東西？」

「雷族自己吃都不夠了。」松鴉掌吼。

看到見習生臉上愧疚的表情，獅焰把尾尖放在弟弟肩上。「這又不是他們的錯，」他低聲說。「現在沒時間吃東西，」他對焰掌說。「但我們回來的路上可以看看能不能抓到什麼。」

看到冬青葉綠色眼眸裡的震驚，他又加上一句：「好啦，我知道，必須先餵飽族貓。但捏造一個星族的徵兆也不見得符合戰士守則吧？反正我們又不是狩獵巡邏，我想我們領域裡應該不缺老鼠。」

冬青葉沒有回答，只動動尾巴。

「我去跟葉池說我去採藥草，」松鴉掌說。「我們幾乎什麼藥草都快沒了，回來的路上我可以採一些。」他轉身走出他們的藏身地，走進藤幕後方進了巫醫的窩。

獅焰等他出來，然後帶頭走向營地外，進入潮溼的樹林。

第八章

曦掌身上的每根毛都在顫抖。「簡直就跟執行真正的戰士任務一樣！」

冬青葉有同感，她記得剛當上見習生能為族貓盡一份力的感覺。

「妳覺得等這一切過去，我們會成為戰士嗎？」虎掌問。「因為我們拯救了影族？」

「不會，」冬青葉溫柔地回答。「別忘記，這件事不能讓其他貓知道。何況，你們，還不到能當戰士的年紀，要學的東西還很多呢。」

六隻貓走向雷族領域的另一端，就跟當初他們要去找索日時所走的那條路相同。邊界上的影族氣味標記已經淡了，附近既無影族也無雷族貓的蹤跡，唯一的聲響就是樹葉上水珠落下的滴答響，和貓兒走過蕨葉和野草時的沙沙聲。

三隻見習生都興奮地跳著，從樹叢間衝來衝去，或嬉鬧著互相輕拍。

「夠了，」獅焰用尾巴圍住焰掌，把他推向前。「你覺得戰士會這樣互相追逐嗎？」幾隻年幼的影族貓安定下來，並靜靜地走著，但冬青葉看得出，他們的腳仍無法正經地走路。他們的表現就像黑足已經看到徵兆，決定影族會回歸星族並信守戰士守則一樣。

但事情並沒有那麼簡單。

「松鴉掌，你決定要——」

松鴉掌不耐煩地抽動耳朵。「我們沒到達目的地之前，我什麼都無法決定。快用尾巴遮住嘴，讓我好好思考。」

「我們應該在這裡跨過邊界，」虎掌停下來環顧四周。「溼地就在幾個狐狸尾巴外了。」

雖然難以辨別影族的氣味記號，冬青葉仍對闖入敵族領域一事耿耿於懷。**為什麼呢？如果他們關心邊界，就會做標記。他們真的完全不在乎戰士守則了。但我們在乎。**她回答自己。**進入他族的領域是錯誤的。**

虎掌帶領大家走過幾棵樹，刺藤勾住了他們的毛，然後又走進一片稍微開闊的空地。「到了。」他說。

冬青葉腳下的水開始變多，她凝視著前方的溼地，一簇簇的長梗蘆葦長在池塘邊，池塘水面上全覆蓋著鮮綠色的水草。這裡有種潮溼、發霉的氣味，使得空氣在沉默中更凝重了。

「你看到什麼？」大家停了下來，松鴉掌問。

「溼地和水。」獅焰回答。

「有掩蔽嗎？」

「有，蘆葦和長草。還有幾棵樹。」

「樹是什麼樣子？有多大？」松鴉掌的聲音愈來愈興奮了。「樹根長什麼樣？」

「樹不高，」冬青葉回答，心裡納悶弟弟心裡究竟在想什麼。「樹根看來滿長的，但不深，至少我看到的部分是這樣。」

松鴉掌沉默了，除了鬍鬚顫動之外一動也不動。

「我看不出來能在這裡做什麼，」冬青葉擔憂地說，心裡想著是否該選擇其他地方。「這裡沒有——」

「閉嘴，我在思考。」松鴉掌罵道。

冬青葉跟獅焰互看了一眼。

「別理他，」獅焰低聲說。「如果有誰能想出辦法，那就是他了。」

冬青葉希望他是對的。她試著壓抑自己的不耐煩，同時注意著三隻見習生，他們正在溼地邊緣走動，尋找獵物。

「除了蒼蠅，什麼都沒有！」曦掌憤怒地喊。

「那些樹，」松鴉掌終於打破沉默。「看起來是不是好像被撞倒過？」

什麼？他完全變成鼠腦袋了嗎？冬青葉伸縮著爪子，強迫自己不要開口。

「我看一下，」獅焰說。「可能是有幾棵樹如此。」

他在嘩啦聲中走進溼地，水濺上他的肚子，水草黏在他金黃色的身上。三個見習生都停止打獵望著他，冬青葉焦急地等待獅焰繞過那幾棵樹，仔細聞著樹幹，然後又濺著水花回來。

「我想我們可以做到，」他回報。「我腳下感覺得到樹根，所以我們應該可以把樹根挖出來。」

松鴉掌瞎了的藍眼放出光芒。「我們要弄得好像影族的領域開始崩解了。」

冬青葉的心跳動得更激烈了。只有松鴉掌才想得出把樹挖出來作為來自星族的訊息。如果成功，應該真的能說服黑足，讓他知道追隨索日是錯的。

在松鴉掌的指導下，冬青葉和獅焰選了兩株彼此相距不遠的樹苗。

「我要把樹弄成還是直直的，但隨時都會倒塌的樣子。等我說好的時候，你們就讓樹朝對方倒下，這樣兩株樹的樹枝才會纏在一起。」松鴉掌解釋。「好，開始挖吧。」

冬青葉跋涉走上溼地，冰冷的泥巴和水浸溼了她身子，她縮了一下。曦掌也跟著來到其中一株樹旁，獅焰和虎掌則負責另一株。

就跟獅焰說的一樣，冬青葉發現腳下輕易就能感覺到樹根。她用力扒著，想把樹根從泥濘裡挖出來。剛開始她還以為樹根不太可能移動得了。

「這樣沒用！」曦掌喘著氣說，她從腳到肚子都浸在厚泥裡，幾滴泥還濺到她頭上和肩上。「絕對不會成功的。」

「會的，」冬青葉低吼，更用力地去挖。「一定要成功！」

她正在挖掘的樹根忽然鬆了，冬青葉沒站穩，差點跌進泥濘裡，在慌急中她忙亂地抓住另一條樹根，爪子深深插了進去。

幾個狐狸尾巴外，獅焰正跟另一株樹奮戰著。虎掌在他身邊幫忙，焰掌卻帶著滿眼困惑站得遠遠地。

「你是怎麼搞的？」虎掌問，把耳朵裡的泥甩掉。「快過來幫忙！」

「我還是不知道……」焰掌的語氣疑惑。「我不確定捏造星族的徵兆是對的。」

曦掌回頭望了一眼。「我們已經談過這件事，」她惱怒地說。「我們已經同意要盡力去試。這樣也許會成功，然後我們就能回到影族。」

焰掌遲疑著，然後深深吸口氣。「好吧。」他費力地走進泥濘，站在獅焰和哥哥身邊。

冬青葉再怎麼努力，就是無法移動接下來這條樹根。她頗為沮喪地吸了口氣，然後一頭栽進泥裡，咬住了那根頑固的卷鬚。張口去咬時，泥濘滲進她嘴裡，胸口因缺氧而發痛，但那根樹枝總算動搖了。冬青葉探頭出來，咳著把泥濘吐出。現在她身上全是泥，舌頭上還有股腐敗的氣味，但她顧不了這麼多。她從耳朵到尾尖都閃耀著勝利。**我要盡我所能拯救影族！**

「我覺得我們好了！」曦掌喊著。「樹幹已經不太穩了。」

冬青葉在那根卷鬚上試探性地一推。樹幹開始傾斜，泥土吸水的聲音從泥濘下方傳出。

「停！」松鴉掌命令。他剛才嗅著獅焰的那株樹，現在又踩著泥水來到冬青葉這邊，伸出一掌摸了摸樹幹。冬青葉看到樹又再搖晃。

「夠了。」松鴉掌說。「你們可以停了。」

「感謝星族！」曦掌嘆氣。

松鴉掌踩著水花走向獅焰，冬青葉和曦掌則回頭爬上一塊乾地，把身上的泥甩掉。

「我以為我會變成青蛙！」曦掌在胸前迅速舔了幾下。「噢！要花好幾個月才弄得乾淨！」

獅焰和另兩隻見習生還在努力動搖那棵樹，冬青葉不耐煩地伸縮著爪子。幾縷微弱的陽光穿透樹林，如果他們不在入夜以前動搖這兩棵樹的樹根，松鴉掌的計畫就泡湯了。好像過了好幾個日出之久，才聽到松鴉掌宣布：「大功告成。」

「現在我們其中一個要去把黑足和小雲帶來。」獅焰邊說邊努力爬到乾地上。

「我去。」虎掌立刻自告奮勇。

「不，我去。」曦掌反對。

「要跟小雲說話，我最適合。」焰掌也有意見。

「但我最強壯，」虎掌堅持。「也是最棒的戰鬥者。如果遭到攻擊，我最有可能活著逃出來。」

獅焰點頭。「但你會需要一名戰士支援你。我——」

「我去吧，」冬青葉插嘴。她覺得自己沒辦法光站在這兒猜想會發生什麼事，而讓其他貓深入影族領域去找黑足。「你們都知道我追蹤、技巧最好。我腳步很輕，還有一身黑毛。」

「不，是一身泥巴毛。」曦掌眼裡閃動著笑意。

「隨便啦。泥巴應該有助於蓋住我的氣味。」冬青葉跳著站起。「走吧，虎掌。」

這位影族見習生帶頭繞過溼地，走進影族領域深處。

「我會落後你幾步，」冬青葉低聲說。「如果沒出事，我就不會現身。」

虎掌點頭。「我會先去找小雲。如果他肯聽我的話，就能夠幫忙說動黑足。」

「好，祝你好運。」

冬青葉維持幾個尾巴遠的距離，讓這位見習生仍在視線範圍內，看著他往影族營地的方向走去。她豎起耳朵聆聽其他貓的聲音，不時停步嚐嚐空氣。樹林裡的靜謐讓她豎立起全身的毛。通常此時，就已經能看到巡邏隊，她繃緊肌肉準備躲起來，但影族微弱的氣味蹤跡這兒一點、那兒一點，彷彿貓兒都自行狩獵似的，她只瞥見一隻虎斑貓的身影，卻遠得看不清是誰。

戰士的生活不是這樣的。

虎掌走向小溪，輕巧地跳過踏腳石。冬青葉提高警覺跟了過去，這裡不再有雷族領域裡熟悉的樹木，而是松樹，樹叢也變得更稀少。她的腳踩在柔軟的松針上，沒發出任何聲響。最後，她開始嗅到藥草的混合氣息。虎掌輕快地攀上山坡，在山頂稍停。接著豎起尾巴比了比，就頭也不回地消失在山脊的另一面。

冬青葉跟在他後方，悄悄地爬上一棵距離山頂很近的樹，蹲伏在枝頭往下望。下方的地面延展成淺淺的盆地，密密地長滿有著鮮綠色葉片的樹叢。影族的巫醫小雲就站在盆地底部，正咬掉樹枝，並仔細地放到一旁。

「小雲！」虎掌跳了過去。

這隻虎斑公貓猛地站起，驚訝地豎起頸上的毛。「虎掌！你還好嗎？褐皮他們呢？」

「我們都好，謝謝。」虎掌停在巫醫面前，點點頭。「小雲，我有件事情要問你。」

巫醫又咬掉一段樹枝，跟其他樹枝放在一起。「說吧。」

「我帶焰掌和曦掌到了邊界，」虎掌說著並用尾巴比了比。「我們都想回到影族，可是……唔，我們都怕會因此惹毛黑足。」

小雲點頭。「我明白。」

「你願意幫忙嗎？拜託？」

「褐皮是怎麼想的呢？」小雲問。

「她不知道我們在這裡。如果黑足肯讓我們回來，那我們就會跟她說。但她不見得會答應，她對影族不再遵守戰士守則這點，真的很不高興。」

小雲發出一聲深沉的嘆息。「不只是她有這種感覺而已。」

冬青葉渾身緊繃。虎掌可能會對小雲透露那個計畫，那麼一切就完了。但這位見習生什麼也沒說，只是重複著：「請幫幫我們。」

「我當然會幫，」小雲發出呼嚕聲。「你等一下。我不確定黑足會肯聽我的，但我會盡力把他帶到這裡來。」這位巫醫叼起那捆枝梗，轉過身，跳上山谷的另一邊。

「別讓索日知道是怎麼回事！」虎掌對著他的背影喊。

小雲回頭看了一眼，同意的點點頭，然後走進了松林裡。

虎掌抬頭望著冬青葉藏身的樹，興奮地揮動尾巴。

感謝星族！冬青葉心想。**計畫很順利！**

第九章

獅焰、松鴉掌跟兩名見習生蹲伏在一叢刺草間，曦掌扭動著身子，不時把頭探出枝梗上方。

「看在星族份上，不要亂動啦。」松鴉掌嘀咕。「頭低下來。」

「草一直戳在我身上啊，」她抱怨。「我也想看看有沒有貓過來。」

獅焰把尾尖放在她肩頭。「在看到其他貓以前，我們會先聽到聲音、聞到氣味的。」他提醒她。「不要亂動，免得洩漏行跡。」

曦掌安靜下來，但她緊靠著獅焰時，他仍能感覺出興奮的顫抖流竄她全身。他肚裡也翻騰著期待，但他隱藏得很好。**怎麼這麼久？**太陽緩緩下沉，而如果黑足真的會來，就不太可能會在入夜之後。

突然，獅焰聽到溼地另一邊傳來的窸窣聲。他豎起耳朵，嗅聞空氣。**影族的氣味！**

「上樹去。」松鴉掌輕聲說。

獅焰正準備爬上樹，就聽到焰掌噓聲說：「等等！那不是黑足！」

獅焰僵在當地。溼地邊緣樹叢的底部樹枝上下晃動，一隻深棕毛色的公貓出現，正懷疑地四處嗅著。

曦掌的爪子插進地裡。「是蟾蜍足！」

「狐狸屎！」松鴉掌呸著說。

焰掌驚慌地睜大了眼。「那現在我們該怎麼辦？」

有幾個心跳的時間，獅焰覺得自己就跟戰士爪下的獵物一樣無助。他猜想這位影族戰士是追蹤著虎掌和冬青葉所留下的氣味而來，要是黑足現在出現，他們該怎麼做呢？他在心裡提醒自己：**現在不是慌張的時候！**

「焰掌，」他低聲說，抽動耳朵比了比。「悄悄地爬到溼地的一邊，別讓蟾蜍足看見。我往這邊走，等我撲到他身上時，你就過來幫忙。」

這個見習生緊張地點點頭，肚子緊貼地面爬開。獅焰往相反的方向走去，藏身在距離蟾蜍足幾個尾巴遠的蕨叢內。他在對面的樹叢內瞥見焰掌薑黃色的皮毛。

影族戰士悄步上前，眼裡透著兇猛的光，發出低沉的吼聲。「我知道這裡有貓，出來！」

「上！」獅焰大吼。

他從蕨叢裡跳出，衝向震驚的蟾蜍足。同時焰掌也衝過沼澤，壓在族貓的身上。獅焰的一對前腳按住蟾蜍足的肚子。

蟾蜍足以後腿用力踢獅焰，前腳猛擊焰掌的脖子和肩膀，但這名見習生不為所動，拉長身子押著蟾蜍足的肩頸。

「把他拉進樹叢裡！」獅焰下令道。

他和焰掌把掙扎著的影族戰士拖進蕨叢後方，蟾蜍足揮出一爪，重重打上獅焰身子一側，但仍無法脫身，他憤怒地喊，焰掌把他的頭按到地上，伸掌堵住他的嘴。

叫喊與攻勢停止後，獅焰聽到林間傳來更多貓走近的聲音。他重重喘著氣，抬起頭來。透過蕨葉卷鬚，他看到虎掌和小雲並肩走來，黑足則跟在他們身後一個尾巴外。

影族族長忽然停步，懷疑地看看四周。「我聽到聲音。」他吼著。

「可能有貓在打獵吧。」虎掌面不改色地撒謊。「黑足，往這邊走。焰掌和曦掌就在邊界那邊等。」

聽到族長的聲音，蟾蜍足支撐起身子想再度脫身。此時獅焰又把他壓住。

「如果想救影族，就安靜點！」他咬牙說，一腳按住蟾蜍足的脖子。

蟾蜍足憤怒地瞪著他，無法動彈。

獅焰和焰掌還在跟蟾蜍足拉鋸時，松鴉掌和曦掌已悄悄溜回溼地，在之前弄鬆了的樹苗旁就位。他們幾乎全身是泥，要是不用心去找，根本不會發現他們。

樹上的細枝晃動著，彷彿樹木隨時要倒。虎掌帶著黑足和小雲繼續前進，好像準備把溼地繞過一圈。獅焰看到冬青葉悄步從金雀花叢後方衝進泥濘去幫忙曦掌。他胸口起伏著：**就是現在！現在！**

松鴉掌揚起尾巴，拍打泥濘表面，然後用一對前腳用力推動樹幹。冬青葉和曦掌也推著她們的那棵樹。樹幹緩緩傾斜，沼澤表面冒出一個個棕色氣泡。

黑足發出警戒的叫聲，但現在想逃已經遲了。樹倒下來，樹枝交纏在一起，樹根宛如巨大的尾巴揮過半空。獅焰從蕨叢中外望，看到虎掌手忙腳亂地鑽進樹枝裡，躲在其中一個樹幹下方。他也看到了黑足，徒然地扒著交纏的樹枝，一時間他還挺擔心小雲會受傷，但不久就聽到這隻巫醫的說話聲。

「黑足？你沒事吧？」

「當然有事，我差點被剝掉一層皮，」影族族長怒吼。「怎麼回事？虎掌呢？」

「沒看到他。虎掌！」

松鴉掌急忙衝出泥濘，在最近一棵樹的樹幹間站穩身子，遠離受困的那幾隻貓。「虎掌不見了……」他輕聲開口，聲音恰好能讓影族貓兒聽見。

「什麼？是誰在說話？」黑足問。

「我是你拒絕相信的靈魂。如果你還是不理會戰士守則，不只虎掌，還會有更多貓消失。」松鴉掌的輕言輕語變得嚴厲。「樹木會倒下……」

「什麼意思？」獅焰勉強辨認出黑足的臉，他縮嘴咆哮著，小雲則從他身邊的樹枝往外張望。巫醫睜大的眼裡滿是畏懼。

「星族的戰士在跟我們說話！」小雲說。

蟾蜍足又開始掙扎，獅焰趴在他身上，焰掌則壓住他的脖子和肩膀，一掌按住他的嘴。獅焰制住這隻扭動的貓，從藏身處往外望。

黑足憤怒地扒著樹枝。「無稽之談！」他嗤之以鼻，不過獅焰聽得出他的語氣有些動搖。

「我們一定要聽從，」小雲堅持。「星族發訊息給我們。要是祂們帶走虎掌，讓我們永遠見不到他怎麼辦？」

黑足發出輕蔑的哼聲。「如果真是星族戰士，就快現身。」

獅焰肚子裡一陣翻攪。松鴉掌並非身上有星光的戰士，只是一位體型嬌小、身上沾滿了泥的虎斑見習生。如果黑足非得見到貓才肯相信，他們的計畫就失敗了。

「樹木會倒下……」松鴉掌重複。獅焰看到他躲在樹根裡，全身緊繃著，爪子深深插進樹皮。「樹林會枯死。你的戰士會四散，他們死亡時將永遠無法在繁星之間找到棲身之地。」

沒用了，獅焰絕望地想。黑足還是不信，反而愈來愈用力地扒著地面想上空地。「快點現身！」他怒吼。

「樹木會倒下……」松鴉掌的聲音裡多了空洞的回音，彷彿另有一個聲音也跟著說起來。「樹木會倒下……」現在又多了另一個聲音了，三個聲音交疊著。

獅焰好像看到溼地的表面上有東西在閃爍。他眨眨眼，身上每根毛髮都直立起來。兩隻貓穩穩站在泥濘上，一隻是裂耳的大虎斑貓，另一隻則是灰白相間的小公貓。白霜在他們腳下閃動，他們眼裡反映出星光。

「鋸星！鼻涕蟲！」小雲在傾倒的樹根中喊。

黑足停止猛扒的動作，張嘴呆望。

「索日在影族的時代必須終結，」鋸星雙眼堅定望著黑足。「他就像黑暗，遮蔽了太陽。」

「他似乎從你手上奪走影族的掌控權，」鋸星又說。「但他會隱沒，並在接下來的光明中被遺忘。往後的無數個月裡，光明將照耀影族。」

「我……我聽到了，」黑足結結巴巴地說。「我會照祢的話去做。」

卡在樹枝間的小雲努力以恭敬的姿態點點頭。「影族會回歸戰士祖先的懷抱，」他承諾著，又說：「祢對我們的見習生做了什麼？」

「他很安全。」鋸星回答。

星族戰士的目光掃過，停在冬青葉、松鴉掌最後到了獅焰身上，獅焰盡力不讓自己退縮。這兩隻星光貓會因為他和姊弟們所做的事而生氣嗎？

星族貓沒說話，只嚴肅地點點頭。祂們閃爍的形體開始消淡，最後只剩溼地上方的幾點星光，然後就完全消失。獅焰噓了口氣，他可不知道自己之前竟然都屏住氣息。

黑足不費吹灰之力就從樹枝間出來，小雲循著他弄出來的裂縫也跟著出來，兩隻貓都爬到沼澤旁的一塊乾地上。他們身上沾著泥濘，還有斷枝殘葉，黑足的一隻耳朵還流著血。

「星族並沒有拋棄我們！」小雲的聲音發顫，但卻情緒高昂。

黑足搖搖頭。「祂們對我們說話了，」他自言自語。「你說得對，小雲。我們不能對戰士祖先的靈魂置之不理。尤其祂們一直都在關心我們。」

「你現在準備怎麼做？」小雲問。

「首先，要除掉索日，」黑足伸縮著爪子，爪尖消失在潮溼的地裡。「真不敢相信我竟然會聽信那個全身長癬的騙子。他還說星族不關心發生在我們身上的事！但星族領我們到了這裡，讓樹木倒下好讓我們不得不聽祂們說話。我再也不會讓影族貓被索日誤導了。你覺得我是不是已經離開太久了呢？」他擔憂地問。

「我知道你並沒有，」小雲安慰地說，尾尖碰碰族長的肩。「戰士守則活在每一隻在影族出生的貓兒心裡。光憑一隻貓，絕不可能弄熄這把火焰。」

「那我們這就走。」黑足說著轉身往影族營地走去。

小雲遲疑著。「虎掌，你在嗎？」

獅焰看到這名見習生從樹幹下的藏身處爬出來，踩著泥水走向族貓。

「你沒事吧？」小雲問。「你有沒有看到剛才發生的事？」

「有。」虎掌琥珀色的眼睛發光。「我從沒想到會看見真正的星族戰士！」

我也沒想到，獅焰心想。

虎掌對黑足點點頭。「我們現在可以回去了嗎？」

黑足點頭。「當然，影族會需要你們的。」

虎掌驕傲地挺直身子。「那我這就去找焰掌和曦掌。」

「然後儘快回到營地，」黑足命令著，又對小雲揮動尾巴說：「我們走吧。我等不及要告訴全族貓，他們又可以崇拜戰士組先了。」

「黑足，我知道大家聽到都會很高興的。」小雲說。

這隻白毛貓挺身站直，渾身肌肉在亂糟糟的毛下起伏。「叫我黑星，」他開口糾正。「我的名字是黑星。」

影族族長揚起尾巴，神氣地走進樹林，身後跟著巫醫。

自從星族戰士開口說話那一刻起，在獅焰腳下的蟾蜍足就像塊石頭似的動也不動。等獅焰和焰掌放他起來時，他凝視著溼地，好像不敢相信剛才發生的一切。「祂們真的是星族的貓嗎？」他輕聲問。

「對，沒錯。」焰掌神情肅穆地回答。「我們的戰士祖先仍然在天上守護著我們，希望我們遵守戰士守則。」

蟾蜍足眨眨眼，仍然不敢置信。

「你現在要怎麼做呢？」獅焰問他。如果黑星知道他們所做的事，還會想讓影族崇拜戰士祖先嗎？

蟾蜍足的目光從獅焰轉到焰掌，然後又落在獅焰身上，喉際逐漸響起一聲深沉的吼聲。

「剛才的徵兆是你們弄出來的！」

「我們只是幫了一點小忙，」焰掌面對著蟾蜍足說。「我們讓樹木倒下，並且把黑星帶來這裡。但我們並沒有叫星族貓出現，祂們是自己現身的，只是到頭來，的確弄假成真了。」

蟾蜍足把深棕色毛上的幾片蕨葉甩掉，眼神依舊閃爍不定。「祂們現身是你們走運，」他低聲說。「否則影族會把雷族給翻過來，誰教他們多管閒事又搞詐欺！」

「有膽子就試試看。」獅焰豎起全身的毛說。

「可是星族真的出現了啊，」焰掌堅持。「祂們證明祂們真的在守護我們，我們也該聽話，遵守戰士守則。祂們念念不忘全族利益，我們一定要相信祂們都是為了全影族好。」

「那不是你們想要的嗎？」獅焰問他。

蟾蜍足沉默了一會，然後點頭。「我想我應該感激你們。」他勉強地說。

「不，」獅焰回答。「你該感謝星族。」

冬青葉走上前，身上的泥水滴答落下，不以為然地在蟾蜍足身上嗅了嗅。「我們要拿他怎麼辦？」她問獅焰。

回答這問題的卻是蟾蜍足：「我答應絕不會把看到的事情說出去。」

冬青葉豎起耳朵。「可以信任他嗎？」

「不是信任他，就是殺掉他。」松鴉掌也走過來，大大嘆了口氣。「我是不知道你們怎麼想啦，但我千辛萬苦地佈下這一切，可不是為了想殺掉影族的貓。」

「那我們就只好信任你。」獅焰轉向蟾蜍足。「對星族發誓你會守密。」

「我當然會守密，鼠腦袋。」蟾蜍足一揮尾巴。「我發誓，除非守密會危及影族福祉。」

他立刻又補上這句。

「但並不會，」獅焰對蟾蜍足點點頭。「你可以走了。」

蟾蜍足轉身走開，臨走前還畏懼地望了曾出現過星族戰士的沼澤一眼。

「走吧，」虎掌對姊弟揮了揮尾巴。「我們也要回去了。」

見習生對雷族貓點點頭。

「我們感激不盡。」焰掌說。

「我們這樣也是為了雷族好。而且沒有你們，我們也不可能做到。」獅焰回答。

「那母親怎麼辦？」曦掌問。

虎掌和焰掌相對茫然。

「別擔心這個，」獅焰安慰他們。「我們會把發生的事告訴褐皮，你們快回營地去吧，我們也該離開你們的領域了。」

「對。」虎掌的眼睛閃著光。「等我們翻新氣味記號，你們可別越界！」

見習生跳著從林間跑走。獅焰看著他們消失，然後與冬青葉和松鴉掌一起走回雷族領域。

「真不敢相信我們的假徵兆竟然變成真正的星族訊息了！」冬青葉喊。「松鴉掌，你想星族真需要我們佈下陷阱，祂們才能出現嗎？」

松鴉掌聳聳肩。「不知道，但應該不必吧。」

「我想祂們是想看那三隻見習生究竟有多麼想拯救自己的部族，」獅焰猜測。「三隻見習生如果不想讓影族重歸星族懷抱、遵守戰士守則的話，就不會願意花費這麼大的力氣。」

「我們也很急啊，」冬青葉揮動尾巴。「沒有比守護戰士守則更重要的事了。」

「現在我們該怎麼告訴褐皮呢？」松鴉掌問。「說實話可不是好主意——我有預感。」

「不知道。」冬青葉的語氣擔憂。「我也不想讓火星知道我們所做的事。他會在你說出『老鼠』這個字以前，就罰我和獅焰去做見習生勤務。」

獅焰快走幾步，心思飄離身後的對話。他覺得腳掌發癢，他真想知道黑星叫索日離開影族後，索日會怎麼做。

他會遵守諾言嗎？他納悶。**他會來指導我們三個實現命運嗎？**

第十章

冬青葉縱身一跳，爪子插進田鼠身體，迅速在脖子上一咬，田鼠就死了。冬青葉嘴裡叼著獵物直起身子，看到獅焰從蕨葉間走來，拖著一隻兔子軟垂的屍體。

「嘿，獵得好！」她叼著田鼠含糊地說。

黃昏降臨，林地上鋪著長長的影子。冬青葉和獅焰在枯樹旁停步，準備在回營地的途中順便狩獵，松鴉掌則尋找新鮮藥草。

「我們回去吧，」他說，帶著一束艾菊走來。「我擔心病貓的狀況。葉池自己是忙不過來的，如果我再不回去，她會把我的皮剝下來當床鋪。」

「好。」冬青葉挖出之前獵到的老鼠，帶頭走回營地。

她身上的每根毛因為拯救了影族而放鬆得顫動著。現在只剩一個問題了：他們要怎麼告訴褐皮呢？

獅焰搶在她之前鑽進荊棘隧道。冬青葉走

入營地時，發現空地上幾乎沒有貓蹤。不少貓已經回窩裡去，只看到沙暴和松鼠飛在獵物堆旁合吃一隻歌鶇，罌粟霜正朝泥地隧道走去。

「嘿，罌粟霜！」獅焰跳上前，任由兔子掉落在地。「有沒有看到褐皮？」

罌粟霜點頭。「她跟棘爪都在火星窩裡。」

「等等，」獅焰走回冬青葉身邊時，冬青葉對他說，「我們還沒決定該怎麼告訴她。」

「現在不能談，」松鴉掌說。「我得先去找葉池，待會再來找你們。」他說完也不等回答，就跳向巫醫窩，消失在藤幕後方了。

獅焰打個呵欠，拱背伸展著。「我累死了，先把獵物放下，回窩裡去休息一下吧。現在還不必擔心褐皮的事，反正她在忙。」

「好。」

兩位年輕戰士叼起獵物，帶到獵物堆旁。

「你們去打獵了，」松鼠飛讚許地說。「幹得好。」

「怎麼會弄得滿身都是泥呢？」沙暴懷疑地瞇起眼睛。「你們是去抓青蛙了嗎？」

「只是那邊有點溼。」獅焰含糊地說，不敢看這隻資深母貓的眼。

沙暴綠色的眼裡閃著好奇的光，張開嘴正想說話，卻被穿過屏障走來的貓所發出的聲響給打斷了。樺落走出來，看到小雲跟在他身後，冬青葉驚訝得全身刺痛，白翅和冰掌則跟在小雲後方。

沙暴跳了起來。「怎麼回事？」她跳過空地，質問著影族的巫醫。

松鼠飛緩緩站起。「我最好去通知火星。」她低聲說完就走向通往擎天架的亂石。

冬青葉和獅焰跟著沙暴走過空地，愈來愈多的貓從戰士窩裡出來，雲尾高聲宣稱他遠遠就能嗅到影族的氣味。他和亮心走入包圍在小雲身邊的貓群，身後跟著莓鼻、榛尾和鼠鬚。鼠毛從長老窩裡探出了頭，但並沒走出窩外，只嫌惡地抽動著鬍鬚。

「又一隻影族貓到我們營地幹嘛呀？」莓鼻問。

沒有回答，莓鼻的妹妹榛尾用肩頭大力撞了他一下，把他撞倒在地。

「你好，」沙暴冷漠地對小雲點了點頭。「樺落，這是怎麼回事？」

冬青葉覺得樺落好像很不好意思。「我們正在巡視影族邊界。」他開口。

「是我發現小雲的，」冰掌插嘴。「樺落和白翅忙著說八卦。」

「夠了。」白翅責罵她的見習生，一臉慌亂。「小雲說他要跟褐皮談談。」

小雲尊敬地對沙暴點點頭。「如果火星准許的話，影族發生一些褐皮應該知道的事。」

沙暴還來不及回答，冬青葉就看到火星、棘爪和褐皮出現在擎天架上方，松鼠飛在他們身後。沙暴搖搖尾巴，請小雲跟著她走，領他走過空地，站在岩石下。冬青葉和獅焰也和其他的雷族貓兒一起跟了過去。愈來愈多貓從窩裡出來，聚在周圍聆聽。小玫瑰和小蟾蜍蹦蹦跳跳地從育兒室跑過空地，好奇地豎起耳朵，黛西則緩緩跟在他們後頭。

「你好，小雲，」火星說。「歡迎到我們的營地。有什麼是我們可以效勞的嗎？」

「謝謝，火星，」這位巫醫回答。「我需要跟褐皮談話。」

這隻玳瑁毛色的戰士驚訝地豎起耳朵。「我對影族已經無話可說了。」她的聲音裡帶著一絲咆哮。「那不是我的部族。」

「很抱歉妳有這種感受，」小雲同情地眨著眼。「但等妳聽完我特地來跟妳說的事，可能會改變心意。」

「那就快說。」褐皮的語氣仍然帶有敵意。

「黑星想要妳回來，」巫醫繼續說。「妳的三個孩子都已經回來了——」

「什麼！」褐皮震驚地張大了嘴。冬青葉看出她有一大籮筐的問題想問，但她的目光在準備聆聽的雷族群貓身上閃動了一下，又閉緊嘴巴。

「黑星要我告訴妳，不會有貓責怪妳離開。」小雲抬眼望著他的族貓。「影族要回歸戰士守則的懷抱，並恢復對戰士祖先的信仰。」

褐皮深深吸了口氣。「如果你說的是真的……那索日呢？」

「索日已決定要離開影族。」小雲回答。

「已決定？」獅焰在冬青葉耳邊輕聲說。「等著看刺蝟飛吧。」

「他不該跟我們住在一起，」小雲繼續說。「黑星對他並無惡意，但他並不適合在貓族生活。」

「這是好消息，」棘爪對姊姊說。「我仍然歡迎妳加入雷族，但我知道妳心裡效忠的對象永遠是影族。」

褐皮用鼻子輕碰棘爪的耳朵，然後點頭。「好，小雲，我會回去。希望你講的是實話。」

「巫醫從不說謊。」小雲回答。

褐皮轉向火星。「謝謝你所做的一切，火星。」

「我只是很高興能有這樣的結果，」火星說。「再見，祝妳好運。」

這隻玳瑁色戰士跟棘爪貼了貼身子，然後跳下亂石來到小雲身邊。兩隻影族貓走過空地，消失在荊棘隧道裡。

「真沒想到會這樣！」他們一走，雲尾就脫口而出。「你覺得黑星會這樣就改變主意？」

冬青葉故意不看弟弟。

「我以做一個月的黎明巡邏來打賭，這件事一定跟那三個見習生有關。」樺落說。「不然他們怎麼會沒跟母親在一起，突然又回歸影族？」

「也許失去他們後，黑星明白了他對影族所做的事。」冬青葉謹慎地說。

塵皮輕笑著哼了一聲。「我可以想像那三隻小貓抓著黑星不放，直到他同意為止。」

榛尾點頭。「可能喔。」

「唔，不管讓黑星改變主意的是什麼，這對其他三族都是好事一樁。」沙暴說。「誰會想跟一個不遵守戰士守則的貓族為鄰呢？」

「沒錯，」蕨雲發出呼嚕聲，從這隻薑黃色的母貓身邊擦過。「湖邊應該要永遠有四個遵守戰士守則的貓族。」

「我只希望褐皮不會把太多我們營地的事告訴黑星。」黛西用擔憂的眼神望了孩子一眼。

聽到這句暗示的話，冬青葉漸漸豎起身上的毛。但她還來不及開口，沙暴就用鼻子輕碰著黛西的耳朵。「我肯定妳沒什麼好擔心的。褐皮絕不會那樣。」

「那索日呢？我比較想知道的是這個。」鼠毛走上前，加入眾貓行列。「他現在會到哪裡去？」

「誰在乎啊？」莓鼻說。

「因為他可能會惹出更多麻煩，鼠腦袋。」塵皮說。「我只希望他別再管貓族的事。」

「最好是這樣，」冬青葉猛扒地面。就連想到索日，都讓她全身刺痛。「如果他想破壞戰士守則，這裡也容不下他。」

獅焰張嘴好像想反對，隨後又閉上。冬青葉不喜歡他眼裡的懷疑神色。在索日對影族做出這種事以後，他不會還想幫這隻獨行貓講話吧？

冬青葉偏著頭，把弟弟從興奮的群貓裡拉開。「你不會還相信那個吃鴉食的瘋子吧？」她咬牙問。

獅焰聳聳肩。「他並沒有壞到那個地步，我希望他會回來教導我們。」

冬青葉不敢置信地瞪著他。「他為什麼要幫我們？你怎麼會希望他來？看看他對影族做的事，他說服他們放棄戰士守則耶！」

「但我們的命運跟戰士守則無關。」獅焰爭辯著，回頭望了一眼，確定沒其他貓聽見。

冬青葉哼了一聲。「索日是一隻危險的貓。如果他又現身，你應該離他遠一點。不管我們做什麼或不做什麼，該來的命運還是會來。預言的重點不就是如此嗎？」

獅焰別開目光。他並沒有爭辯，但冬青葉走向戰士窩時，她卻不肯定自己真的說服了他。

冬青葉站在陡峭的河岸，垂眼望著下方的湖，確定是否有獵物的氣味。她身後的塵皮和栗尾也是這趟狩獵巡邏隊的成員，正走在樹叢間。太陽雖然高掛，腳下的地面仍佈滿霜紋。

冬青葉豎起耳朵，捕捉到風裡的一絲田鼠氣息。幾個心跳過後，她發現樹根下有隻肥大的田鼠，就在斜向湖邊的山坡下。她壓低身子成狩獵伏姿，悄步走近，想讓腳步聲如落葉般輕。她很確定自己沒弄出聲響，但還沒走到一半，那隻田鼠卻似乎被什麼嚇著，匆匆沿著湖岸跑走。**老鼠屎！**冬青葉立即撲了過去，但她抵達滿布圓石的湖岸時，田鼠早就蹤影全無。

憤怒的她嗅著岸邊的洞穴，這裡有強烈的田鼠氣味，卻沒有法子抓到。

「哈囉，冬青葉。」

聽到這個細微的聲音，冬青葉僵住了。她一跳轉身，看見索日坐在圓石上，尾巴裹住四腳，一身白毛上黑、棕、黃色的斑塊都梳理得光滑柔順，淡黃色的眼睛放著光芒。

「你在這裡做什麼？」冬青葉問。她馬上豎起全身的毛，尾巴膨脹成兩倍大，肚子裡翻攪著對這隻力量強大的貓的懷疑。「我以為你走了。」

獨行貓的眼裡閃過怒火，爪子插進地面。但一個心跳過後，他又恢復成鎮靜有分寸的模樣，冬青葉幾乎要相信，剛才他露出的憤怒是自己想像出來的。

「我離開影族，但我還沒離開湖邊。」索日冷靜地說。包括火星在內，冬青葉從沒遇過一隻貓說話的語氣這麼有自信。「貓族需要我。他們只是還不明白。妳也需要我，冬青葉。」

冬青葉吞了口口水，發覺自己差點又陷入受到索日聲音掌控的險境裡。「你錯了。」她堅稱。「我不需要你，獅焰和松鴉掌也不需要你。」

「妳確定嗎？」索日琥珀色的目光定定望著她，一瞬間，冬青葉覺得自己成了怯懦的獵物，在戰士的爪下不敢動彈。

「滿確定的。」她強迫自己說得肯定一點。「我們不需要你幫忙，也能實現命運，因為戰士守則會引導我們走上正確的方向。」

她做好心裡準備等索日爭辯，但這隻獨行貓只稍稍低下頭，認同她的話。他站起來，不發一言地轉過身。

冬青葉等著看他離開雷族領域。索日還沒走出兩個尾巴遠，又回過頭來。

「妳確定已經找到那三個了？」

「什麼意思？」冬青葉朝他走近一步，憤怒讓她視線模糊。「獅焰、松鴉掌和我就是那三隻貓啊。我們屬於火星的家族。松鴉掌也知道其他貓都不知道的事。」

「但松鴉掌並不知道太陽消失的事。」索日的聲音在冬青葉身邊迴盪，但等她再度讓目光聚焦後，他已經朝風族領域的方向沿著湖岸走遠了。

「走愈遠愈好。」她輕聲說，但全身仍顫抖著，而且心底知道，自己跟索日還會再見。

⁂

冬青葉後來抓到另一隻田鼠，帶回狩獵巡邏隊的集合地，準備回營地。她決定絕口不提見到索日的事，也希望當時沒有其他貓看見。族貓愈早忘掉他愈好。

冬青葉走來時，率領巡邏隊的塵皮正在把大家捕到的獵物挖出來。「今天大家可以吃得很飽。」他說。「走吧。」

他的聲音有些沙啞，說完話後是一聲咳嗽。冬青葉驚慌地看著他。這隻虎斑戰士的眼裡有著發燒的光芒，從咳嗽聲聽來，他這樣似乎已有一陣子了。

「你回去以後應該儘快去找葉池。」栗尾對他說。

「我沒事。」塵皮反駁，接著又是一聲痛苦的咳嗽。

「你明明有事，你非去找葉池不可。」栗尾斥責回去。塵皮曾經當過栗尾的導師，冬青葉知道她比任何雷族貓都替這隻脾氣暴躁的戰士擔憂。

「好啦，多管閒事。」塵皮埋怨著抓起一隻松鼠，走進通往營地的樹叢。

冬青葉跟栗尾交換了一個憂慮的眼神，也跟過去。

回到石頭山谷後，她把獵物放上獵物堆，跳著走到葉池的窩，想告訴她塵皮的事。她可不準備讓這隻虎斑戰士就這樣把要找巫醫的事給忘記。

「別進來！」藤幕後方傳來葉池著急的聲音。不久，葉池走出來，身上都是藥草味。

「噢，是妳啊，冬青葉。我可以幫什麼忙嗎？」

「不是幫我，」冬青葉回答，看到這隻巫醫一臉疲憊，她有些擔心。「我剛才跟塵皮一起去狩獵，聽到他在咳嗽。我想應該告訴妳。」

「噢，不——又多一隻！」葉池擔憂地睜大雙眼。「長尾昨晚也開始咳了，黛西和蜜蕨是今天早上開始的，小玫瑰還發燒。」

恐懼緊緊攫住冬青葉的肚子，不只因為這些壞消息，是因為她從沒看過葉池如此心煩意亂。「我們全都會一個接一個的生病嗎？」

「我不知道，」葉池搖搖頭。「我已經盡力了，不過也許做得還不夠？」

冬青葉印象中從沒看過葉池這麼沒信心、這麼替族貓恐懼。她把臉湊近這隻巫醫肩上的毛。「妳是偉大的巫醫，葉池。只要有妳照顧，每隻貓都會好起來的。」

「聽妳這麼說我很感動，」葉池琥珀色的目光凝望著冬青葉。「我只希望事情真會如此。」她站直身子抖了一下。「去找些東西吃吧。妳必須補足體力，否則妳也會生病的。」

冬青葉點頭。「好。」

她回到獵物堆旁，感覺信心就像盛在葉片上的雨水，慢慢又注滿她全身。索日已經走了，是她親眼看到的，她也表達得很清楚，雷族並不歡迎他。影族又開始信守戰士守則，並將從戰士祖靈身上尋求指引。至於這場病疫——情況的確很糟，但葉池一定能治好。

蹲伏著的冬青葉咬了一口田鼠，感覺以往對那個預言的興奮感又回來了。

我準備好了，星族！請告訴我該怎麼做！

第十一章

乾藥草上的塵土飄上鼻端，松鴉掌打了個噴嚏。他再把身體擠進巫醫窩的儲藏裂縫深處，伸出一掌掏摸放在後面的一些尖梗。從那殘存的微弱氣味，他知道那些是款冬花葉，是上個新葉季時採的。

「松鴉掌！」

見習生被葉池的聲音嚇了一跳，從裂縫頂端探頭。「老鼠屎！」他自言自語著倒退走出，爪子上還勾著乾的款冬花葉。

「你找到什麼了？」葉池問。

「款冬花，還有幾顆圓柏莓。」松鴉掌回答，把枝梗放在葉池腳邊。

「才這麼一點點……」葉池低聲說。

松鴉掌聽到她正翻弄著少得可憐的藥草存量。「總比沒有好。」他說，儘量想讓語氣樂觀一些。

「可是這一點不夠。松鴉掌，這一仗我們快打輸了。」

松鴉掌身上的每一根毛都刺痛起來。「不會的！」

「會，」葉池沮喪地嘆口氣。「沒有足夠的空間區隔病貓和健康的貓，沒有貓薄荷我們也無法治療綠咳症。」

「我在兩腳獸舊窩附近找過貓薄荷，」松鴉掌說。「要不要我再去看看有沒有新芽？」

「不用了，就算有也不夠我們用，」松鴉掌對導師的無助感同身受。「何況，我們也得讓新芽繼續生長，下個季節才有得用。」

「那我們該怎麼辦？」

「我不知道。天氣變冷，情況只會更糟；獵物變少，貓兒就會更虛弱。如果病貓變多，就沒有戰士可以替全族狩獵了。」

松鴉掌抬起下巴。「那我們就得找到更多貓薄荷。」

「但就是沒有啊。」葉池堅稱。「我知道在河族邊界外可能有，靠近兩腳獸窩那裡，但我不能離開族裡這麼久去採，而——」

她沒把話說完，但松鴉掌很清楚她想說的是什麼。**你也不能去，因為你看不見。**他察覺到葉池正沮喪地凝望自己，感覺她是多麼希望自己看得見。他迅速壓下那股苦澀。**不然的話我就更有用了，對吧？**

「不，松鴉掌。」葉池回答他沒有說出口的埋怨。「不是因為你瞎了所以不能去。如果這是問題，我可以請一位戰士陪你。」

「那為何不請呢？」

葉池嘆氣。「因為你會需要跨越影族領域，然後沿著河族邊界才到得了那裡。近來的打鬥戰事已經夠多了，不能讓你和一位戰士在這麼多貓生病時還去冒險。要是我們被別族攻擊呢？我們的領域上會需要所有能用的力量。」

「那麼，向他族巫醫求援呢？」松鴉掌提議。「如果他們有貓薄荷，可以分我們一點。」

「對，是可以。」葉池的聲音變得尖銳，好像嫌他這麼堅持很煩。「但我一開口，對方就會知道我們有多衰弱。火星要是知道我這麼做，會剝掉我的皮。」

松鴉掌不得不承認她說得對。「那我能做什麼呢？」他問。

「我叫蜜妮和小薔去外頭呼吸新鮮空氣、曬曬太陽了。」話題轉到務實面，葉池似乎鬆了口氣。「她們在這裡和戰士窩之間的空地上，距離其他貓也夠遠，不至於把咳嗽傳染出去。能不能請你把她們睡過的床拿出去換乾淨的來？」

「當然好。」松鴉掌走到窩的一側，扒起睡過的苔蘚和蕨葉，弄成球狀。

「記得要拿到離營地很遠的地方，」葉池提醒他。「之後再把蜜妮和小薔帶回來，免得她們太累又受涼。」

松鴉掌把那球有泥土的床鋪滾出荊棘隧道，丟在距離石頭山谷幾個狐狸尾巴遠的地方。那附近有棵樹的根部周圍長滿茂密的苔蘚，幸好在前幾天的大雨過後，這些苔蘚已經乾了。他把蕨葉的卷鬚撕掉，把葉子弄成一捆，步履艱難地回到營地。

他發現蜜妮伸展身子躺在山谷邊一塊有陽光的地方，她呼吸時，喉際發出沙啞的聲音。他把一隻腳掌放在她胸口時，感覺到劇烈的起伏。他身邊的小薔站了起來，推推母親。「我想去玩，」她埋怨著。她邊說話邊喘氣，松鴉掌感覺得到她四腳發軟。「你當老鼠，我來抓你！」

蜜妮發出一聲虛弱的嘆息，小薔的懇求轉為咳嗽。

「來，」松鴉掌故作歡欣地說。「我替妳們鋪了乾淨的床，妳們會睡得很香喔。」

「不想睡！」小薔抗議。

「妳想的，」松鴉掌告訴她。「睡覺會讓妳更舒服喔。」

他把自己的肩頭架在蜜妮身下，好讓她掙扎著站起，她累得氣喘吁吁，咳嗽聲很虛弱，好像精力正迅速流失。松鴉掌的肚子因絕望而翻攪著。預言說他掌握有星族的力量，但如果他得目睹自己照顧的貓兒死亡，這力量又有何用處？

他扶著蜜妮回到床上，小薔一直想站起來，他噓聲把她趕回母親身邊的苔蘚裡。松鴉掌直起身子，回到裂縫，心想也許自己之前漏拿了一些藥草。

他眼前忽然充滿刺目的陽光，亮得他蜷曲身子想擋掉那道光。等到視野清楚後，他又眨眼抬頭看。他站在一塊樹木茂密的空地上。空氣暖而沉重，帶有藥草香。

這裡有貓薄荷嗎？這是第一個出現在他腦海的問題。

他嚐著空氣，貓的氣味席捲而來，蓋過了藥草香。星光在樹下的樹叢中閃爍，幾位星族戰士的身影漸漸在空地上顯現。松鴉掌認出了藍星，祂的尾巴焦慮地抽動著，白風暴跟在藍星後頭，藍星回頭望著祂結實的身影。

「來了，」這位老雷族族長輕聲說。「好多好多……」

「也許不會，」白風暴安慰地說。「雷族有最棒的巫醫。」

松鴉掌聽到一聲嫌惡的輕哼，又有一隻星光貓走來：是黃牙，帶著一身參差不齊的灰毛和燃燒著的琥珀眼睛。「白風暴，你是鼠腦袋嗎？要是沒有藥草，巫醫又能做什麼？」

「就沒有辦法引導他們嗎？」輕柔的語聲宣示斑葉的來臨，她邊走上空地，一邊優雅地揮動尾巴。「沒辦法幫忙嗎？」

「有的話妳倒是說說看，」黃牙反駁。「雷族領域裡沒有貓薄荷，沒有就是沒有。我願意為雷族脫下全身的皮，但那又有什麼用？」

「我的貓族難道會被疾病摧毀嗎？」藍星哀號著，爪子憤怒地刮起叢叢野草。

最後一隻貓悄悄走上空地：松鴉掌在灰紋的回憶裡看過這隻銀毛虎斑貓，她生下一對小貓時，鮮血在石頭上奔流。

「蜜妮就快加入我們了，」她說。「我們能怎麼辦？灰紋不該再次心碎啊。」

其他星族貓都無法回答。祂們心煩意亂地繞圈子走，皮毛在苦惱中顫動，似乎都沒注意到松鴉掌。

我為什麼在這裡？他很好奇。**如果這場幻覺毫無益處，那我得去照顧病貓了。**

一陣涼風吹過空地，翻動了不安的貓群身上銀月色的毛。星光再次在樹影下閃動，又有三隻貓走上空地。第一隻是年輕的母貓——若是戰士又顯得太過年幼——她銀色的虎斑毛閃動著淡淡的光。

第二隻貓年紀稍微大些，一身銀色的虎斑毛就跟第一隻貓一樣，松鴉掌猜她是第一隻貓的母親。第三隻貓則是隻寬肩的虎斑公貓。

「亮魂。」藍星尊敬地朝這隻年輕母貓點點頭。「好久不見了。」

「閃心、勇心。」白風暴跟兩隻年紀較長的貓打招呼。「祢們的光臨是我們的榮幸。」

松鴉掌望著這三隻新來的貓。祂們是從哪裡來的？他從來沒見過祂們，也從沒聽過祂們的名字。祂們的氣味也不一樣——有微弱的星族氣味，也有些許隨著風和星光而來的其他東西。他覺得祂們似乎走了很長一段路才來。**我就是為這個而來的嗎？要見這三隻貓？**

年長的兩隻貓停在樹林邊緣，尾巴交纏在一起，但亮魂卻跳過空地，停在松鴉掌面前。祂一雙綠眼閃著愛與同情，身上的甜香包圍著他。

「松鴉掌，你好。」祂說。「你在煩惱。」

松鴉掌蹲伏在地。這不是普通的星族貓，他無法想像自己告訴這隻貓，說祂不過是不同地方的貓族成員。祂身上有某種特質，祂那偏著頭打量他，彷彿空地上就只有他們倆的神情，使松鴉掌想要全盤托出。「雷族貓快死了。我不知道該怎麼辦。」

亮魂把嘴放在他耳邊，用自己的呼吸溫暖著他。

「找風，」祂輕聲說。「風裡有你要找的東西。」

松鴉掌退後一步，望著祂。「什麼意思？我不懂。」

一陣噓聲中，黑暗再度籠罩他眼前，夜晚突然降臨，松鴉掌發現自己周圍又恢復陳舊的藥草和病貓氣味。他壓抑住一聲絕望的吼叫。

祂正準備告訴我事情耶！

有幾個心跳的時間，他似乎還能嗅出亮魂的氣息，和祂話語的遙遠回音。「找風。願星族照亮你的路途。」然後祂就消失了。

「來，蜜妮，」葉池的聲音在身邊響起。「躺在這裡。松鴉掌替妳弄好乾淨床鋪了。」

「謝謝，松鴉掌。」蜜妮沙啞地說。

松鴉掌一陣緊繃。剛才那段幻覺只持續幾個心跳的時間嗎？他幫葉池安頓好蜜妮和小薔，全副心神卻都渴望能有一陣子的平靜，想一想亮魂對他所說的神祕話語。

兩隻病貓在床上剛剛趴好，松鴉掌就聽到逐漸奔近的腳步聲。**又怎麼了？**他嗅出是沙暴。

「葉池，快來！」她嗓音嘶啞。「火星生病了！」

第十二章

葉池驚恐地叫出聲。「我這就去！」她急忙繞過松鴉掌，跟在沙暴之後。

松鴉掌抓起幾根款冬花梗追葉池，倉促往火星的窩跑，爬上亂石時想都沒想該怎麼走。

抵達擎天架時，疾病的氣息如拳頭般朝他打來。窩裡的火星正在咳嗽，松鴉掌感覺到他全身都散放著高熱。松鴉掌緊張著，要是族長也病了，雷族會有什麼下場？

「謝謝，松鴉掌。」葉池從他那裡接過款冬花梗。「來，火星，把這個吃下去。」

「我沒病到那個地步，」火星抗議，聲音已經咳得沙啞了。「妳該留點藥草給族裡有需要的貓吃。」

「少鼠腦袋了！」葉池責罵。「**叫你吃你就吃**。別忘了，我現在是巫醫。」

「妳小時候好靜哦，」火星的聲音裡帶有一絲虛弱的笑意。「真沒想到長大會變得這麼兇巴巴的。」

「哼，沒錯，所以你要聽我的話。」葉池的語氣裡充滿孺慕之情。「快——你知道族裡需要的是健壯的族長。」

火星咀嚼著藥草，松鴉掌悄悄走到窩外，來到空地。他在亂石腳下停步，嚐著空氣，想找一名見習生替火星弄點乾淨床鋪來。至少族長的窩是跟大家分開的，這樣就不會把疾病傳染給其他健康的貓。

但松鴉掌並沒嗅到任何見習生的氣息，反而聞出了棘爪。

「怎麼回事？」副族長問。

「你不該走上去，」松鴉掌擋住棘爪爬上亂石堆。「火星得了綠咳症。」

「噢，我的星族呀！」棘爪大感震驚。「你會幫忙照顧吧？」

「葉池跟他在一起，」松鴉掌說。「她會盡力的。」

「我知道。」父親似乎放心了點。「松鴉掌，讓我過去。我得跟火星談談巡邏的事。」

「好，」松鴉掌讓到一旁。「待在擎天架上，從外面跟他講話就可以，不要太接近。」

棘爪走上亂石堆後，松鴉掌仍聞不到狐掌或冰掌的氣息。但這一次來到他面前的是灰紋。

「松鴉掌，蜜妮怎麼樣了？」他問。「她病得很重，對吧？」

松鴉掌實在很想撒個謊來安慰他，但他也知道灰紋絕不會相信的。他點點頭，席捲這隻灰毛戰士的那股強烈痛苦，差點讓松鴉掌站不穩。**這就是愛嗎？**他心想。**灰紋竟然那麼關愛蜜妮？就好像他自己有生命危險一樣！**

「死去的那隻銀毛貓咪，」他說。「你愛過她，對吧？」

灰紋吃了一驚。「對——對，她叫銀流，是暴毛和羽尾的母親。」他沉默了，悲傷的回憶圍繞著他。

「你沒辦法救她，」松鴉掌說。「她住在星族，現在正守護著蜜妮，她不希望蜜妮也加入星族的行列，尤其蜜妮還得照顧你的孩子。」

「你全都知道？」灰紋震驚地問。

松鴉掌點頭。「我在幻覺裡聽過她的聲音。」

「這還真像銀流的作風，」灰紋低語。「但這樣對目前的情況也沒幫助。星族不可能比我們更有力量治好綠咳症。」他的語氣頹喪，好像已經認定自己會再度失去蜜妮。

憤怒像一把熊熊火焰竄過松鴉掌全身。**一隻貓都不能死！我一定要想辦法！**他想跟疾病對抗，不只是為了族裡瀕臨死亡的貓，更為了像灰紋這樣深愛著某隻病貓的戰士，也為了不希望更多貓加入星族陣容，至少，不要這麼迅速又大批地離開。

至於亮魂，他又想。**她是來幫我的，我要想辦法解開她話裡的含意。**

松鴉掌走向見習生窩，繼續尋找狐掌和冰掌。還沒走到，狩獵巡邏隊穿過荊棘隧道回來的氣息就傳入鼻端。微弱的吸鼻子聲告訴他，狐掌還在睡覺，他的呼吸很均勻。昨天葉池給了他一份艾菊，似乎減輕了他的咳嗽症狀。

可以少替一隻貓擔心了。

「嘿！」松鴉掌走進窩裡，伸出一掌戳著狐掌。「醒來！」

「幹嘛……？」狐掌抬起頭。

「我要你替火星找乾淨的床鋪。」

這隻薑黃毛色的見習生打了一個又大又吵的呵欠。「不能找別的貓去做嗎？我剛做完黎明巡邏，還跟沙暴去了狩獵巡邏，她說我可以休息的。」

松鴉掌忍不住感到一絲同情。「每隻貓的工作量都加倍了。」他說。「冰掌可以幫你，如果你找得到她的話。」

「她跟白翅去狩獵，」狐掌說著並爬起來，伸展身子時發出哼聲。「好啦，我這就去。」

「記得要找來乾燥的床喔！」狐掌跑過蕨葉上了空地時，松鴉掌提醒他。「還要把營地上的舊床鋪也都清乾淨，火星生病了。」

「你怎麼不早說？」狐掌聲音裡滿是驚慌。他愈走愈遠，衝向隧道。

松鴉掌走到獵物堆，替幾位長老拿了一隻松鼠。他還沒走到榛叢下的長老窩，就聽到長尾的咳嗽聲，和鼠毛安慰他的低語。

「來，給你們。」松鴉掌把松鼠拖進窩裡，放在鼠毛身旁。「長尾，你還好嗎？」

「他咳得愈來愈兇了，」鼠毛斥責。「你什麼時候才會拿貓薄荷給他？」

等刺蝟會飛的時候。松鴉掌忍住，沒把這句尖刻的話說出口。「我們沒有貓薄荷了，」他告訴鼠毛。「但我可以拿點艾菊給他，再拿些琉璃苣治發燒。」

鼠毛哼了一聲。「要是沒有貓薄荷，你只會變成可憐的巫醫。」

又一次，松鴉掌阻止自己頂嘴。他知道這位暴躁的長老只是在擔心。至少，鼠毛吃下的艾菊葉能讓她不生病……至少，她還沒生病。

「長尾，吃點新鮮食物吧，」他出言催促。「你會需要力氣的。」

「好，」長尾邊咳邊以沙啞的聲音說。「謝了，松鴉掌。」

松鴉掌對鼠毛點點頭，離開長老窩回到獵物堆，準備拿點食物給戰士窩裡的病貓吃。他穿過樹枝時，看到刺爪和塵皮在窩內，蕨雲蜷起身子緊靠在伴侶身旁。

「真是荒謬，」這隻虎斑戰士正在說。「我根本就可以參加巡邏啊。」

「不，你不行。說什麼你也要給我待在這裡。」松鴉掌聽到蕨雲正親密地舔著塵皮。

松鴉掌把一隻老鼠放在塵皮面前，另一隻放在刺爪面前。除了蜜妮以外，這隻金黃虎斑貓生病的時間是最久的，松鴉掌伸出一掌查看他的情況時也毫無反應。他的毛凌亂不堪，松鴉掌感覺得到他皮下的每根肋骨。松鴉掌全身緊繃，刺爪可能已經在前往星族的路上了。

「有什麼我可以幫忙的嗎？」松鴉掌感到蕨雲溫暖的呼吸就在自己耳邊。

「沒有，但還是謝謝。」松鴉掌說。「等他醒來，想辦法要他吃掉老鼠。」

「好。」蕨雲用鼻子碰碰松鴉掌的臉，然後又回到塵皮身邊蜷著。

「松鴉掌，」松鼠飛的聲音從窩的另一端傳來。「我要你去告訴葉池，我康復得可以狩獵了。」她的腳步聲逐漸接近，松鴉掌感覺出她的每個動作都帶著痛苦和僵硬。

「妳要我對導師撒謊嗎？」

「撒謊？胡說！你就說我的傷都好了。」

松鴉掌嗅嗅母親之前所受的傷。傷口已經癒合，沒有發炎的氣味，但傷處的毛還沒長回來，松鴉掌也感覺得出，她身上的肌肉都還是僵硬的。

「妳還沒完全好，」他咆哮。「葉池也會這麼說。我會請她來查看妳的狀況，也許妳可以先做點輕鬆的運動，但這可不包括追松鼠。」

松鼠飛哼了一聲。「雷族需要每一位戰士。」

「對，沒錯，」松鴉掌對母親的耐心迅速消失。「但妳難道看不出來，如果妳在還沒完全好以前就去巡邏，只會讓我們事情更多嗎？」

松鼠飛的回答被闖進戰士窩的另一位戰士打斷。松鴉掌聞到鼠鬚帶有一絲急迫的氣息。

「狐掌說火星生病了！」他喊。

其他貓聽了都一陣騷動。「不會吧！」蕨雲哀號。「要是我們的族長死了怎麼辦？風族和河族一定會再來攻擊我們的。」

「他不會死，」松鴉掌堅持，努力表現出那股堅決。「就算他真的少了一條命，也還有好幾條剩下。」

「那不表示他就可以隨便揮霍，」松鼠飛斥責。「棘爪要做的巡邏就更多。要是我們的族長和副族長都病了怎麼辦？」

「我們會盡一切力量戰勝疾病。」松鴉掌說。他感覺到她心裡的那股痛苦，就跟剛才灰紋的感受一樣。她二話不說地轉身走回自己的窩。

擔憂再度湧上松鴉掌心頭，他衝出去準備拿獵物給育兒室的貓。他擔心葉池所想的會成真，這場戰爭他們快輸了。沒有貓薄荷，他們的確一籌莫展。

我一定要找到。我一定要想辦法知道亮魂究竟想告訴我什麼。

ᛃᛃᛃ

松鴉掌向葉池報告完，也把僅剩的藥草拿給病貓之後，已經入夜了。他在巫醫窩裡蜷起身子，扭動著埋進苔蘚深處，以隔絕旁邊蜜妮和小薔吸鼻子和氣喘的聲音。

也許現在我能想出來該怎麼做。

松鴉掌想起他與這隻美麗銀毛虎斑貓的相會，想著她對自己說話時的溫暖眼神。**找風。**但風到處都是，用不著特地去找，風把樹枝吹得簌簌作響，拂過湖面，還在前往月池的途中把沼地上的草吹到低頭。要是找貓薄荷也這麼簡單就好了！

找風……你就會發現貓薄荷。亮魂要他明白的就是這個嗎？一陣興奮讓松鴉掌從耳朵到尾尖都刺痛起來。哪裡的風最強呢？**對！就在風族領域裡！**

雷族領域裡沒有貓薄荷，河族又太遠，影族松林內稀疏的低矮樹叢也不太可能會有貓薄荷生長。如果湖邊還有貓薄荷，就一定是在風族裡。

松鴉掌真想直接衝進樹林裡去，但那樣就太鼠腦袋了。他對風族領域不熟，而且就算他看得見，也不知道該從哪裡開始找起。

你是巫醫，你有特殊力量。加以運用吧。

把身子緊緊盤成球狀，松鴉掌閉上眼睛。他過去從沒走進距離如此遠的貓兒夢裡，但風族的巫醫見習生隼掌對自己向來豪爽又友善。**拙是滿拙的，但很友善……**也許這點能讓他輕易進入隼掌夢裡。

松鴉掌想像自己走出營地，穿過通往風族領域的樹林，跳過作為邊界的小溪，落腳輕盈地衝過沼地，最後來到風族營地的山谷頂。他讓夢境帶領自己前進，走在朦朧的岩石和樹叢間，把注意力放在圓石上的一道寬裂口，那裡是吠臉和隼掌的窩。

裂口內，巫醫和見習生盤身在沼地雜草和羽毛做成的鋪位上，羽毛隨著他們的呼吸輕輕顫動。松鴉掌幻影般的身形蜷在隼掌身邊，碰觸著他溫暖又柔軟的毛。他放慢自己的呼吸跟隼掌相合，幾下心跳過後就感覺風吹亂了身上的毛，他已進入了隼掌的夢。

這位年輕的巫醫正在沼地上行走，周遭是草和羊的氣息。雲朵飄過淡藍的天空，露水在清晨的陽光下閃閃發亮。

「嗨，松鴉掌！」隼掌的語氣有些驚訝，但仍然溫暖。「你在這裡做什麼？」

「我只是想來找你。」松鴉掌有些緊張，不知道隼掌會不會發現這樣有多怪。如果他太為此事操心就可能會醒來，那麼松鴉掌就會被踢出夢境，回到現實裡了。

「好耶，」隼掌抽動耳朵表示歡迎。「今天天氣真好，對吧？我早就想出來找些藥草。」

松鴉掌真想問他想找哪種藥草，但還是怕嚇到這位見習生。於是他只跟著隼掌走過沼地。

「這條溪一直流向雷族嗎？」他們跳過棕色多泥的小溪時，他不經意地問。

「對，它會跟邊界的溪匯流。」隼掌回答。

他一點也沒起疑心，松鴉掌想。**畢竟這不過是夢，不是嗎？**

「我想這裡沒什麼獵物。」他繼續說，急著想讓這隻風族貓繼續說話。

「那你就想錯啦！」隼掌的尾巴翹高，驕傲地昂起了頭。「你聞不出兔子的氣味嗎？有時候我們也抓鳥。鴉羽教過我們山區裡的貓部落都是怎麼打獵的。」

「那你動作一定要很快囉。」松鴉掌說。

隼掌在胸口迅速舔了幾下。「風族貓就擅長動作快啊。」

「那藥草呢？」松鴉掌繼續說，「這裡看起來滿荒涼的，應該不會有什麼植物吧。」

「你又錯啦。我們在沿溪和比鄰雷族邊界的那小塊林地上都有不少藥草。」

「那一定適合水薄荷生長，」松鴉掌說。「可是貓薄荷呢？」

「噢，對，我們也有很多貓薄荷。」隼掌用鼻子指沼地旁一堆的亂石。「都在那下面。」

「真的嗎？」松鴉掌強迫自己做出稍感興趣的語氣，其實想發出勝利的叫聲。

「對，那裡有——」

一隻兔子從兩位見習生面前的金雀花叢裡跳出，奔竄過沼地。隼掌話沒說完就追了過去，肚子擦過粗糙的草地。

「謝了，兔子。」松鴉掌低聲說。

他一直等到風族的這位見習生消失，才急急忙忙跑下坡，來到石堆。他嗅著空氣，聞到水的氣息和強烈的貓薄荷味。幾下心跳過後他就找到了：兩塊岩石間有處滿溢的泉水，幾叢茂密的貓薄荷就在泉水周圍。

松鴉掌站著不動，吸著這珍貴藥草的香氣。他多麼渴望自己能咬下幾根帶回雷族，但他仍在夢裡。必須在現實中找貓到風族這裡，偷一點藥草回去。

這也不算真的偷，他自言自語。**只是我們迫切需要，而風族正好有一大堆。**

松鴉掌漸漸發覺，他聞到的不只是貓薄荷的氣味，一股熟悉的氣息懸盪在岩石間，那是洞穴、土壤和深層地下水的氣味。他爬進石堆裡，想找出那股氣味在哪裡最強烈，不久就找到了：岩石間有條窄溝，溝裡一片漆黑。

這一定是地下隧道的入口了！也許風族當初闖進我們營地時就是走這條路。

他在溝前的泥濘中看到幾個腳印。他迅速打量周圍，走上前，擠進那條溝中。通道很快就變寬敞了，松鴉掌嗅出岩壁上有風族貓的氣味。

「松鴉掌！松鴉掌！」

松鴉掌全身僵硬。隼掌看到他溜進隧道而起疑了嗎？

「松鴉掌！」一隻腳掌重重戳著他身體。「松鴉掌，蜜妮燒得愈來愈厲害了。你能不能替她找點浸了水的苔蘚來？」

松鴉掌睜開眼睛，爬出鋪位，抖落身上的幾塊苔蘚和蕨葉。黎明的涼意充塞整個窩，並夾雜著葉池恐懼的氣息；他聽到蜜妮粗重的呼吸聲和小薔可憐兮兮的喵喵叫。

「她會死掉，對不對？」這隻小貓嚇壞了。「然後我就再也見不到她，因為我不認得去星族的路。」

「我們正在盡力救她。」葉池移開身子，松鴉掌想像她低頭安慰這隻擔驚受怕的小貓。

「就算她真的死了，妳將來也會再見到她。等她進星族，她會知道該在什麼時候來接妳。」

「真的嗎？」小薔仍然有些不確定。

「真的。」葉池向她保證。

松鴉掌恐懼得四腿打顫。葉池的表現好像已經認定族裡的每隻貓都會死亡。**我們一定要拿到貓薄荷！**「我去找苔蘚。」他說完就轉身出窩。

他把滴著水的苔蘚送去給蜜妮，就又溜了出去，悄步穿過戰士窩的樹枝。窩裡充滿睡著貓兒的溫暖氣息，幾乎沒有一隻貓有所動彈，現在太早了。

松鴉掌根據氣味找到了獅焰，在他肩上用力一戳。

「啊……？」獅焰肌肉繃緊，抬起頭來。「松鴉掌?怎麼回事？」

松鴉掌低下頭，在哥哥耳邊輕聲說著。「我知道哪裡有貓薄荷。」

「真的？」松鴉掌感覺出獅焰的興奮。「在哪？」

「在風族，一條隧道的入口附近。你必須過去採。」

松鴉掌感覺到獅焰的那股興奮立刻轉為恐懼和憎惡。「不，」他的聲音粗啞。「我絕對不去風族。永遠不會去！」

第十三章

獅焰躡足向前時，感覺到冰涼的草擦過肚子。他全神貫注，身上的每塊肌肉都在注意前方的動靜。

就是現在！獅焰強健的後腿一蹬躍起，松鼠想逃跑但已經遲了。獅焰的爪子插進松鼠肩膀，在牠喉嚨上迅速咬下致命的一口。

松鼠身子軟垂，獅焰眼前的景象卻模糊了。猩紅、黏稠的血湖蔓延過草地，淹沒林地上的樹葉。他聞到那股血腥味。剛才的松鼠變成了一隻灰毛母貓，她的血凝結在他掌上。

「不……噢，不。」他輕喊。

自從兩個日出前松鴉掌要他去風族採貓薄荷起，獅焰一直覺得有愧於心。但他實在沒辦法那麼做，他太害怕這個夢會成真，而他真的會殺了石楠掌。

他顫抖、凝視著眼前的恐怖景象，他曾經愛過這隻貓。然而他也希望自己能當一隻普通的戰士，不要有強大、也愈來愈恐怖的力量。

要是我能把這些感受告訴松鴉掌……但他不能在弟弟面前示弱。獅焰只知道自己無法冒險進入風族，尤其不能走那條隧道。石楠掌背叛了他，獅焰是多麼想相信她那「是小貓洩漏了祕密隧道」的說詞，但他無法肯定那是真話。石楠掌現在是他的仇敵，因為他已完全效忠雷族，又何必信任別族的貓呢？他永遠不會原諒石楠掌，但他也不願掌上沾了她的血。

幻覺消失後，獅焰直起身子，獵物還在爪下。在作為風族邊界的小溪旁，灰毛穿過蕨葉走來，嘴裡咬住幾隻田鼠的尾巴；蛛足叼著一隻老鼠跟在後面。

「幹得好，」灰毛對獅焰點點頭，把自己的獵物放在一旁。「有沒有看到栗尾？我們獵到的夠多了。」

「這裡，」栗尾搖搖晃晃地從樹叢裡出來，拖著一隻幾乎跟她一樣大的兔子。「呼！」她把獵物放下，吐出一簇毛。「換你們來把這個拖回去喔。」

他們走回石頭山谷時，獅焰的擔憂又潛回腦海。目前為止的落葉季還算溫和，獵物的量也算多，但健壯到能夠狩獵的戰士卻不夠。他今天早上離開營地時，亮心正在咳嗽，他也看到蜜蕨朝巫醫窩走去。**還要多久，我們生病的貓就會多到讓照顧的貓忙不過來？**

獅焰把獵物放上獵物堆時，注意到這堆食物少得可憐。

「我們再次出發。」灰毛宣布。「但大家先吃點東西，才有力氣。」

「我沒關係，」栗尾說。「我的那份可以給任何一隻生病的貓吃。」

灰毛走向她。「妳非吃不可。如果妳也生病，對雷族又有什麼好處？」

栗尾挑釁地瞪了他一會兒，又垂下目光。「好吧，你說得對。」但獅焰注意到她挑了最小的一隻老鼠。

他大口吞下一隻田鼠，瞥眼看到松鴉掌正從戰士窩出來。他急忙吞下，跳過去找他。

「亮心怎麼樣？」他問。「我今天早上聽到她在咳嗽，還看到蜜蕨正朝你們窩裡去。」

「要你關什麼心！」松鴉掌罵道。

「我當然關心！」愧疚和憤慨在獅焰心裡交戰。**我不是因為不關心才不肯去風族的！**

「他們都得綠咳症。」松鴉掌刻薄地說。「雲尾也是。我叫他們離開鋪位。現在你肯去採貓薄荷了嗎？」

「我做不到，」獅焰在松鴉掌憤怒的目光下瑟縮。他真希望能夠把那些夢向松鴉掌說，那麼他就會了解自己不可能去風族。「為什麼你不請其他貓去呢？」他問。

「你明明知道為什麼！」松鴉掌豎起毛怒罵。「你知道隧道裡的情形。」

「冬青葉也知道啊，」獅焰辯著。「她可以——」

「冬青葉！」松鴉掌打斷他的話頭。「你也知道她對戰士守則有多推崇。你想她肯闖進別族領域去偷藥草嗎？光是這個想法就足夠讓她剝掉我們的耳朵了。不，只有你能去。何況，你是我們之中最棒的戰士，要是你被捉到，就可以用你的力量逃出來。」

「那為什麼葉池不去向吠臉要些貓薄荷呢？」

「蠢毛球！」松鴉掌發出噓聲。「我們之前才跟哪族的貓打過仗？吠臉也許會給葉池貓薄荷，但一星一定會知道，如果他認定雷族很弱，他一定會再度發動攻擊，到時候你猝不及防，甚至都來不及罵聲『老鼠屎』。」他一揮尾巴，又說：「跟你解釋也沒用。真沒想到我的親哥哥會眼睜睜地看族貓死亡。」他轉身朝窩裡走去。

獅焰看著他離開，然後難過地回到巡邏隊隊員身邊。棘爪和松鼠飛也來了，灰紋跳著過來撿一塊食物，又朝著巫醫窩走去。

「你自己也吃一點。」松鼠飛在他身後喊，但灰紋好像完全沒聽見。

「好吧，灰毛，」棘爪說。「你再帶巡邏隊出去時，就沿著影族邊界走。這樣就結合了邊界巡邏和狩獵巡邏了。但你回來時，就不准再出去了。你需要休息。」

「也聽聽你自己說的話吧。」松鼠飛的尾巴在伴侶肩上一點。「你也需要休息。」

「我不行。」獅焰看到棘爪明亮的眼睛，接著又聽到他沙啞的聲音時，整顆心一沉。「我要安排更多巡邏。」

栗尾靠向獅焰，在他耳邊輕聲說：「如果你父親生病了……」

獅焰點頭，但沒回答。沒那個必要。火星已經生病了，雷族只能靠副族長來保護大家。

噢，星族啊，獅焰想，**為什麼要讓這種事情發生？**

灰雲籠罩天際，但空氣仍是溫和的，風把山谷上方的樹吹得沙沙作響，但山谷裡的貓卻不受風寒。獅焰剛跟棘爪、冬青葉、煤心做完狩獵巡邏回來，蕨毛和栗尾伸開四肢躺在獵物堆旁閒聊天，沙暴蜷伏在他們身邊，正在吃一隻鶇鳥。

獅焰和其他巡邏隊隊員把食物放上獵物堆時，葉池和松鴉掌正好想挑點東西吃。

「蜜妮還好嗎？」沙暴從鶇鳥身上抬起頭問。

「如果不快點給她貓薄荷，她就會死。」葉池語氣平平地說。

松鴉掌從獵物堆上抓過一隻老鼠，忿忿地瞪了獅焰一眼。獅焰覺得身上彷彿被利爪刮過。

別再怪我了！我不能去風族！

從眼角餘光裡，他看到擎天架上閃過一個火紅的身影。火星出現了。震驚的他身上的每根毛都刺痛著。族長走出窩要幹嘛？火星走起路來有些不穩，準備說話時，只聽見一聲咳嗽。

「火星！」沙暴跳了起來。「你以為你在幹嘛？」

「你馬上回窩裡去！」葉池跳起來衝上亂石，沙暴緊追在後。

火星伸出一掌擋住她們。「別靠近我，」他沙啞地說。「這個病太容易傳染，我們得讓病貓離開營地，保障其他貓的健康。」

「但不行啊，」葉池反對。「他們沒地方可去。」

「有的，」火星告訴她，過亮的雙眼閃著勝利。「舊的兩腳獸窩有牆壁和屋頂可擋風遮雨，附近還有條小溪可以飲水。」

「但我不能同時在兩個地方。」葉池說。她的語氣很痛苦，彷彿也恨自己不得不拒絕火星提出的希望。

「妳不需要，」火星說。「我來照顧病貓。妳可以告訴我該用哪些藥草，給我藥草時不要靠得太近。」

沙暴大聲嘆息。「太荒謬了！你身在險境，而且你就跟其他貓一樣需要休息。」

火星低頭望著她，綠色的眼睛裡閃著愛意。「我不只有一條命，但我的族貓卻沒有。為了他們，我必須這麼做。」

聚集著貓兒們驚訝地竊竊私語。棘爪抬眼望著族長，緩緩點頭，好像做了什麼承諾。

「這樣也許可行。」蕨毛說。

「我認為不妨試試，」煤心同意。「如果我們什麼都不做，大家都會生病的。」

獅焰愈思考火星的提議，就愈覺得這麼做有道理。病貓會有安全、乾燥的地方住，沒病的貓能為他們提供更好的照顧，葉池和松鴉掌也能夠保持健康。而且或許松鴉掌在兩腳獸窩附近找到的那叢貓薄荷，到時就已經長出可以治病的葉子了。

「那樣還不夠，」松鴉掌彷彿把獅焰的想法大聲說出來，他吼著：「我們需要更多！全族有一半的貓都病了。」

獅焰覺得弟弟的瞪視燒炙著他全身。他轉過頭，來到冬青葉身邊。

「火星很棒吧？」她說。「他真讓我驕傲。換成是我，真不知道我有沒有那個勇氣。」

獅焰用鼻子碰碰她。「我想妳一定有。」**那麼我的勇氣呢？**他自問。**我應該有勇氣去採貓薄荷，但我就是做不到，就是不行！**

擎天架上的火星昂起了頭。「所有——」他想提高音量，卻只發出一陣猛咳。

棘爪跳上擎天架，對族長迅速說了幾句話。獅焰聽不見他們說什麼，一會兒之後，火星搖搖晃晃地回窩裡去，棘爪俯視著空地。

「所有能夠自行獵食的成年貓在擎天架下集合！」他喊。

狐掌和冰掌從長老窩走出來，嘴裡都叼著一束沾了塵土的床鋪。鼠毛跟在他們身後出來，大步走到沙暴和葉池所在的亂石堆下。蕨雲和松鼠飛從戰士窩出來，走到獵物堆旁。他們身後的莓鼻和灰紋也擠身走出，就在窩口坐著。

看到召集的貓只有這些，獅焰的心一沉。族裡這麼多貓生病，其餘的一定得去巡邏。

棘爪先對沒聽到火星發言的貓說明。「我們要採集更多苔蘚和蕨葉，還要乾樹葉和羽毛，任何能維持病貓舒適、溫暖的東西都好。」他繼續說：「獅焰和冬青葉，這個由你們負責，也把見習生都帶去。」

獅焰揮動尾巴表示接到父親的命令。

「蕨毛，你擅長修補窩牆，」棘爪繼續說。「找幾位戰士跟你一起，把兩腳獸窩裡的洞補好，別讓風吹進去。」

「沒問題，棘爪。」薑黃毛色的戰士回答著。

「還有，我們需要一個新的獵物堆。沙暴，狩獵妳最行，可以請妳負責嗎？」

沙暴緊張地對他點點頭，瞇起綠色的眼睛，好像已經開始盤算狩獵計畫。

「葉池，妳需要運藥草讓火星用。如果妳必須採集更多藥草，就再找一位戰士幫忙。」

「好，」葉池回答。「大家都該仔細看哪裡有貓薄荷，很可能有幾處草叢被我們遺漏。」

獅焰聽得出來，這隻巫醫並不相信自己說的話，但他也知道要找到更多這種珍貴藥草，就連最微小的一絲機會都不能放過。**如果真能找到，我就不會覺得這麼愧疚了。**

「好，」棘爪開口。「那麼——」

「那我呢？」松鼠飛插嘴，綠色的眼裡燃燒著挑戰意味。「你不會要我枯坐在營地裡、什麼都不做吧？」

「妳還沒康復到可以外出。」葉池立刻反駁。

「巫醫說妳可以出去，妳才能出去。」棘爪告訴伴侶。「但妳也不是完全沒事做。巡邏的貓回來後，妳可以向他們說明剛才的事，派工作給他們。」

松鼠飛遲疑著，好像想辯駁，然後才勉強點點頭，爪子扒著地面，低聲咕噥了幾句。

「好，集會結束。」棘爪乾脆地說。「開始行動吧。」

獅焰揮揮尾巴要幾位見習生跟好，帶頭走向荊棘隧道。冬青葉與他並肩而行，獅焰的腳掌因急切而發痛。這次連見習生都沒抱怨。

「感覺好怪，」他們走進樹林深處時，冬青葉擔憂地說。「雷族從未像這樣分散過。」

「只有這樣才能活命。」獅焰回答。

「戰士守則裡從未提過這種情況，除了……我們都誓言守衛自己的部族，所以我猜這也算守衛的一種吧。」她憂慮的表情消失了。

獅焰帶著其他貓遠離營地，走上苔蘚叢生、少有貓來的空地。

「感謝星族，這裡的苔蘚還沒被破壞。」狐掌低語，邊從樹根處撕開一大塊苔蘚，開始捲成一束。

「記得要把水份擠掉，」冬青葉教他。「要儘量挖得深些，找到最乾燥的部份。」

「嘿，看看我找到什麼！」冰掌叼著一束灰白相間的羽毛跳著從空地另一端來。「那邊還有好多喔，」她說。「一定有隻鴿子被狐狸給吃了。」

「很好，」獅焰說。「躺在鴿子羽毛上柔軟多了，儘量多找一點。」

等找到的床鋪材料到達能夠帶回去的極限時，獅焰和其他貓走向兩腳獸窩。來到近處時，獅焰驚訝地豎起耳朵。這地方向來靜得出奇，現在卻像被踩到的螞蟻窩，鬧哄哄地亂成一團。嘴裡叼著幾根樹枝的罌粟霜搶在他前面，拖著一條長蕨葉卷鬚的樺落也跟了過去。獅焰走近入口時，看到煤心正把蕨葉塞進岩石間的裂縫。

「太好了，罌粟霜，」這隻玳瑁毛色的貓把樹枝放在她腳邊時說。「正是我們需要的。」

「我去弄多點來。」罌粟霜跳著轉身，繞過獅焰，又回到林子裡。

「把苔蘚拿到這裡來！」栗尾喊。她正幫著灰毛把樹枝拖到定位，把裡面分成數個鋪位。「放在那邊，」她又說，對後方的一處寬闊處搖搖尾巴，那裡已經堆滿了纏結的荊棘。「那裡要做成育兒室。」

狐掌和冰掌跟著獅焰和冬青葉，把找到的東西放在栗尾所說的位置。兩位見習生不安地打量四周，好像怕有東西會從角落的陰影裡撲來。獅焰明白他們的感受。兩腳獸窩裡的直線和尖銳的角度都怪異得令他們惶恐，腳下的地面又硬又冷，頭上那硬梆梆的屋頂也怪異得很，陽光或月光都照不進來。**也許正因如此，罌粟霜才跑開得這麼快吧？**他想。**病貓真能在這裡住得安穩嗎？**

「嘿，你幹嘛還站著？」栗尾問。「再去多找些苔蘚來。」她親熱地用臉推了獅焰一下，讓語氣沒那麼尖銳。「一定要找乾淨、乾燥的來喔，儘量多找一點。」

獅焰和其他貓兒第二次回來時，看到負責狩獵巡邏的沙暴正往這邊走來，莓鼻和白翅在她身後，三隻貓嘴裡都叼滿食物。

沙暴走向距離入口幾個狐狸尾巴遠的空心樹幹，樹幹周圍長著茂密的蕨葉和長草。她把獵物放在空心樹幹內。「真高興找到這個地方，」她說。「食物放這裡可以保持乾燥。」

「我們也可以跟病貓保持距離。」莓鼻邊說邊把捕到的獵物放下。

「狐狸可能會來偷。」白翅說著並把獵物放到逐漸堆高的獵物堆。「要是我們在樹幹開口處做些氣味記號，會有用嗎？」

「好主意。」沙暴回答。「也在舊兩腳獸花園邊緣做些記號吧。如果狐狸以為這裡有一大群貓，可能就不會過來了。」

牠們絕不可能知道這群貓病得無法打鬥，獅焰邊想邊率領巡邏隊走進巢穴。

現在，兩腳獸窩看起來已經溫馨多了。灰毛已用樹枝把這裡區分成數個鋪位，育兒區裡的第一個床鋪也已鋪放整齊。蕨毛和煤心正嗅著牆壁，把樹枝和樹葉塞進之前沒看到的裂縫。葉池也在，她正在檢查育兒區裡有無漏風。

「這邊！」她對蕨毛喊。「這陣風像隻利爪向我襲來。」

蕨毛帶著一束乾葉子跳了過來，塞進巫醫指著的地方。

「好多了。」葉池讚賞地搖動尾巴。

栗尾告訴獅焰和其他貓該把苔蘚放在何處。「很棒！」她說，在剛做好的床鋪裡伸縮著爪子。「但我們還要更多。」

「我知道。」獅焰抽動鬍鬚。「我們這就去。」

他離開時，看到松鴉掌和鼠鬚嘴裡叼著幾束藥草，正往這邊走來。他們把藥草放在入口附近的一塊平石上，松鴉掌仔細地把藥草分成幾個小堆。

「可惜沒有貓薄荷，」他對鼠鬚說，聲音大得連獅焰也能清楚聽見。「要是有的話，病貓就更有機會痊癒了。」

「生長在這邊的植物可以用嗎？」鼠鬚問。

「我查過了，」松鴉掌回答，轉過頭來，用看不見的藍眼瞪著獅焰。「植物是長高了不少，但也只有一點點。」

尖利如刺的愧疚再度戳上獅焰心頭，但他沒說話。他無法向松鴉掌解釋自己為什麼拒絕走隧道進入風族領域。**但要是有貓因為你的夢境而死呢？**

獅焰無法回答這個問題，他衝進樹林，彷彿有一大群獾緊追在後。但是往苔蘚地奔去的他其實很清楚，跑得再快也擺脫不掉心裡的愧疚。

太陽逐漸下沉，樹影與紅光交錯著，獅焰和巡邏隊隊員這時又一次回到兩腳獸窩。他和夥伴們為了帶回苔蘚，來來回回已經不知跑了多少趟。

走過堅硬的石頭小徑，獅焰看到葉池站在入口，棘爪在她身邊。他們倆看到巡邏隊接近，立刻中斷談話。

「幹得好，」棘爪說。「拿進去吧，然後你們就可以休息了。裡面都準備好了。」獅焰率領隊員走進巢穴，注意到空心樹幹裡已有高高一堆食物，鋪位個個溫暖安全，舒適的巢穴足以容納兩三隻貓睡覺，育兒區更為寬敞，鋪著最軟的苔蘚和羽毛。蕨雲正把幾團東西拍打到定位。

栗尾示意獅焰到最後一塊空地，把他和其他隊員帶回的苔蘚和蕨葉鋪開。

「好啦，」她宣布，跟他碰碰鼻子。「謝謝你們。」

獅焰打量著四周，看到大多數沒生病的貓兒都在巢穴裡。蕨毛和煤心身上雖然還掛著荊棘和蕨葉，眼裡卻閃著滿足的光芒。罌粟霜忙著舔腳上的肉墊，好像有根刺卡在裡面。灰紋正在苔蘚上伸縮著爪子，獅焰猜他等不及要回到蜜妮身邊。莓鼻已經在剛做好的新床上打盹，榛尾用力戳了他一下。

「起來啦，蠢毛球！」她發出噓聲。「這可不是給我們睡的。」

「我整天都在工作，」莓鼻抱怨著站了起來，迅速舔舔肩上的毛想掩飾那股難為情。

葉池出現在入口，棘爪在她身後。「一切準備就緒，」她說。「我們可以回營地了。但在病貓還沒出來以前，誰都不准進去。從現在起，我們必須跟他們保持距離。」

「什麼？」灰紋伸縮著的爪子更用力了。「妳是說我們不能扶他們？」

「有些貓虛弱得沒辦法自己走過來耶。」蕨毛也反對。

「強壯的會幫忙虛弱的。」葉池的語氣明顯在警告大家別跟她爭。「各位都知道這場病傳染得有多快，我們必須保持強健，才能維護自己和病貓們的安全。」

「她說得對。」站在巫醫身旁的棘爪也說。「我們這麼做就是為了這個，記得嗎？」

大家不再反對。但想到群貓要拖著病體掙扎走來，還不能接受攙扶，獅焰覺得全身刺痛。從大夥兒交換的眼神看來，其他貓的感受也跟他一樣。

葉池率先回到營地，消失在荊棘隧道裡。棘爪搖著尾巴，指揮其他貓分站兩旁，空出中間一條寬道好讓病貓通過。

病貓陸續出現時，獅焰同情得胃都痛起來。這群貓以火星為首，他驕傲地昂頭前進，一陣猛咳震得他全身抖動。雲尾扶著刺爪，塵皮則靠在亮心肩頭，這隻棕色虎斑貓發出空洞的咳嗽聲。獅焰看得見他身上的每根肋骨，他的皮毛薄而無光。蕨雲同情地喵嗚一聲，直覺地跨出一步。樺落揚起尾巴把她擋住。

塵皮轉頭，眨著燃燒著高熱的雙眼。「退後，」他用沙啞的聲音說。「我不會有事。」

蕨雲別開頭，把臉埋進樺落肩上的毛裡。

接著走出來的黛西帶著小玫瑰、小蟾蜍和小花，小蜂在她身後。向來調皮的小貓這時乖得很，目光定定地注視自己的腳，沉默地往前走。

「妳不能跟小玫瑰走。」棘爪擋住黛西。「妳和健康的小貓必須留在營地。」

「胡說！」小玫瑰發出微弱的哀鳴，黛西輕輕把她放下，面對這位副族長。「我不在的時候，誰來餵小玫瑰？」

「小玫瑰現在可以吃獵物了，」棘爪回答。「火星會確保讓她受到照顧。妳想讓其他的小貓也生病嗎？」

有幾個心跳的時間，黛西對他怒目而視，然後才收回目光，退到一旁，尾巴一捲把健康的小貓們掃在一起。

「我要跟小玫瑰一起！」小蟾蜍氣沖沖地喊。

「不行。」黛西彎腰用鼻子碰了碰身邊僅剩的這個孩子。「你只要好好地、強強壯壯地，就是支持她最好的辦法了。」

小蟾蜍仍然一臉忿忿不平，但他卻不說話了。蜜蕨從屏障後方出來，一眼就已明白發生什麼事，她站到小玫瑰身邊。「我答應會好好照顧她。」她對黛西說，黛西感激地對她點點頭。

小玫瑰的腳掌對天空拍打了幾下，被族貓帶往兩腳獸窩時又哀鳴起來。

隧道裡的騷動更大，表示蜜妮正在接近。葉池和松鴉掌一邊一個地扶著這隻灰毛母貓，獅焰看到她時嚇得都忘記呼吸。她的腳幾乎沒動，兩位巫醫等於是抬著她走，她瘦成皮包骨，發出沙啞的咳嗽聲時，身體兩側起伏著。

「不！」在獅焰和冬青葉身後的灰紋大喊。他衝上前，獅焰擋住他，冬青葉一口咬住他肩上蓬鬆的毛。「讓我去！」灰紋一面掙扎一面咆哮。「她就快死了！我要到她身邊！」

獅焰挺住相抗，跟同族的貓對打違背他學過的一切，但他知道自己絕不能讓灰紋接近這隻生病的伴侶。

「退後！」葉池下令，豎起尾巴警告。

灰紋不理她，繼續掙扎，伸出一爪準備劃過獅焰肩頭。

「住手！」棘爪跳上前幫忙。

「灰紋。」火星沙啞的聲音從一列可憐貓群的最前面傳來。族長已經停步，轉過頭面對這位好友。「我懂你的感受。但你一定要離蜜妮遠些。」他語氣裡充滿同情，獅焰知道這兩隻貓之間的友誼多麼深厚。「蜜妮要你強壯健康。」

灰紋停止掙扎，深深吸口氣。「火星，我的心都碎了。」

「我知道，但你現在這樣於事無補。灰紋，如果蜜妮真的在前往星族的路上，那我一定會讓你跟她見最後一面。我答應你。」

灰紋遲疑了一下子，然後低下頭。「火星，我會記住你的話。」他哽咽地說。

獅焰和棘爪退後，冬青葉也放開咬在這隻灰毛戰士肩上的嘴。灰紋直挺挺地站著，頭和尾巴卻都垂著。獅焰幾乎可以感覺到流竄在灰紋身上的顫抖。

葉池和松鴉掌抬著蜜妮繼續走，蜜妮的頭軟垂著，似乎並沒聽見伴侶的抗議聲。跟在他們身後的是長尾，靠葉池的尾尖引路，長尾嘴裡叼著小薔，她軟垂的身子像是一塊獵物。

獅焰全身緊繃。這隻小貓死了嗎？她的尾巴抽動了一下，發出疲憊的咳嗽聲。看到她還活著，獅焰鬆了口氣，但他放鬆的心情又立刻被一波愧疚吞沒。**她需要貓薄荷，他們全都需要。**

病貓全都離開後，棘爪率領其餘的族貓走進石頭山谷。原本就在營地的只剩下鼠毛和松鼠飛，他們都坐在獵物堆附近，鼠毛站起來迎接他們回來。

「我應該跟他們去，」她不高興地對棘爪說。「我可以幫忙，我是長老，就算我生病，也不至於削弱本族的力量。」

棘爪點點頭。「這是符合戰士身分的提議。」他回答。「但本族對眾貓一視同仁，不管是初生小貓或最資深的長老都一樣。」他琥珀色的雙眼閃閃發光。「我知道妳已經問過火星，而他拒絕了。別以為可以唬過我。」

「討厭的小子……自以為什麼都懂。」鼠毛嘀咕著背過身子。

健康的貓群並沒回到自己的窩，反而都聚在空地中央，好像在等待什麼。獅焰蜷伏在姊姊身旁，身上每根毛都豎立著。營地有一種好怪的感覺，彷彿已經不再是他們的家，病貓的臭味仍懸盪空中，詭異的寂靜籠罩了一切。

「我不喜歡這樣。」冬青葉輕輕地說。「不知道有多少病貓回得來。」

不！獅焰把爪子用力插進地面。「一切都在星族掌控中。」他低聲說，很清楚這話聽起來有多虛偽。

雖然橫過山谷的陰影只延伸不到一條老鼠尾巴長，感覺卻像是過了好久好久，葉池和松鴉掌才回來。

「你們都在，很好。」葉池說著走向聚集的貓群。「松鴉掌，到我們窩裡幫我拿補充體力的藥草來。」松鴉掌跳開後，她繼續說：「每塊床鋪都得拖到窩外，拿到樹林裡，再把乾淨的床鋪拿進來。」

「什麼？」睜著惺松睡眼、正梳理著自己的冰掌抬起頭。「我整天都在拖苔蘚。真的還要再找更多來嗎？我累壞了！」

「大家都累壞了，」蛛足說。「不能等到明天嗎？」

「當然可以，如果妳想看更多貓生病的話。」葉池反駁，接著又放軟語氣說：「這一次大家都會幫忙，不會需要太久的。」

松鴉掌帶著藥草來，在每隻貓面前都放了幾片葉子。獅焰吞下葉草，感覺發痛的四肢都暖和起來。

「開始吧，」他對冬青葉說。「我們愈早開始，就可以愈早結束。」

所有戰士都走出營地去採苔蘚和蕨葉，冰掌則在鼠毛和松鼠飛的協助下，把窩裡的舊床鋪拖到屏障口，準備拿去丟。葉池和松鴉掌檢查窩裡，確保沒有剩下殘屑。等一切就緒，新床鋪好，籠罩在營地上的病貓臭味幾乎也消失了。

「這樣好多了，」戰士窩裡，冬青葉在獅焰身邊坐下時說。「只不過，少了這麼多貓的感覺好怪，希望火星的計畫會成功。」

獅焰已經快睡著了，他閉上眼睛，尾巴裹住鼻子。他累極了，就連那些擔憂都無法讓他保持清醒，但當他進入黑暗，腦海裡卻滿是貓薄荷的幻影：厚實、茂密的貓薄荷茂密地生長在沼地邊緣的石堆裡，就跟松鴉掌所描述的一模一樣。他跳上前想咬掉枝梗，卻陡然在溪岸停步，渾身顫抖。

這條作為風族邊界的小溪已被一條猩紅色的湍急洪流吞沒，空氣裡瀰漫著血腥味，獅焰所站的溪邊草地上也有斑斑點點的血跡。

他退後一步，被腳上沾到血嚇著了，一個熟悉的聲音從他身後傳來，他全身一僵。

「小戰士，你怕了嗎？」虎星嘲笑他。「你的力量都到哪裡去啦？」

第十四章

松鴉掌嗅遍長老窩，確定每塊腐壞的舊床都已清走後，身上的每塊肌肉都累得像在大叫。他拖著蹣跚的步子走向空地上的葉池。

「都好了。」他回報。

「你怎麼不休息一下？」導師說。「棘爪和煤心替我們帶回一些乾淨的苔蘚。」

松鴉掌本想說自己可以跟其他貓一樣繼續工作，想想還是算了。他和葉池的工作都已做完，實在沒有理由不該補眠一下。他雖然累，四腳卻蠢蠢欲動，腦筋也停不下來，這些念頭紛至沓來，他肯定睡不著的。

「嗯，」他回答。「但我想去走走。」

「好。」葉池驚訝道。「自己小心點。」

「嗯。」松鴉掌真希望葉池不會老是像個母親管他，他有松鼠飛就已經夠了。葉池只是他的導師而已。他小跑步鑽進隧道，和帶著幾捆床鋪正往湖邊走的白翅和樺落錯身而過。

他擠身穿過最後一處樹叢，在岸邊停步，

眺望著湖面。他聽著波浪拍岸的舒緩聲響，和圓石摩擦的模糊聲音，謹慎地邊嗅邊往樹幹下的凹洞走去，他當時是把樹枝藏在這裡。

腳掌按上有刮痕標記之處時，古老戰士的低語聲在他周圍響起。他努力想聽清楚，但就跟以前一樣，那些聲音仍舊模糊。

「磐石，祢沒有訊息要給我嗎？」他大聲說。

之前發生的一切在他腦海裡亂轉：索日的神祕現身、弄假成真的徵兆把他趕出影族、恐怖的疾病、火星帶著病貓遠離石頭山谷……松鴉掌覺得自己像片樹葉，在風裡亂轉。

一切都遠離我了，像逃得太快的獵物。我應該有力量，但我什麼都控制不了。

「貓族向來如此嗎？」他低聲說。「一場又一場的打鬥？沒有貓贏得了的戰爭。不知道這是否就是當初把第一批貓逐出湖邊的疾病？」

然而他的腳掌再次按上那些刮痕，那是順利通過隧道測驗、成功出來的貓，以及那些再也出不來的貓所留下的紀錄。周圍的竊竊私語聲宛如吹送過來的陣陣微風，但松鴉掌仍聽不出裡面的含意。

「要是我聽不到，你們這樣有什麼用？」他出言抗議。「請說大聲一點。告訴我該怎麼對抗疾病，或者該怎麼對獅焰說，好讓他去採貓薄荷。」

但輕柔的細語聲並沒改變。松鴉掌嘆口氣，下巴枕在樹枝上，閉起眼睛。

溼氣浸溼他肚子上的毛，松鴉掌醒了。他抬起頭往四周看，寒意似乎讓身上的肌肉僵硬痙攣了起來。他在地下洞穴裡，高懸在頭頂上方的屋頂洩下幾絲天光，溪水在幾個尾巴的距離外流過。

松鴉掌搖搖晃晃地站起來。他以為會看到磐石，但這隻老貓經常蜷伏的那塊凸岩上卻是空的，洞穴裡也沒有祂的身影。

松鴉掌身後響起輕柔的腳步聲。他轉身看到一隻黃白相間的公貓就站在其中一條隧道的入口，一對綠眼似乎盛滿煩惱和憂鬱，好像無法甩脫在淹滿雨水的隧道裡溺死的回憶。

「落葉！」松鴉掌喊。

「我以為你不會回來了，」老貓的聲音迴盪著心痛的孤寂。「這一次你會留下來嗎？」

一股尖刺的同情襲上松鴉掌心頭，他實在無法想像孤單無依地被困在這裡、歷經無數個季節是多麼地難捱。

「祢的族貓呢？」松鴉掌問。「祂們為什麼離開湖邊？」

落葉低頭望著自己的腳。「我不知道。我只知道他們都走了。利爪不再過來，沼地那邊唯一傳來的聲響只有風。我獨自在這裡好久，已經數不清有幾個月了。」祂抬起頭，綠眼睛裡滿是懇求。「自從……自從我進來這裡，你和你朋友是我唯一見過的貓。」

「我想知道祂們為什麼離開！」松鴉掌說。他說不出為什麼，但他就是肯定這群古代貓的命運跟那個預言息息相關。遇見磐石、找到樹枝、前往月池時感覺到老貓的低語，這一切都不是偶然，這點他很確定。

他跳向通往雷族領域的隧道，擦過落葉身邊，落葉驚慌地望著他的背影。

「等等！」落葉喊。「我以為你要留下來陪我。」

「我必須知道發生什麼事。」松鴉掌仍不鬆口，回頭望了最後一眼。這隻溺死的貓站在隧道末端，睜大雙眼，一臉愁容。

松鴉掌強迫自己用憤怒掩蓋同情。「我怎能跟祂在一起？」他嘀咕著，往前走進隧道的漆黑深處。「我要弄懂的事情太多了，哪有閒工夫跟死掉的貓混！」

他以為會走進山谷上方的樹林，再次清醒，恢復成目不見物。但日光卻在他前方的牆上閃爍，他愈接近，那光芒就愈強。他聽見樹葉在風裡沙沙作響。

「我一定還在做夢。」他輕聲說。

他刺痛地走向光亮處，繞過隧道裡的一個彎，看到前方有日光。興奮的聲音打破寂靜。

「是他嗎？」

「我以為他會更早到。」

「你想他是不是迷路過？」

松鴉掌放慢腳步。就算他真的走進風族，也該認得出其中幾個聲音，但這些聲音全是陌生的。他也分辨不出從隧道口飄送過來的是什麼氣味。他在哪裡，又是誰在等他？

然後另一個聲音傳來，他的腳像是被凍在隧道地上。

「松鴉翅？松鴉翅，是你嗎？」

松鴉掌強迫自己走到隧道盡頭。出了隧道的他在明亮的陽光下眨眼，周圍擠著幾隻貓，個個都興奮地說著話。

「松鴉翅！真的是你！」

「好厲害！你現在是利爪了。」

「恭喜！」

一開始，被許多貓毛茸茸的身軀包圍著的松鴉掌完全分不出來誰是誰，然後那隻黃白相間的母貓從群眾中鑽了出來，四腳不安分地亂動著，豎起全身的毛。

「你們很幸運，松鴉翅通過了挑戰！」她吼。她的聲音因悲傷而顫抖著，琥珀色的雙眼盛滿苦澀。「難道你們都忘了，落葉一直沒從隧道裡出來嗎？」

一隻灰白毛色、懷孕的小母貓，來到她身邊，把臉埋進她肩頭。「別這樣，碎影，」她低聲說。「我們找塊有陽光的地方休息去。」

「妳不懂的，升月！」碎影哀鳴著，但她讓那隻母貓帶走了。

松鴉掌腦筋轉得飛快，打量著自己周圍。他認得傾斜向下、通往隧道的地面，但這裡的樹木矮得多，因此明亮的陽光才照得他睜不開眼；樹與樹之間也幾乎沒有樹叢。這裡既像是他家，又不大像。

我在哪裡？這些陌生的貓又是誰？雷族已經遭到入侵了嗎？

他一跳轉身，想找族貓。**找？**松鴉掌打了個顫。**現在真實得不像夢了。**他感覺得到吹在身上的風，耳邊聽得到其他貓如鳥鳴的聲音，他的肚子咕嚕叫著，四腳拖地而走，好像他這一整夜真的都清醒著，尋找著從隧道裡出來的路，好成為利爪。

一隻漂亮的淡灰毛母貓跳到他面前，一雙藍眼裡閃爍著愛意，尾巴掃過松鴉掌身側。「你是利爪了！好刺激喔！」她輕跳著說。突然間，她的尾巴垂了下來。「真希望我們的母親能看到你。」

松鴉掌渾身僵硬。這隻母貓是他的姊姊？**她把我當成了誰？**

「也許鷹旋可以看到你。」一隻銀毛母貓來到松鴉掌面前，她身形苗條，姿態優雅，有兩雙長腿和一雙閃亮的藍色眼睛。

「輕風，妳真的這麼認為嗎？」松鴉掌的姊姊滿懷希望地說。

「親愛的鴿羽啊，你知道鷹旋生前有多麼愛妳和松鴉翅，不管她在哪裡，我很確定她還是愛著你們。」

「希望如此。」鴿羽低聲說。

松鴉掌一點也不明白。**這些貓死後不去星族的嗎？為什麼他們好像都認識我？**

「那個，你們誤會了，」他開口。「我不是你們認為的貓。還有，雷族在哪裡？」

輕風伸長脖子，嗅了他一下。「你沒事吧？」她問。「隧道把你的腦袋都搞迷糊啦。」

「什麼是雷族？」鴿羽問，有一點點擔憂。「是磐石跟你說的嗎？」

磐石？松鴉掌覺得反胃。鴿羽認識住在隧道裡的那隻瞎眼貓？

他正準備發問，又有一隻深黃毛色的虎斑公貓過來，他有對肌肉結實的肩膀和琥珀色的眼睛。「別忘了，利爪不談洞穴裡發生的事。」他警告。「那是他們要守一輩子的祕密。」

「沒關係啦，捲蕨。」鴿羽安慰他。「松鴉翅只是有點搞不清楚。」

捲蕨哼了一聲。「只要他別忘記兩個晚上以前，他走進隧道時，我們說過的話就好。」

「我並沒有在隧道裡待了兩個晚上！」松鴉掌抗議。「我——」

「第一個日出時你沒出來，我們都擔心死了。」鴿羽插嘴。「我們都以為你迷路了。」

「就像落葉一樣。」另一個陌生的聲音說道。松鴉掌轉身，看到一隻壯碩的深灰色虎斑公貓，他有雙精光燦然的冰藍色眼眸。他身上散發著悲傷，松鴉掌從他腦海中感覺到一幅落葉的強烈畫面，就猜到他一定是溺死的落葉之父。

「石歌，」捲蕨用鼻子碰碰這隻虎斑公貓的耳朵。「我知道你有多麼難受。」

石歌嘆口氣。「我們等落葉出來，等了一整個月的日出，」他低語。「但他一直沒出來。」他朝躺在不遠處一棵樹下的碎影瞥了一眼。升月蜷伏在碎影身邊，像母親照顧小貓那樣替她梳毛。「現在該放棄等待了。」石歌最後沉聲說。

松鴉掌望著這隻深灰色的虎斑貓。**距離落葉失蹤怎麼可能只有一個月？如果這是真的，那麼這一切一定在很久以前！**從隧道出來的他，不知怎地來到貓族尚未來到湖邊的時代，甚至可能早在貓兒祖先還沒去過月池之前。

那根樹枝！松鴉掌感覺身上的每根毛都豎立起來。**我身邊的貓是身上有樹枝記號的！**

他回頭望著隧道口。現在那裡看起來不一樣了，因為隧道口在裸露的山丘上，周圍也沒有茂密的樹叢圍繞，但他鑽進去想找風族的小貓時，感覺過隧道的形狀，因此很肯定那是同一條。轉過頭，當他的目光越過湖水、望著風族領域的一側，卻發現兩腳獸爬過一丘淡棕色的土地，正用黃色的怪獸推動泥土，怪獸發出的隆隆聲響猶如大黃蜂的嗡嗡叫在空中迴盪。

松鴉掌來到山坡邊緣，想看得更仔細些。不久，捲蕨也走過來。「兩腳獸還在移動那些土，」他擔憂地說。「追雲和我下去查看過，但我們還是不知道牠們在幹嘛。」

「牠們要築窩。」松鴉掌想也沒想就回答。

捲蕨嚴厲地看了他一眼。「什麼，兩腳獸要住的窩？湖對岸的林子裡已經有幾個窩了，但牠們向來沒有再往外搬的打算呀。」

「是的，這裡會有四個窩。」松鴉掌想起冬青葉和獅焰對馬場的描述。「兩腳獸會把馬匹放在那裡。」

他發覺捲蕨以怪異的眼神看著自己。「你怎麼知道？」他驚呼。

松鴉掌吸了口氣。**鼠腦袋！**這些貓當然不會知道帶著黃色怪獸的兩腳獸在幹什麼。他是不是說出了一個會在未來成真的預言呢？

捲蕨抽動著耳朵，還在等他回答。

松鴉掌聳聳肩。「我只是想，兩腳獸在地上挖洞就是這個目的。」

黃毛公貓仍是一臉懷疑的神情。**這也不能怪他**，看到鴿羽向自己走來，松鴉掌鬆了口氣。

「你們站在這裡做什麼？」她把他朝樹林深處推去。「在隧道裡待這麼久，你一定又累又餓吧，你也需要休息。我要升月替你檢查一下肉墊，你在石頭上走這麼久，一定受傷了。」

松鴉掌低頭看到剛才踩過的草上的確有些血痕。一陣疼痛突然襲來，飢餓在肚裡咆哮，他腦袋一陣暈眩。也許他真的在隧道裡待了兩個晚上，他高興地跟著鴿羽走進樹林，草地上是一條條清晨的長長樹影。

「我們要去營地嗎？」他問。

鴿羽回過頭，藍眼裡一片困惑。「什麼意思？你確定你真的沒問題嗎？」

唔，所以這些貓沒有營地，松鴉掌想。**蠢毛球，下次要開口前先想清楚！**

鴿羽一臉擔憂，用鼻子撥開垂在橡樹前的常春藤卷鬚，露出樹根裡的一個小凹洞。洞底鋪著苔蘚和羽毛，周圍瀰漫著溫暖的氣味。

這一定是窩了。松鴉掌低頭嗅著，感覺身上每塊肌肉都緊繃起來。**這是我自己的氣味！**

鴿羽推他向前。「躺下吧，我去找升月過來。」

升月一定是巫醫，松鴉掌想起她之前是如何安撫落葉的母親。她看著鴿羽快步走開，想在樹林和稀疏樹叢裡尋找其他貓窩。他沒找到，但空氣裡的強烈氣味表示其他貓窩就在附近。

累壞的松鴉掌爬進窩裡，盤起身子，閉上眼睛。焦慮如爪子刮著他。**我還會回到雷族嗎？**但他實在太累了，立刻進入淺而不安的夢鄉。

「……這些都是好而多汁的酸模葉。」一個聲音把松鴉掌從小睡中吵醒。「找到這一叢草，你真厲害。」

欣慰湧上松鴉掌心頭，他又回到巫醫窩裡的鋪位了，葉池就在附近談論藥草。

然後他張開眼，看到頭旁邊是糾纏的棕色樹根和柔軟的羽毛。他還是看得見，剛才聽到的聲音不是葉池的。他看到常春藤卷鬚被撥到一旁，鴿羽和升月低頭望著自己，雙眼裡充滿關切。鴿羽嘴裡有一束酸模葉，松鴉掌輕輕抖抖身子。如果他還沒醒來，還回到自己的時代，那麼他在這裡一定有原因。也許這是另一個場所，能讓他對那個預言的疑問得到解答。

「你在隧道裡受了傷嗎？」升月問。

松鴉掌搖頭。「沒——沒有，我沒受傷。我只是肉墊痛而已。」

「你在裡面被嚇著了嗎？」

「有一點。」松鴉掌好奇升月是不是以為他瘋了。鴿羽一定把他剛才說過的怪話告訴了她。「但我真的好累。」他又說，希望她會相信這就是他行為反常的原因。「而且好餓。我……我猜是因為這樣我的腦袋才糊里糊塗的。」

他必須讓這兩隻貓相信自己真的是松鴉翅。如果真相大白，他不知道他們會對自己怎麼樣；但如果他照實全盤托出，他們卻絕對不會相信。

為了弄清楚祖先的事，他已經等了這麼久，而現在他就在這裡，跟這些貓住在一起！四族或急水部落中，沒有誰對曾經住在湖邊的貓知道得像他這麼多，松鴉掌一直意識到他們的存在，感覺到他們的身子擦過自己，聽到他們在湖畔的輕語，並在前往月池的途中踩著他們曾經踩出的腳印。

現在我是他們的一分子了！

升月深思地眨著眼。「我猜沒有什麼是食物和休息治不好的。讓我看看你的肉墊。」她往下爬進窩裡，蜷伏在松鴉掌身邊。「你舔乾淨了嗎？」

「呃……沒有。」

松鴉掌的舌頭不斷舔著肉墊，把上面的泥和砂礫刷掉時，升月等候著。鴿羽從上面把滿嘴的酸模葉丟給她。

「噢，妳要用酸模嗎？」松鴉掌抬頭問。「我總認為最好的止血草是杉葉藻。」

升月驚訝地睜大了眼。「杉葉藻？我從來沒聽過。你是從哪裡聽說的？」

又來了！**下次張嘴前請先思考好嗎？鼠腦袋！**「呃……我想是哪位長老提過的吧。」他低聲說，**希望這些貓有長老。**

「我待會兒去跟奔馬談談，」升月說。「他教了我好多藥草的事，他一定知道。」

「有一天我看到曙河用蓍草哦，」鴿羽也幫忙出主意。「我們也可以問問她。」

所以他們並沒有專門的巫醫，松鴉掌想著，同時升月把清涼的酸模葉揉上他的肉墊。**只有幾隻貓互相分享藥草的知識，而他們知道得都不比貓族的巫醫多。**

松鴉掌想起鴿羽對於母親可能正從天上凝望是多麼不肯定。如果這些貓沒有巫醫，就可以解釋他們為什麼感覺不到祖先了。**他們認為貓死後會怎樣呢？**

「來，」升月揉按完松鴉掌的最後一塊肉墊。「舒服多了嗎？」

「好很多，謝謝。」雖然明知杉葉藻的效果會更好，松鴉掌還是很感激肉墊上的清涼。

「你待會兒可以再揉一次。」這隻母貓繼續說，把剩下的酸模葉堆成一堆。「但你現在最好先睡一覺。」

「我去幫你拿些吃的來。」鴿羽說。

松鴉掌，打了一個大大地呵欠，連升月爬出窩時他都彷彿毫無所覺。閉上眼睛，他慢慢進入夢鄉。

第十五章

一股氣味讓松鴉掌鼻頭發癢。是老鼠！他的肚子咕嚕叫著，猛睜開眼，發現已是黃昏。鴿羽淡灰色的身形站在窩的邊緣，正低頭望著他，嘴裡叼著一隻老鼠。

「你醒了！」她喊，把老鼠放在腳邊。「覺得好多了嗎？」

「我沒事。」松鴉掌說，從樹根下出來。

「嘿，松鴉翅！」一隻年幼的棕色虎斑公貓站在鴿羽身後，琥珀色的眼睛亮著好奇的光。「隧道裡面是什麼樣子？」

「魚躍，安靜！」一隻白毛母貓來到鴿羽的另一邊。「別追問松鴉翅，他已經很累了，不需要你再來問東問西的。」

「用不著妳跟我說該怎麼做，半月，」魚躍反駁。「妳還不是想要知道所有經過。」

白毛貓兒擦過松鴉掌身邊，閃閃發亮的綠眼望著他。「我當然想，」她發出呼嚕聲。「但我可以等他吃完。」

老鼠的氣味讓松鴉掌流口水。「謝了。」他對鴿羽說完，就在老鼠身上咬了一口，他身邊的魚躍不耐煩地扒著草地。

「不知道捲蕨為什麼要我們等著進隧道，」他嘀咕著。「我們全都準備好成為利爪了，我想開始接受挑戰啊。」

「捲蕨認為可以的時候，就會讓我們進去。」鴿羽說。

所以他們都是見習生，松鴉掌大口吞下老鼠時想，**如果這裡也叫見習生的話。聽起來，捲蕨是他們的族長。但他們若不知道星族，他又怎會有九條命？**

「唔，快嘛，」魚躍煩躁地說。「告訴我們。」

「不行，」松鴉掌嘴裡含著鼠肉，模糊地說。他很高興自己有藉口保持神祕。「你們也知道利爪不能談隧道裡發生的事。」

魚躍哼了一聲。「現在你當了利爪，就以為了不起。」

「他才沒有！」半月憤憤不平地說。

松鴉掌不太確定該怎麼替自己辯護，他對利爪該做些什麼不是很清楚，他猜利爪跟戰士類似，但要是猜錯，就又會惹出麻煩。

幸好鴿羽把魚躍推開。「讓他獨處，」他說。「他還是很累，需要多休息。隧道的事我們總有一天會知道的，我只是很高興松鴉翅平安出來了。」

半月的綠眼蒙上陰影。「不像落葉。」她低聲說。

魚躍和鴿羽交換了一個悲傷的眼神。想到落葉這麼久以來，註定要在隧道裡四處亂走，找不到出路。松鴉掌覺得心裡空空地，真希望有辦法讓這些貓知道，他們的朋友已經死了，是溺死的，而他們永遠不會再見到他了。事情很明顯，碎影已在漫長的等待下發瘋。

松鴉掌吞下最後一口鼠肉，回到窩裡正準備再睡一覺時，聽到魚躍提高音調的反駁聲。

「一隻走失的貓並不代表我們全都得離開呀！」

「你明明知道不只一隻。」半月也頂嘴回去。「要死掉幾隻貓我們才肯另找他處居住？其他地方一定也有食物和遮蔽可以讓我們住。」

松鴉掌豎起耳朵，但仍緊閉雙眼，做出睡熟的模樣。這些貓兒正在爭辯該在湖邊繼續住，還是要找新家。**是因為這樣，貓族來到湖邊的時候才沒發現任何貓嗎？**魚躍一面叨唸，一面走開。等松鴉掌聽不到他們談話的時候，他讓疲憊的黑暗占據腦海。

這一夜，他醒過來一次，發現鴿羽貼著自己蜷伏。自從當上葉池的見習生以來，他從未跟另一隻貓這麼靠近地睡過，她的溫暖使他有安心感，他也漸漸熟悉她的氣味。他發出微弱的呼嚕聲，再次被睡意席捲。

ϟϟϟ

松鴉掌第二次醒來時，灰色的光線透過常春藤的卷鬚照下，鴿羽已經離開，但窩口另有兩隻貓正看著他。其中一隻是魚躍，另一隻較為年長，是玳瑁毛色的母貓，松鴉掌想起自己從隧道出來的那天曾經見過她。她琥珀色的雙眼有著跟魚躍一樣的色彩，松鴉掌猜她是魚躍的母親。

「嘿！松鴉翅！來狩獵吧！」看到松鴉掌醒過來，魚躍高興地喊。

聽來這會是探索他們——雷族——領域的良機，松鴉掌手忙腳亂地爬出，伸展身子。「要組巡邏隊嗎？」他問。

魚躍和玳瑁毛貓交換了一個困惑的眼神，他心頭一驚。「什麼是巡邏隊？」玳瑁貓問。

老鼠屎！他們也沒有巡邏隊。

「曙河，我想松鴉翅在隧道裡撞到頭了，」魚躍聳聳肩。「他一直說怪話。」

「走吧，」曙河催促。「記得要小心獾。」

三隻貓兒由曙河帶頭，往樹林出發。看到這片樹林跟自己所熟悉的領域有多麼不一樣，松鴉掌從耳朵到尾尖都在打顫。不只樹木比較矮小、樹叢也比較少，最大的差異是現在的他看得見了。

「小心！」魚躍警告他。

這句警告來得太遲了。松鴉掌忙著看樹木、看樹葉在落葉季初期染上了暗紅和金黃的色彩，完全沒發覺面前的腳下有個兔子洞。他跌進去，四腳亂扒。

「狐狸屎！」他怒罵。

他聽到魚躍呵呵大笑，感覺這隻虎斑公貓的牙齒咬上自己頸背，把自己拉出來。

「你沒事吧？」曙河關心地問。

松鴉掌把身上的土甩掉。「沒事。」

他們繼續走，松鴉掌下定決心要好好看路，但實在很難做到。光線讓他目眩，翻飛的葉子和聳立的樹木也使他分神，嗅覺和聽覺、對周遭事物的知覺，這些向來靈敏至極的感官現在全都變鈍了，他覺得自己就像在大霧裡跌跌撞撞地走。

我從沒這麼笨手笨腳過，又被一根樹枝絆倒時，他氣沖沖地想。

「這樣下去，你會把所有獵物都嚇跑的。」魚躍告訴他。「你確定你沒事嗎？」他又問。「要不要回去？」

「我沒事。」松鴉掌咬牙重複。但魚躍說得對：像隻瞎眼獾這樣東倒西歪地走，的確會把獵物全都嚇跑。松鴉掌閉上眼，立刻覺得安心許多，其他感官又變敏銳了，他知道該怎麼走。氣味和聲音環繞在他身週，塑造出一個遠比用眼看還要清晰的景象。

「松鴉翅？」曙河的語氣困惑又擔憂。「你走著走著就睡著了嗎？」

松鴉掌嚇了一跳，她的聲音使他轉了個方向，及時睜開眼睛，只見鼻子前方是一棵樹皮粗糙的大樹。他完全來不及的一頭撞上去。

「哇！」魚躍喊，語氣因開心而發顫。「你捕到一棵樹耶！」

松鴉掌鬆了口氣，曙河和魚躍嗅著獵物的氣味各自走開，讓他恢復力氣。他把身上的樹皮刷掉，心裡納悶該怎麼做。如果他是利爪，這些貓就期待他知道怎麼狩獵。但就算在原本的貓族裡，他也從來沒受過這方面的訓練。他從沒自行獵食過。

我只有放手一試了，不會難到哪裡去吧？

他開始閉眼在樹木間潛行，這樣才能把各種氣味聞得更仔細，不久就發現老鼠留下的氣味。他停步聆聽，有細碎的腳步聲，就朝聲音處跳去。他的腳掌插進草裡，老鼠不見蹤影。

「運氣不好！」他身後的魚躍開心地說。松鴉掌睜開眼轉身，看到另一隻貓正用兩隻前掌拖著一隻松鼠。曙河站在他身後，嘴裡咬著一隻老鼠。

「你還沒捕到嗎？」魚躍挖苦他。「我還以為利爪都很厲害耶。」

「我……呃……在找奔馬提過的杉葉藻，」松鴉掌瞎掰起來。「他說對肉墊痛有療效。」

曙河點頭。「你的肉墊還在痛就要狩獵，一定很不容易。」

「不管怎樣，你還是捕點食物好，」魚躍告訴他。「除非你想餓肚子。」

松鴉掌並不驚訝。他已猜到這些貓甚至在成為利爪之前都必須自行狩獵，他們沒有巡邏隊，他也沒看到獵物堆。「要不要替長老們獵一點東西？」他提議。

魚躍聳聳肩。「如果能找到多餘的獵物的話。」

松鴉掌突然懷念起雷族，那裡的每隻貓都吃得飽飽地，包括那些沒時間、不會狩獵的貓。

「我要去溪邊試試。」曙河宣布。「我現在可以吃下一隻美味的田鼠。」

我也可以，松鴉掌心想，一邊看著這隻玳瑁母貓從眼前消失。**但我不覺得我獵得到。要是不能說我不會狩獵，那我要吃什麼呢？**

「待會見，」魚躍說。「祝狩獵順利！」

他朝影族邊界的方向跑開了。**不，**松鴉掌提醒自己。**是影族將來會有邊界的地方。**

松鴉掌張著眼睛想讓自己習慣看得見的事實，並朝石頭山谷的方向走去。恐懼像隻冰爪劃過他的脊椎。**要是那裡沒有山谷呢？**

好幾個心跳的時間還沒過完，轟雷路的強烈刺鼻味就傳進松鴉掌鼻中。他停步，困惑無比。**我們領域上沒有轟雷路啊！**

他壓低身子，潛行向前，利用東西當掩蔽，最後來到轟雷路旁，堅硬的黑色表面蜿蜒進入林間。松鴉掌豎耳，聆聽怪獸的聲響，但只聽到風吹過枝頭的沙沙聲。

松鴉掌在樹林裡發現兩腳獸窩的牆，他加倍小心地走過去，全神戒備兩腳獸或狗的聲響或氣味。但一切都很平靜，巢穴的門緊閉，窗戶上亮晶晶的東西已碎裂四散。

松鴉掌恍然大悟地眨眼。**這就是病貓們所住的兩腳獸窩！**牆上並沒有洞，屋頂也還是完整的，但大小和形狀都沒變。

所以這條轟雷路就是舊的兩腳獸小徑。松鴉掌又回到路上。道路的黑色平面很完整，並沒有龜裂，也沒有小植物從裂縫裡冒出來，因此他一時沒認出。**我知道我在哪裡了！**

他快步沿著轟雷路走，同時仍提防怪獸出現，但那又臭又隆隆作響的東西並沒有出現。就跟他預料的一樣，轟雷路通往山谷入口。

松鴉掌停步，環顧四周，幾堵石牆豎立在他周圍，入口附近的牆比較低，他對面的牆則有好幾個狐狸身長之高。這裡有兩腳獸的氣味，但微弱又陳舊。他的目光掃過山谷，試著想像窩會在哪裡。現在要想像並不容易，因為這裡還沒長出樹叢，也沒有柔化石牆冷硬線條的蕨叢或榛叢。地上只露出幾棵柳葉蘭，毛茸茸的頂端在風中搖曳。松鴉掌認出擎天架，後方還有個洞穴，但可通往岩頂的那堆亂石卻不見蹤影。

「松鴉翅！」

松鴉掌嚇得跳起，轉身看到白毛母貓半月正用一雙受驚嚇的綠色雙眼凝望自己。

「你在這裡做什麼？」她驚呼。「獾會抓住你的，快來！」

她穿過樹林跑開，跳上一側山谷，朝地底隧道的入口走去。松鴉掌跟著她，閉上眼以便跟上她的速度。**原來獾之前就住這裡，**他想，這才頭一次注意到強烈的獾味。之前他滿腦袋都想著兩腳獸小徑和石頭山谷的改變，一路走來竟然都沒注意到。山谷一定在這些貓經常出沒的範圍外，因為現在山谷屬於他們的仇敵——不是敵貓，而是獾。也許牠們是曾攻擊雷族並殺害煤皮的獾的祖先。那些獾是否知道這裡曾是牠們的家園呢？

獾的氣味消淡，半月也終於慢下腳步，在草地上趴下時，松鴉掌鬆了口氣。他很好奇她怎麼知道這裡是安全的，這裡沒有邊界記號來區隔貓和獾的領域。

「我以前從沒想過，」他小心翼翼地開口。「但那些獾從沒把我們追趕到這裡過，這中間也沒有東西擋路，那不是很怪嗎？」

半月聳聳肩。「我猜樹林深處的獵物夠多，所以牠們不需要跑這麼遠吧。」她斜睨松鴉掌一眼，顯然想說些什麼，又不確定是否該說。「我跟著你的氣味過來，」她承認。「我以為你有麻煩，還帶了這個給你。」她消失在一處樹叢裡，一個心跳過後再度現身，嘴裡多了一隻畫眉鳥，放在松鴉掌面前。「我想你的腳還在痛，狩獵可能很困難。」

松鴉掌點頭，很高興有這個藉口，但蜷伏在那隻畫眉鳥前，他仍覺得有些愧疚。「謝謝，要不要跟我一起吃？」

「我已經吃過了，而且我待會還會再吃的，謝謝。」半月在獵物的另一邊趴下。

松鴉掌吃著吃著忽然理解到，如果他會在這裡待上一陣子，就必須學會狩獵。但怎麼學卻是個問題，畢竟照理說他已經是利爪了。

「捲蕨還會再給我其他任務嗎？」他問半月。

這隻白毛母貓咬了畫眉鳥一口，開始用腳掌清理臉和鬍鬚。「要是大家都沒多的食物，你可能得替長老狩獵，」她說。「難道你忘記上個月下了多大的雨嗎？輕風得替我們所有貓打獵，因為她是唯一不介意身上弄溼的貓。」

「噢，當然。」松鴉掌含糊地說。

「她捕到一條魚的時候，我真不敢相信！」半月發出呼嚕聲。「我以前從來沒吃過魚。」

「獵物的情況不太好，對吧？」松鴉掌認為這麼說應該滿保險的。

半月搖搖頭。「也許石歌說我們該想想離開的事並沒說錯，」悲傷蒙上她雙眼。「我記得你也說過同樣的話。」

「沒錯，」松鴉掌說，知道松鴉翅的論點為何令他大感欣慰。「一定要是個有更多獵物，又沒有兩腳獸和獾會打擾我們的地方。」

「你真認為會有那樣的地方嗎？」

松鴉掌緩緩點頭。**畢竟，在兩腳獸毀掉了舊樹林後，貓族都找到了新家。只不過貓族都來到這裡。**

第十六章

松鴉掌覺得吃飽時，還剩下不少畫眉鳥。「妳還要嗎？」他問半月。

這隻白毛母貓搖搖頭。「我們可以拿去給梟羽，」她提議。「她的孩子正在成長，都餓得很。」

「好主意。」松鴉掌想在回到雷族以前，儘量多認識這些貓、知道他們的住所。如果他回得去的話……

他和半月叼起剩下的畫眉鳥，前往隧道入口。那裡似乎是白晝時頗受歡迎的聚會地點，就像營地中央的空地那樣，有幾隻貓在那附近打盹、聊天；松鴉掌經過鴿羽和魚躍身邊時搖搖尾巴，假裝自己知道該往哪裡走的樣子。

他落後幾步，跟著半月爬上山坡，走出樹林。到了山脊，半月放下她叼著的那塊鳥肉，站著凝視沼地，用鼻子指指遠方一條幾乎看不見的紫色線條。

「石歌認為我們應該往那邊走。」她說。

松鴉掌放下獵物，立即豎起全身的毛，腳下也開始發顫。那裡就是山區！這些貓會不會是部落貓的祖先？他偷瞄了半月一眼，她嬌小的身形和強健的後腿看起來很適合爬樹，卻沒有部落貓的結實身材。

「你想，跑到那麼遠的地方會是什麼情形？」半月問。

「很困難。」松鴉掌謹慎選字用詞。「那邊的土地可能跟這裡非常、非常不一樣。」

「怎麼不一樣？」

「高伸到天際的陡峭岩壁，」松鴉掌回答，腦中充滿他到山區的那趟回憶。「比獾還大的鳥，得好幾隻貓合力才能從空中拖下來。即使天上無雲，急流也會讓空氣裡充滿水氣……」

「好像你已經去過似的。」另一個聲音說。

松鴉掌渾身僵硬，轉頭看到石歌健壯的灰色身影站在他們後方。他好似能看透心思的藍眼定定注視著松鴉掌。

「我……呃……我做了一個夢。」松鴉掌結結巴巴地說。

石歌豎起耳朵，立刻興致勃勃。「是嗎？你還夢到些什麼？」

「沒了。」松鴉掌其實可以多說一些，但他不想繼續陷入他已知的事和這些貓以為他應知之事中間了。

「但你認為貓兒可以住在那裡？」石歌追問。

「不會很容易，」想到部落艱困的生活，松鴉掌出言警告。「但有可能。」

石歌開始沿著山脊來回踱步，尾尖抽動著。他開口說話時，聲音幾乎被風族領域裡怪獸的隆隆吼聲給蓋過，怪獸又開始移動那個土堆。他腳下甚至感覺得到地面傳來的敲擊。

「我們不能留在這裡！」石歌吼。「聽聽那些怪獸！要是牠們過來，也把這地方弄得四分五裂怎麼辦？」

松鴉掌很想說不會的，但及時想起自己不該知道這件事。

「這樣不對，」石歌繼續說，藍眼蒙上陰影。「貓兒走失、獵物也不見了，一定有更好的居住地。」他停止踱步，坐下來，面對著遠方山區，風把他身體一側的毛都吹平。「也許那個地方在你所說的石頭山丘裡。我還是小貓咪時，我媽曾說風吹過那些岩石的聲音像鳥鳴，於是給了我這個名字。也許這表示我必須找到風在石頭上唱歌的地方，那裡就會是我們的家。」悲傷滲進他的語氣。「我兒子再也沒回來。我無法繼續在這裡等下去。」

半月瞥了他一眼，眼裡流露著同情。然後她偏頭看著松鴉掌。「你真的夢到石頭山丘了嗎？」她問。「你好像看得很清楚。」

松鴉掌局促起來。「那裡一定有各種地形。」

半月閃亮的綠眼定定凝視著他。「你會去，對不對？去替我們找個新家，那裡會有充足的食物，而且沒有兩腳獸？」

「唔……」松鴉掌開口。

「如果你去，我就跟你一起走。」半月說。「你知道的。」

在她強烈的注視下，松鴉掌有些不知所措，他不習慣直視其他貓的眼睛。從她身上傳來的情感威脅著要將他擊倒，他過去從未有過這樣的感覺，但他很清楚這是什麼。**她愛我——至**

少，她愛的是她眼中的我！

不知為什麼，獅焰和石楠掌的畫面突然閃過他腦海。他們的感覺就是這樣嗎？在獅焰決定再也不跟石楠掌見面時，他從來不懂他們的那份失落有多大。

我愛半月嗎？他自問。**是的……也許我可以愛她。我喜歡她給我的感覺。**

半月朝松鴉掌走出一步，松鴉掌卻退了一步。**我們不能這樣！我是巫醫！**他想放聲哀號。**我不屬於這裡，妳認錯了！**

幸好，半月想說的話被一隻跳上山脊、在石歌身邊停步的黑毛大公貓打斷。「怎麼回事？」他問。

石歌轉向他，眨著眼好像得把心思從某個遙遠的地方拉回來。「噢，是你啊，暗鬚。松鴉翅做了個夢，夢裡有石丘和瀑布，天上有巨大的鳥可以捕捉，而且不會有兩腳獸。聽起來像是我們可以安全居住的地方，有吃的、可以擋風避雨而且不會有危險。」

暗鬚豎起耳朵。「你相信他嗎？」

石歌點頭。

「那我們就動身！」暗鬚喊。

石歌站了起來，轉向松鴉掌。「如果我們出發，你會領導我們到那個地方嗎？你的夢會不會告訴你該怎麼走？」

事情發展得這麼快，松鴉掌覺得不可思議。他們計畫搬家有多久了？他們不會就這樣說走就走吧？捲蕨怎麼辦？這樣的決定應該讓族長來做。

他還來不及回答，山脊上出現一隻暗棕色的小母貓，循著暗鬚的腳印走來。「你們不是又在談離開了吧？」她呸了一口。「這裡可是我們的家呀！為什麼你們就是不懂？」

石歌和暗鬚互看了一眼。「羞鹿，要是我們不能住下來，這裡就不是我們的家。」石歌沉聲說。

羞鹿一揮尾巴。「你們好像忘了，這不是你們能決定的。你們知道要先做什麼：投石。」

「看，又是石！」石歌說，「我們總是跟石頭扯上關係，為什麼就不該住在石堆裡，吃天上飛的動物呢？」

羞鹿瞪著他。「我是來告訴你，捲蕨想要開會。」

「那我們就可以投石了。」暗鬚宣布。

羞鹿惱怒地噓了一聲，下山坡往樹林走去。石歌和暗鬚跟過去，松鴉掌和半月則叼起那幾塊畫眉鳥，跟在最後頭。

松鴉掌感覺得出身邊這個夥伴很緊張，因此她在半山坡上突然停步，放下獵物時，松鴉掌並不特別驚訝。「真的要發生了！」她喊。「我們要投石決定要不要離家！」

松鴉掌彷彿被捲進困惑的漩渦裡。聽起來，這些貓是用石頭占卜來做決定。他有一肚子的問題想問，但也知道自己應該少問多聽。

這些事都是因為我才發生的嗎？我怎能影響發生在這麼多個季節以前的事？半月跟他之間蓬勃發展的情感就像綠葉季裡的閃電，他甚至無法好好思考。

他們繼續走下山坡，鴿羽和魚躍跑出來迎接，他們的眼神輕快，舞動著尾巴。

「要開會了嗎？」鴿羽興奮地問。「會不會投石？」

松鴉掌點頭。

「投石問離開嗎？」這個姊姊倒抽一口氣。

「我們永遠不會離開的，」魚躍宣稱。「這裡是我們的家。你們就不管星池了嗎？還有讓我們成為利爪的隧道？我們怎能把這些都拋棄？」

鴿羽的興奮消退了，但她開口回答時，語氣卻更堅決。「如果要在水與洞穴和生存之中擇一，那我們就必須走。」

魚躍帶頭下山坡，來到林子裡的一處空地，這裡的樹叢比松鴉掌在其他地方看過的都要茂密，他還發現一棵倒下的樹底和密生的蕨叢後方有一排貓窩。有幾隻貓已經在空地上了。

半月揮動尾巴，示意他跟著她從一叢刺薊後方走過，來到橡樹下方一個黑黑的裂口，松鴉掌聽到裡面傳來細微的喵嗚聲。

半月探頭進空樹洞裡。「嗨，梟羽，我們替妳帶些吃的來。」

松鴉掌往前走了幾步，把畫眉鳥放進洞裡時，看到一隻有著淡棕色斑點的瘦小母貓，正在餵哺三隻蠕動著的小貓。**她看起來就像隼掌**，他想。

「謝謝，」梟羽高興地咕嚕著。「小貓們已經可以吃肉食了。嘿……」她輕輕推推孩子們。「來吃點畫眉鳥肉，很好吃喔。」

趁小貓們吃起他們生平第一次的畫眉鳥肉時，半月告訴梟羽開會的事。

「還不算遲。」梟羽說。

「妳是說妳肯走？」半月驚呼。「帶著孩子一起？」

「當然。」梟羽的語氣就像她早在好幾個月前就已經下了決定。

「但鉤雷怎麼辦？」半月衝口而出，但馬上就一臉懊悔。

「我的孩子會跟我走。」梟羽回答的語氣不容爭辯。

半月不好意思地對她點頭，和松鴉掌從樹洞退開，走上空地。現在抵達空地的貓更多了，松鴉掌看到兩隻鼻頭發白、毛髮稀疏的老貓，其中一隻是深棕色的公貓，有雙長腿和突起的關節，松鴉掌猜他就是奔馬，也就是熟知各種藥草的貓。他很好奇，不知道升月問過這位長老杉葉藻的事了沒，松鴉掌本想在樹林裡找一些來，卻因為發現兩腳獸道路和石頭山谷而分神。另一隻長老是有雙綠眼的淡黃色母貓，不難看出她年輕時容顏姣好，但現在卻已年華老去，皮下的根根肋骨清晰可見。

松鴉掌對面的升月走上空地，並推著碎影，碎影悲痛得完全不知道自己身在何方。一隻灰白相間的大公貓走在碎影的另一側，他長得很像半月，松鴉掌猜他一定是半月的父親追雲。

捲蕨坐在空地中央，等待所有貓到齊。松鴉掌覺得他看起來有耐心又值得尊敬，完全不像一個剛把貓召集過來開會的貓族族長。捲蕨甚至還沒高喊要開會，但這個消息已傳進每隻貓的耳朵裡，而且他們似乎都看各自的心情，想來就來，不來也罷。

最後，站在暗鬚身邊的石歌從空地一側走上前。「我們想要投石。」他說。

「來決定是否離開嗎？」捲蕨問。

石歌點頭。「對。」

捲蕨帶著許可的表情站起來。「我希望事情不會走到這個地步，」他嘆氣。「但我也知道只有這個辦法能做決定。我們投石之前，我想提醒各位一件事：這個地方從大家有記憶以來，就一直是我們的家。」

是指活著的大家吧，松鴉掌糾正他。**但死了的貓都去哪裡？他們是否就在這裡，看著我們卻無法開口呢？**

「是的，」捲蕨悲傷的目光掃過空地，繼續說下去。「這個綠葉季的獵物是比以往少，兩腳獸距離我們也更近了，但我們真要像老鼠那樣逃開嗎？我們已找出跟獾相安無事的生存之道，而獾群過去帶來的麻煩遠比兩腳獸還多。我們應該團結，接納必須分享這座湖的事實。」

松鴉掌幾乎要被捲蕨這段說詞裡的深刻情感給打動。有幾隻貓也點頭表示贊同，包括升月和那隻老母貓。

半月推推他。「你看，鉤雷想留下。」她把耳朵轉向一隻黑白毛色的長腿公貓，公貓琥珀色的雙眼燃燒著贊同捲蕨那段懇求的光。「梟羽不會高興的。」

石歌往前跨出一步時，空地上響起一陣有所預期的竊竊私語。「捲蕨，你說的並沒有錯，」他開口，表示尊敬地對捲蕨點點頭。「但卻漏掉太多。我們失去的貓呢？鷹旋也死在兩腳獸怪物的腳下。」

提及母親的死，松鴉掌看到鴿羽難過地垂下頭和尾巴，他也立刻低下頭。

「然後她的伴侶落雨離開我們，誰也不知道他去哪裡。然後在一個月前，」——他的聲音發顫——「落葉進入隧道，再也沒有出來。」

聽到兒子的名字，碎影發出一聲輕嚎，石歌瞥了她一眼，眼裡充滿愛和痛苦。

「洞穴裡的試煉不該從我們身邊帶走利爪，」他繼續說。「而該是成就他們的地方，一個代表他們已經成年、能跟任何貓平起平坐的徵兆。不僅如此，獵物被兩腳獸嚇跑、或被狐狸或獾獵走而愈來愈少，就連地面都飽受兩腳獸的撕扯，成天發出噪音和響聲。這裡不是我們的家了，這個地方不要我們。」

石歌的話聲一停，更多貓點頭或發出贊成的低語。一隻黑白相間的貓高聲說：「但我們能去哪裡？」

看到石歌轉向自己，松鴉掌的心一沉。他猜得出接下來會發生什麼。

「松鴉翅做了個夢。」這隻公貓宣布。「他看到一個我們可以居住的地方：食物充足且有遮蔽的石丘，而且沒有敵人。」

松鴉掌憋住一聲抗議。他可沒把山區說得那麼動人！但石歌說得也對；四族也曾在兩腳獸把樹林弄得不堪居住時長途搬遷過，而在好久好久以前，貓兒也的確在山區住下了。如果這些貓真是部落貓的祖先，那麼或許松鴉掌有責任鼓勵他們搬過去。

「聽起來比這裡好很多。」暗鬚表示。

升月點頭。「我不想讓孩子被可怕的隧道吞沒。」

「而且這樣離兩腳獸的怪獸也很遠，」輕風也說。「就不會像我姊那樣有貓不見了。」

松鴉掌看到鴿羽和魚躍都滿懷希望地望著自己，他們的目光燒灼著他。他們在等他帶路！

然後他才發覺**所有**貓兒都這樣看著自己，他一陣頭暈。**我做不到！我想回雷族！**

等他稍微清醒些，松鴉掌看到貓排成彎彎曲曲的一列，一路排到捲蕨那邊。眾貓的目光都聚集在隊伍前方的地面。松鴉掌走上前，看看大家在看什麼。

捲蕨腳邊有塊光禿禿的圓形地面，約為樹幹大小，旁邊有一堆看樣子是來自湖岸的小圓石。捲蕨伸出爪子，在那塊禿地上畫了條線，將之分成兩半，然後他把其中一顆石頭推到其中一個半圓的中央。

「這一邊是想留下的。」他宣布，退到一旁讓下一隻貓選。

石歌走上前，把一顆石子推到裸地另一邊的半圓中。「這一邊是想離開的。」

松鴉掌驚訝地望著那塊圓地。這些貓兒自行投石！沒有預兆、不跟星族交流、無須聽從族長的意見。捲蕨讓這些貓自行做決定。「哪有這樣治理貓族的？」他暗地自問。

等所有石頭都投完之後會怎麼樣呢？

長老奔馬走上前，把一顆石頭放在「留下」的半圓裡。「我這把老骨頭可爬不上石丘，」他嘀咕著。「來吧，雲日，妳知道該怎麼做。」

那隻老態龍鍾的母貓上前來到他身邊。「這裡有陽光溫暖我，我也只需要這樣。」她低聲說完，把一顆石子推到奔馬那顆石子旁邊，鼻子輕碰著奔馬的耳朵。「我們一起留下。」

石歌和暗鬚引領碎影來到圓圈旁。她好像根本不知道自己在幹嘛，心不在焉地把一顆石子放進「離開」的半圓中，暗鬚也加上了自己的一顆。

鉤雷走上前，遲疑了一會，瞥了梟羽一眼，但梟羽只顧著照顧在自己腳邊扭打成一團的小貓。鉤雷選擇留下，然後轉身走開。

松鴉掌發覺，其實梟羽一直注意著伴侶的動向，鉤雷一離開圓地，她就立刻投石選擇離開，一眼都沒看他。

松鴉掌胃裡翻攪著，上前一步做出選擇，但捲蕨卻揮動尾巴擋住了他。「身為最新的利爪，你可以投下最後一顆石頭。」他說。

松鴉掌看著兩個半圓裡逐漸形成兩條石頭排出來的直線，只覺得滿肚子不舒服。兩列石子看起來一樣多，要是沒有明確的決定怎麼辦？

接下來要投石的是升月，她停頓了一下，深深吸口氣，然後把石頭放在「留下」的半圓裡。「我曾在這裡撫養過小貓，」她低聲說。「我也會再次撫養。」

她的伴侶追雲給了她一個長久、悲傷的凝視，把自己的石頭推進「離開」裡。輕風也是。「離開」半圓裡的石子愈排愈長，但後來魚躍、曙河、羞鹿全都把石頭放進「留下」裡。

鴿羽慢慢走上前，看著幾個朋友投下的石子，然後看看松鴉掌，最後選擇「離開」。現在只剩半月和松鴉掌還沒投。半月跨出幾步，直視著松鴉掌，把石頭放進「離開」的半圓裡。

兩列石子一樣長！**現在我該怎麼辦？**松鴉掌納悶著，很清楚每隻貓現在都望著自己。**由我來決定怎麼叫公平？我甚至根本不屬於這裡！**

他四腳發顫著走到裸地邊上，伸出一掌把石子撥到面前。仍然發痛的肉墊感覺到被太陽曬暖了的石頭。「他們必須到山區去，」他低聲說。「他們會成為急水部落。」他閉上眼，把自己的那顆石頭推到「離開」那一列的末端。

第十七章

宛如風吹過樹林，松鴉掌周遭的呼聲四起。「不！不！」碎影哀號。「落葉，我不是故意的！我想留下來陪你！」

其他貓也發出憂愁的哀號，松鴉掌感覺愧疚的爪子撕扯著心，但他盡全力置之不理。**我知道這個決定對他們是正確的。**

他從圓圈旁走開，感覺得到半月眼裡燃燒的神情。「我們要一起旅行了！」她輕聲說。

捲蕨跨上前。「投石結束，」他宣布。「我不能再當各位的領導了。石歌，由你來帶我們進入山區才公平。」他的目光掃過眾貓。「哪隻貓認為石歌不該當我們的領導，請現在發言。」

他們可以自選族長？松鴉掌震驚不已。**族長可以退休，再度成為普通的利爪？**

捲蕨的話說完，除了還在嗚咽哀號的碎影，周遭一片沉寂。升月在碎影旁邊，舔著她的耳朵表示安慰。「不會有事的，」她鼓勵這隻悲痛欲絕的母貓。「落葉不會知道你走了。」

錯了，松鴉掌心想。**落葉會在隧道裡度過無數個月，滯留在被拋棄的痛苦中。**

石歌對捲蕨點點頭。「我會盡力維護我們的貓兒，」他保證，然後望著周遭的貓，迎上他們期待的目光。「我們應該休息到黃昏，」他下令。「然後趁兩腳獸熟睡時離開。」

貓兒面面相覷，連想要離開的貓群中都響起困惑的嗡嗡聲。「這麼快？」追雲問。

「我們等得已經夠久了，」石歌回答，充滿悲傷的眼神看著碎影。「這裡已經沒有什麼值得我們留戀。松鴉翅已經說過，石丘正等著我們過去。那裡會是我們的家。」

追雲直起身子。「那就狩獵吧，」他提議。「在我們出發前，先讓大家都吃得飽飽的。」

他的話聲一落，就有幾隻貓跳出空地，因為有事可做而滿臉欣慰。追雲跟著他們，經過升月時停住，用鼻子輕碰她的耳朵。「我們會在山裡撫養強壯又健康的孩子。」他向她保證。

升月遲疑了一個心跳的時間，然後尾巴跟他的交纏。「我知道。我會去找些有用的藥草。」她又加了句：「奔馬會幫我。」

回憶湧上松鴉掌腦海，他想起自己和族貓在前往山區之前所做的準備。他不知道自己還應該給這些貓什麼好建議，像是小心穀倉裡的狗……，那些狗差點就把冬青葉和獅焰撕成碎片。

鼠腦袋！他罵自己。**搞不好根本還沒有穀倉。**

松鴉掌單獨站在亂哄哄的貓群中央，就是擺脫不掉那種好像少了什麼的感覺，那是這群貓兒得以找到新家、在山區安穩住下的關鍵。但他就是想不起來。

我最好去捕些獵物，他這麼決定。**我會需要體力走這趟旅程。這一次，至少在跳過山溝**

時，我可以看得見！

他還沒走到空地邊緣，就被石歌攔截。「松鴉翅，我要跟你談談。」

松鴉掌迷惘地跟著他走進樹蔭下。這隻深灰毛色的公貓矗立在他面前，藍眼裡一片誠摯。「我需要你的幫忙，松鴉翅。」他解釋。「我們從來沒有像你這樣的貓，能在夢裡看見事物。你以前也這樣過嗎？你想你還會再做這樣的夢嗎？」

松鴉掌不知道該怎麼回答，他顯然不能說實話。最後，他只好勉強點點頭。

這位新領導的眼中湧上欣慰之情。「這對大家來說都是未知的，我知道你的夢境可能不對，但我願意相信你——不管這個夢是怎麼來的。」

頓悟像日光乍現照住松鴉掌。現在他明白這群貓最需要的是什麼了，他們需要星族，需要巫醫來幫助他們聆聽祖先的聲音。

「你們……我們的祖先，」他衝口而出。「這些夢是我們的祖先捎來的。」

石歌一臉震驚：「你是說已經死的貓嗎？」

松鴉掌點頭。「只要我們有心去聆聽，祂們會引導我們的。祂們會……會在夢裡跟我們說話，捎來某些貓會懂的徵兆。」

石歌睜大了眼。「你是說，祂們對你說話？」

「對，但祂們也會跟其他貓說——如果其他貓願意聆聽的話。」

石歌偏著頭。「我們一直不知道那些死去的貓是否能看到或聽到我們，我知道碎影比誰都希望聽到這件事。」他遲疑了一會兒，又問：「你確定這不是你母親的夢嗎？」

「我知道不是。」

這位新領導的一雙藍眼似乎更銳利了。「如果我們找到石丘，我就會知道你是對的。」他轉身要走，又回過頭來。「謝謝你，松鴉翅。」

他走了以後，松鴉掌癱在地上，頭昏腦脹。**我把自己弄成貓史上頭一位巫醫了嗎？**他甚至不知道這些貓的祖先是否都是同一類的，像是星族或殺無盡部落那樣。**我是不是自找了一項不可能的任務？**

逐漸接近的腳步聲讓他回過神來。松鴉掌抬起頭，看到半月從旁邊一棵樹後出來，嘴裡咬著一隻田鼠。她把田鼠放在松鴉掌面前。

「給你，」她說。「我知道你的腳掌還是很痛，無法打獵。」看到松鴉掌有些遲疑，她用腳把田鼠又推近了些。「吃吧，我已經吃過了。」

「謝謝，」松鴉掌大口吃起田鼠。「妳真會捕獵，半月。」他嘴裡塞滿食物，含糊地說。

「看來我們有趟長途旅程要走，」半月說。「你真的相信有個可以讓我們定居的石丘嗎？」她睜大一雙綠眼，在樹下的昏暗光線裡閃閃發亮。

松鴉掌吞嚥一口。「對，我保證，真的在那裡。」

半月意味深長地凝視著他，那熱切的目光再次讓他不知所措。「我相信你。」她低聲說。

松鴉掌把最後一點田鼠跟她分著吃完，在她身邊躺下打盹。他們的尾巴交纏著，松鴉掌呼吸著她身上的甜香，漸漸不覺得那麼想家，甚至覺得彷彿這裡——這個時空就是他的歸宿。

一隻腳掌戳醒他。他眨著眼抬頭，面前是輕風的臉。「時候到了。」她說。

半月站起身，松鴉掌跟著她橫越空地，走上山坡。太陽已西沉，天際只有幾道紅光。松鴉掌抬頭想看星族戰士是否已經出現，然後才想起他的戰士祖先還要好幾個季節才會誕生。

所以祂們就只是星星？他納悶著，凝視那一點一點的閃光。

貓兒焦慮地在林間走動，好像等不及要離開，雖然他們的心仍然繫在這個熟悉的家園。松鴉掌看著梟羽的孩子在她腳邊嬉戲。「我們真的要一直走到山頂嗎？」其中一個瞪大眼睛問。

「沒錯，」梟羽回答。「甚至更遠呢。」

這隻小貓咪高興地跳起來。「哇！」

奔馬和雲日並肩站在樹下。奔馬的尾巴拂過伴侶。「投石已定，我們必須走。」他說。

「我們會走到的，」雲日勇敢地回答。「我們互相扶持。」

松鴉掌很欽佩兩位長老的勇氣，暗暗希望雲日沒說錯。他已經在計畫路線，好讓旅途盡可能輕鬆，希望看得見的自己能記住通往瀑布後的洞穴的路。

「準備好了嗎？」石歌走上前，望了周圍的貓一眼。

一陣同意的嗡嗡聲響起，松鴉掌注意到鉤雷和羞鹿都一臉不悅，但他們並沒出言抗議。既然決定已成，每隻貓都必須身體力行去支持，這就是他們的榮譽心、他們自有的戰士守則。

石歌對松鴉掌抽動著耳朵。「好了嗎？松鴉翅？」

松鴉掌點頭。**我真的要做？我準備帶領急水部落前往他們的新家？**

石歌開步走上山坡，其他貓三兩成群地跟著他走，松鴉掌在隊伍後方。他們抵達山脊頂端時，山線在漸暗的天色下消失了，放眼望去，前方的土地平坦黑暗，一直延伸到地平線。

他們沿著山脊而走，半月追上前，擦過松鴉掌身邊。「剛剛梟羽的一個孩子跌倒了，」她說。「我得去幫她。」

她繼續往前，又停步想回頭望。「別回頭，」她輕聲說。「那樣只會讓我們更捨不得離開。」

松鴉掌看著她淡毛色的身影從自己身邊走開，進入薄暮裡，感覺有些什麼鼓脹在胸口，然後才明白她是多麼勇敢——這些貓全都多麼勇敢——竟然只憑一個夢就展開這麼一趟旅行。看在他們的份上，他只希望自己是對的。

他腳步漸慢，最後停下來，低頭凝視山坡下那方漆黑的湖水。甫出現在靛青色天際的幾顆星星在湖面上一閃一亮。看著看著，月亮從雲後露出，銀色的光亮灑上湖面。湖水顯得好熟悉，但仍然不是他的家。

「再見。」他說，不知道自己是否也向雷族道別了。

其他貓走過他身邊，朝著未來將成為風族領域的方向前進。松鴉掌正準備趕上他們，就聽到有貓呼叫自己。

「松鴉掌！」

他的雷族名字。

他轉身。「磐石！」

這隻盲眼貓兒站在山坡上的一塊大圓石旁，月光把祂無毛的皮膚照得發亮。

「你不屬於這些貓，」祂啞聲說。「你已經完成任務，現在你該回到自己的部族了。」

如果松鴉掌是在昨天聽到這句話，肯定會鬆一口氣，但現在他的第一個反應卻是驚慌。「可——可是那石歌怎麼辦？」他結巴起來。「我答應過他的，還有半月……」

「你在這裡的時間已經到了。」磐石堅持道。

松鴉掌知道他必須服從。他的命運不在這裡，在湖邊，而不在山區。幸虧有他，急水部落會找到他們的新家，而殺無盡部落也會被發現。

他走向磐石，望了排成一列前進的貓群最後一眼，極度想找半月閃亮的身影。**要是我不告而別，她會很傷心的**。但她不是他的未來，雷族才是，而他是雷族的巫醫。

他轉回磐石。「真正的松鴉翅現在會回來嗎？」

磐石搖搖頭。「不。他在大家前往山區的旅途一開始就失蹤了。」

貓一隻接一隻地沒入黑暗，誰也沒注意到松鴉掌不在。松鴉掌僵直地站了一會兒，然後抖抖身子。「好了，走吧。」他低聲說。

磐石領先繞過大圓石，後面就是一條隧道的狹窄入口。這隻老貓擠身鑽進去，用尾巴示意松鴉掌跟隨。

隧道裡一片漆黑，松鴉掌憑磐石的腳步聲辨別方向，涼涼的空氣告訴他這裡又有分叉的隧道，但磐石領著他一直往下坡走。松鴉掌豎起耳朵，想聆聽落葉的聲音，但這裡毫無落葉的蹤跡。祂是過多久才發覺地上的貓都走了呢？祂會立刻知道得在空蕩蕩的黑暗裡等上多少個月，那些貓才會返回湖邊嗎？松鴉掌打了個顫，希望落葉對這些未來一無所知。

隧道終於開始向上傾斜，磐石的腳步聲消失了，但松鴉掌已再次聞到苔蘚和樹葉的氣味、樹林裡的溼氣。不久，他就跨出隧道走上空地，周圍是熟悉的雷族氣息。他又看不見了，但他清楚知道自己在哪裡。

他緩緩沿著通往石頭山谷的小路走。他找到了想找的答案了嗎？他真的成為其中一隻曾經住在這裡的貓？那些貓後來是否就是急水部落的祖先？那個預言是否跟此事有關？

當他能夠嗅出山谷的氣息時，松鴉掌掉頭往湖邊走去。一陣輕風迎面吹上，頭頂上方斷斷續續的鳥鳴揭示黎明即將到來。松鴉掌接近湖岸，踩著柔軟的草地，發現有根樹枝藏在岸上的樹根下。他把樹枝拉出來，也像以前那樣，腳掌摸過上面的刮痕。

這一次，那些刮痕卻清楚地跟他交流了。利爪的名字和畫面充塞他腦海，他記得的許多臉龐，鉤雷、雲日、羞鹿、梟羽……他們在月池陪伴著自己，因為自己曾是他們的一員，曾經回到他們好久好久以前住過的地方。**這就是讓我比星族更有力量的事嗎？**

松鴉掌好奇獅焰和冬青葉是否也曾是貓族祖先的一員，即使自己在過去並未遇見他們。他再次用腳掌摸過那根樹枝，一個畫面忽然閃進腦海：三隻貓兒並肩站在山脊上，他們身後是一輪明月，月光把他們的影子拉長，又大又黑的影子橫過銀色湖面。

那三隻貓都是火星的親戚，腳掌中握有星族的力量。現在松鴉掌明白他們為什麼註定要在一起了，即使在經過了許多、許多季節之後。

「我們回來了，」他低聲說。「我們三個回家了。」

第十八章

獅焰被一陣咳嗽聲吵醒。一開始他把頭埋進苔蘚更深處，一面回想上次好好睡上一覺是什麼時候的事。他的夢裡全是虎星，用權力誘惑他、嘲笑他因為看到石楠掌浸在鮮血裡的屍體而感到反胃。在他沒睡的時候，戰士窩裡全是跟綠咳症奮鬥的貓發出的嗆咳聲和噴嚏聲。然後他全身僵硬，病貓已經跟火星去了兩腳獸窩呀！應該不會有咳嗽聲才對。

抬起頭，獅焰看到全身因一陣猛咳而晃動的蛛足。

噢，糟了！火星的主意不管用！

「蛛足，」他說，「你最好去找葉池，她會給你治療咳嗽的藥草，然後你就可以跟其他貓去兩腳獸窩了。」

「不必你告訴我該怎麼做，」這位老戰士斥責。「我只是被一些苔蘚給嗆著而已。」

即使就著戰士窩裡微弱的光，獅焰也看得出蛛足的眼裡燃燒著高熱。「我想不是吧。」

同時，棘爪也從靠近窩中央的鋪位上抬起頭。「蛛足，你病了。你知道這疾病傳染得多快，立刻去找葉池。獅焰，你跟他去。」

「好。」獅焰爬出鋪位，迅速舔舔身上的毛。

蛛足站了起來，誇張地嘆了口氣，結果變成另一陣咳嗽。他來到空地，獅焰跟在他後面一同前往巫醫窩。黎明的涼意仍籠罩著營地，影子密密地擠在山谷邊緣，風裡夾帶著溼氣。

他們還沒到達巫醫窩口，黛西就從育兒室那邊跳過來。「蛛足，怎麼回事？」她滿面苦惱。「你病了嗎？」

「我沒事，只希望——」咳嗽打斷蛛足的回答。「我只希望大家都不要這麼大驚小怪的。」他咳完才把這話說完。

黛西驚慌地睜大眼。「你生病了！」

「別擔心，黛西，」獅焰的臉擦過這隻乳白色的母貓肩頭。「我正要帶他去找葉池。」

他和蛛足再度前行，黛西望著他們的背影，眼裡滿是擔憂。

窩裡，葉池和松鴉掌已經醒了。「這是最後一點艾菊了，」葉池正在說。「你最好看看能不能多找一點來，找到後直接拿到兩腳獸窩去。記得放在入口外的平石上。」

「好。」松鴉掌轉身要走，發現蛛足和獅焰也在又突然停步。「怎麼了？」他問。

蛛足的回答是另一陣咳嗽。

「不！」有一個心跳的時間，獅焰看到葉池眼中閃過恐懼，然後迅速恢復有效率的巫醫身分。「蛛足，把這些艾菊吃掉，你的咳嗽就會和緩些。松鴉掌，再多帶些回來。」

松鴉掌對她短暫點個頭，轉身走過藤幕然後消失。

蛛足一邊咀嚼艾菊，一邊發出嘀咕聲的時候，黛西探頭進窩。「我可以進來嗎？」她問葉池，嘴裡因為叼了隻肥胖的田鼠而語音模糊。

葉池不是很確定，蛛足身邊的貓愈少愈好。然後她點頭：「當然，黛西。什麼事？」

黛西把田鼠放在蛛足的腳邊。「我幫你帶了這個來，我想你去兩腳獸窩以前，應該好好吃一頓。」

「唔，不必麻煩了，」蛛足粗魯地說。「我不餓。」

黛西退後一步，頸後的毛豎立。「是我特地幫你挑的耶！」

蛛足沒回答，舌頭舔過嘴邊，拭淨了剛才的艾菊汁。

「我們的孩子也在擔心你。」黛西繼續說，語氣更尖銳了。「他們還記得你真是奇蹟，因為你從來不探望他們。」

蛛足聳聳肩。「我又不是不關心……我只是知道就算沒有我，他們也能被撫養地好好的。」

「為什麼？」黛西逼問。「因為我以前也獨自撫養過孩子？但當時我別無選擇，蛛足，這點你很清楚。」

獅焰跟葉池不好意思地互看一眼。他真希望自己能離開這裡，但這兩隻吵嘴的貓卻擋了他的出路。葉池聆聽著，眼中帶著獅焰看不懂的奇特表情。

「每個孩子都不一樣，」黛西繼續說。「每個孩子都有權力認識他們的父親，你卻沒這麼做，蛛足。要是你不注意，以後就太遲了，你的孩子根本不會知道你是誰！」

她也不等回答就轉身走出窩外。

「這些母貓真是的！」蛛足大聲說道。

他轉身想走，但葉池繞過來擋住他的去路。「蛛足，小貓是珍貴的贈禮，」她輕聲說。「你應該利用每個機會，當個好父親。那感覺比當導師還要棒。」

「妳怎麼知道？」蛛足問。

葉池凝視著他，琥珀色的眼睛澄澈又冷靜。

「對不起，」一個心跳過後，蛛足低聲說。「我……我只是從沒想過會跟黛西生下孩子，我在他們面前覺得自己又沒用又笨拙，也覺得大家的眼光都在評判我，因為我跟黛西不親密。我們就是不合。」

「那不是重點，」葉池回答。「就算你跟黛西當不成伴侶，你的孩子還是有父母的，你這樣是在懲罰他們，因為你沒當個好父親。他們不會評判你，因為他們不覺得有什麼不同。但到頭來，他們會是你這輩子唯一重要的事。」

「我不知道該怎麼做！」蛛足抗議。「我不能——」又一陣猛咳打斷了他想說的話。

「那就學呀！」葉池琥珀色的眼睛燃燒起來。「你看過棘爪、灰紋和塵皮在他們孩子身邊的樣子。真不敢相信你不知道這有多重要！你應該珍惜跟親生孩子相處的每一刻。」

她說話時，獅焰想起棘爪，感到一股暖意。棘爪是個好父親，只要孩子有問題，他總是願意聆聽或幫忙。他在三個孩子身上花了很多時間，因為松鼠飛很快就回去當戰士。獅焰完完全全地信任他，他想像不出還有更好的父親。**如果蛛足不注意，**他心想，**他和那些孩子最後可能會變得跟鴉羽和風皮那樣。他們甚至不喜歡對方！**

「獅焰，」葉池顯然發覺他也在場，而且還聽到她和蛛足所說的一切。「你可以走了，謝謝你幫忙。」

獅焰點點頭，繞過蛛足走上空地。他離開時還聽到葉池說：「你去兩腳獸窩以前，**馬上**把那隻田鼠吃掉。如果你想復原，就要補充體力。」

他離開葉池的窩，發現棘爪正從獵物堆上叼起一隻松鼠。松鼠飛走過來，她的伴侶把食物放在她腳邊。

「這個給妳，」他說。「我知道妳最愛吃小松鼠。」

「你還不是，」松鼠飛發出呼嚕聲，鼻子碰著他的耳朵。「一起吃吧。」

棘爪遲疑著。「好，但妳想吃多少就儘量吃。全族都希望妳強壯起來。」

兩隻貓肩並肩地合吃起那隻松鼠。

看著他們，獅焰只覺一股暖意流竄全身。**感謝星族，我們的父母如此親密。**

「嘿，獅焰！」棘爪從松鼠身上抬起頭。「既然蛛足那邊解決了，想不想去狩獵巡邏？灰毛在等你了。要知道老鼠可不會排隊跑進營地的。」

「當然！」獅焰搖著尾巴，跑過空地去找灰毛。對，就算父親是個什麼都管的老毛球，獅焰還是愛他！

獅焰沿著舊兩腳獸道路行走，嘴邊掛一隻松鼠和兩隻老鼠。現在輪到他把獵物拿到兩腳獸窩外的樹幹上了。一絲細雨落下來，弄溼他的毛，也把小徑弄得滿是泥濘。

兩個日出以前，蛛足剛開始咳嗽時，族裡每隻貓都信心大失，怕火星的計畫終究是一場空。但從那時起，再也沒有其他貓生病。獅焰開始好奇，這場抗戰他們是否開始占得贏面。他對兩腳獸窩裡的病貓狀況所知不多，只知道包括蜜妮在內，他們全都還活著。

一片寂靜中，兩腳獸窩的牆出現在樹木間。獅焰想把食物放在空心樹幹裡。跟他想像的一樣，樹幹裡並不是空的，還有幾塊被雨浸溼的食物留在底部。樹幹附近的貓氣味淡而舊。

似乎有股遠比雨還冷的水流過獅焰的脊椎。**病貓為什麼不吃東西？他們已經弱得不能吃了嗎？**

他用一掌把那些獵物——都快變成烏鴉食物了——從空樹幹裡拖出來，把新鮮的食物放到樹幹最裡面，好讓食物保持乾燥。然後他遲疑了，打量著四周，他應當回去狩獵的，但不查出兩腳獸窩裡的貓為什麼沒吃東西以前，他實在不能就這樣離開。

他緩緩走向入口。葉池和火星都禁止狩獵貓接近樹幹以外的地方，但獅焰告訴自己這是緊急狀況，他們會讓他破例。走近兩腳獸窩時，一聲毛骨悚然的哀號傳來，那是極度苦痛的貓兒發出的喊聲。

獅焰僵住。「怎麼了？」他喊著，同時憎恨自己發抖的聲音。**勇氣，**他狠狠告誡自己。

有一個心跳的時間，裡面毫無回應。然後入口突然探出雲尾的臉，獅焰往後跳開。一片昏暗中，雲尾的一身白毛實在很恐怖。

「火星快死了。」這名戰士啞聲說。

獅焰死命地不發出驚慌的哀號。他完全忘記要對疾病提高警覺，衝過雲尾身邊進入窩。

火星躺在窩的另一邊，病貓參差不齊地圍坐在他身旁。亮心和蜜蕨低頭望著他，把浸溼的苔蘚舉在他脣邊。獅焰從隊伍裡擠過去，低頭望著這位族長。火星的呼吸沙啞粗重，用力吸氣時胸膛鼓起，遠比疾病還臭的氣息懸盪在空中。

獅焰驚恐地凝望火星，亮心抬起頭。「火星要喪失一條命了。」她輕聲說。

獅焰退後一步，跟其他病貓並排而站，沉默地看著族長掙扎著想呼吸。火星身側的起伏緩了下來，呼吸變得更淺，然後停了。他閉上眼，動也不動。

獅焰看到一個極淡極淡的火紅色身形從火星身上飄起離開，消失在窩角的陰影裡。

喪失一條命就是這樣嗎？他納悶著。**火星還剩下幾條命？要是剛才那是最後一條命怎麼辦？**

感覺上他在族長身邊好像站了無數個月，又好像才一個心跳的時間。然後他看到火星的身體突然一震，明亮的綠眼眨了眨又睜開，想看清眼前的一切。

「火星。」亮心低頭望著他，語氣輕柔。「你回來了。」

獅焰發覺自己合不攏嘴。**火星真的死後復活！**

雲尾帶著一束新鮮的溼苔蘚走上前，給了他的伴侶，亮心把苔蘚舉到火星脣邊。「喝下這個，」她低聲說。「然後好好休息。」

「去替他拿點獵物來，」雲尾命令獅焰。「他需要補充體力。」

獅焰又跑到外頭，帶回一隻剛捕到的老鼠。這時火星已經坐起來，眼中的困惑慢慢消失。

「謝謝，」獅焰把老鼠放在他身邊時，他說。「但你不應該過來，你會被傳染的。」

獅焰全身的毛都豎起來。火星復活了，但他必須立刻離開這個巢穴。要是他留下，還要多久這致命的疾病就會再次奪走他的性命？

火星咬了一口老鼠，一邊咀嚼吞嚥一邊打量四周。「沒關係，」他說，迎上族貓擔憂的目光。「現在都沒事了。」

「不，不是。」亮心尖聲說。「就算你沒綠咳症，身體還很虛弱。要是你又損失一條命怎麼辦？你應該回營地，讓葉池照顧你。」

火星搖搖頭。「葉池在那邊可以做的事，在這裡也一樣可以做。我要留下來陪大家。」群貓發出敬佩的嗡嗡聲。小玫瑰上前來到火星的鋪位旁。「你會一直死掉然後復活嗎？」她好奇地問。

「希望不會。」火星回答，蜜蕨把小玫瑰趕回育兒區。

「我就知道你會堅持留下。」亮心低語，鼻子碰碰火星的耳朵。

火星對她眨眨眼。「我不是損失最多的貓。」他回答，綠眼望向蜜妮躺著的鋪位。

獅焰回頭看著那隻灰色母貓。她看來比離開營地那天更瘦、更可憐了：她伸長四肢側躺，呼吸微弱得幾乎看不出胸膛起伏。

小薔探頭進她肚子想喝奶，沒找到奶水的她發出哀哀的喵嗚叫。蜜蕨低頭用一掌輕輕把她推開。「來，」她安慰這隻小貓咪。「我幫妳找一隻老鼠吃，老鼠很香喔。」

「不要老鼠，」小薔的聲音沙啞。「我要奶，」她提高音調，細細地哀號。「我要媽媽！」

獅焰轉過頭，他看不下去了，身邊的病貓也都拖著步子，垂頭喪氣地回到自己的鋪位。

再過多久他們就會像火星那樣死掉？他們可沒有九條命啊。

愧疚啃噬著他。他明知自己有幫助族貓的力量——有達到一切的力量，他提醒自己——但他卻拒絕用它。

「我走了，」他粗聲告訴雲尾，急著想離病貓愈遠愈好。「我會告訴棘爪，火星已損失了一條命，然後我會儘快帶更多獵物回來。」

「我們需要的不是食物，」雲尾表示。「而是貓薄荷。」

「還有星族讓我們活下去的意願。」亮心補充。

獅焰奔回山谷的途中，他們的話一直在耳邊迴盪。星族的確希望病貓活下去，否則就不會在夢裡告訴松鴉掌該去哪裡找貓薄荷了。

「就算託夢的不是星族，」獅焰暗自辯解。「我們三個也不是平白無故就擁有力量的，也許這就是重點。也許這就是預言的開始。」

他穿過隧道進入營地，卻沒看到棘爪。他去戰士窩裡走了一圈，裡面是空的，但他走出來時卻看到這個副族長從隧道口出來，嘴裡叼滿獵物，他身後跟著沙暴和莓鼻。他們把獵物放上鮮獵物堆時，獅焰過去見他們。

「新消息，」他突兀地說。「火星損失了一條命。」

「不！」沙暴睜大一雙綠眼。她轉身好像想衝出營地，但棘爪把尾巴輕輕放在她的肩。

「妳幫不了他。」他輕聲說。

沙暴坐下，頭垂得低低的。「我知道，」她的聲音低得幾乎聽不見。「可是我很難接受。」

「你看到火星死了嗎？」莓鼻問，睜大了眼。「是什麼情形？」

獅焰瞪著他，根本不想回答。他走開時，聽到棘爪嚴厲的聲音。「莓鼻，小貓才會問這種問題，不是戰士，更不是我教過的戰士。」

獅焰把這隻討厭的乳白毛色戰士拋在腦後，穿過藤幕走進巫醫窩。幸好，葉池不在，只有松鴉掌正撥弄著少得可憐的細扁藥草。

松鴉掌轉過頭。「你想幹嘛？」

獅焰低下頭。「對不起，」他說。「我會去風族走一趟。」

第十九章

獅焰捕到更多獵物後就往舊的兩腳獸窩走去。他把獵物放進空樹幹，發現自己上次帶來的獵物都不見了，溼透的樹葉上還有貓刮過的痕跡。他稍微放心了些，這表示病貓已恢復正常作息，他轉身走向樹林深處的隧道入口。

恐懼使獅焰加快腳步，最後變成在林中快跑。想到要在黑暗中走過那些隧道，他就一陣反胃，只想趁著還有一點天光時進去。

他在隧道口幾個狐狸尾巴外停步，警覺地環顧四周，豎起耳朵，張嘴想嚐出族貓氣息。絕不能讓任何貓知道他準備做的事。這是他和松鴉掌之間的祕密，因為介於兩族之間的這些隧道只代表兩件事：入侵和流血。幸好，唯一的雷族貓氣息都很舊了，他猜那是黎明巡邏隊今天早上經過時留下的。

他壓低身子，爬進樹叢進了隧道。往下走了幾個尾巴的距離後，面前是一道荊棘屏障，那是他和族貓做的，好阻止風族從這條路進來。他好不容易從障礙裡鑽出時，肩膀被刮傷，肉墊也被刺著，荊棘的尖刺上還留下一撮他金黃色的毛。

星族啊，在我回去以前，請別讓任何貓進來。

黑暗籠罩著獅焰，他走進一條通道。除了自己輕輕的腳步聲和急促的呼吸，這裡一片寂靜，但他的一顆心卻怦怦跳著，聲音大得似乎能傳上風族的營地。但他怕的並不是風族的戰士。如果遇到他們，他會奮力打鬥，並在一星對火星抱怨之後承擔結果。他畏懼的是夢裡的幻影，他似乎已經可以聞到石楠掌的血腥味。

獅焰總算發覺黑暗裡似乎透著灰濛濛的光，前方傳來急流的聲響。不久，他走進一個洞穴，河水潺潺而流，河面微微映著裂隙透下的光。他抬頭望著山脊，在石楠掌還是暗族族長時，總會坐在那裡，但現在卻空無一人。

獅焰心裡一陣刺痛。他不能希望回到往日時光了，當時的他欺騙族貓，而且經常睡眠不足，無法好好受訓。他也不願想起那段日子，尤其是被石楠掌背叛之後。

他猛力抖抖身子，好像想把身上的雨水甩掉，然後走向通往風族領域的那條隧道。不久，他就看到前方有道裂縫，一束天光照進來，他看到外面有更多岩石和凹凸不平的沼地野草。

獅焰停步，並開始警戒，這一次要聆聽風族的聲音或氣味。但他只聽到微弱的風聲，咻咻地穿過草地，完全沒有風族貓的氣味。他向前走著，把頭探出隧道外。

這地方就跟松鴉掌描述得一樣：一堆粗糙覆蓋著苔蘚的岩石，堅硬的沼地野草參雜其間。泉水從兩塊岩石中湧上……獅焰豎起耳朵，聽到極細微的滴答聲。

他又聞出一股新的風族氣息，但卻看不到任何貓，也沒聽到什麼聲響。他警覺地走出隧道，朝那聲音爬去，身子貼地，利用周遭岩石作為掩護。他身上的每根毛都豎著，想像自己的氣味傳遍風族領域，把所有貓都引了過來，腳掌在地上移過的擦擦聲，有如貓頭鷹的啼叫一樣高亢。

獅焰覺得彷彿過了好幾個月之久，他繞過一塊岩石，看到松鴉掌告訴過他的那條小溪。溪水從一條裂縫中湧出，匯聚成小水塘，大叢大叢的貓薄荷就在塘邊。他感覺到一股妒意，風族竟有這麼多貓薄荷，而雷族貓卻因缺乏這藥草而瀕臨死亡。

獅焰走上前，鼻子藏在其中一叢貓薄荷間，抗拒著想滾進這些藥草、讓身上沾滿清新、刺鼻氣味的衝動，那並非他來此的目的。他迅速咬下草梗，直到堆積成自己帶得走的一大捆。他用嘴叼起藥草，回頭走向隧道。貓薄荷把其他氣味都掩蓋住了，但他仍豎起耳朵，目光四處梭巡，全神戒備著。

他沒看到任何一隻貓。他悄步鑽進裂縫進入隧道，這才鬆了口氣，對自己能遠離被風族貓責備的風險而感到欣慰。

他加快腳步，沿著愈來愈寬的隧道奔跑，衝進洞穴，他陡然停步。站在他面前的，是有著淡棕色虎斑紋、全身的毛豎立、一雙藍眼燃燒著的母貓石楠掌。

「小偷！」

獅焰張大了嘴，貓薄荷掉了一地。「石楠掌！」

「是石楠尾，」這隻母貓咆哮著。「你以為你神不知鬼不覺嗎？我早就看到你在岩石裡偷偷摸摸的。我就猜到你會用隧道回到自己的領域。」

「那……那妳為何不叫巡邏隊來？」獅焰結結巴巴地問。

石楠尾眼光一閃，縮起脣。「才不值得為了你叫他們。你也許自以為是四族裡最棒的戰士，但我可不怕你。」

鮮血的紅光湧上獅焰腦海，眼前全是那些畫面。「叛徒！」他吼著伸出腳掌撲向石楠尾。他感覺自己的爪子劃開她的喉嚨，鮮血泉湧而出，浸溼她和自己的皮毛，在洞裡地上積了一灘灘的血池。他喉際發出恐懼的嘶嘎聲，身上的血又熱又黏，血腥味簡直讓他無法呼吸。

然後那股紅潮消退了，他看到石楠尾望著自己，身上的毛已變平，目光如冰。獅焰打了個寒顫。剛才的幻覺如此逼真，他卻連腳掌都沒動上一動。

石楠尾繞過他，在通往風族的那條隧道口停步。「去吧，別再回來。」她咬牙說。「你可以帶走貓薄荷。我跟雷族沒有恩怨，也不願看到貓兒受苦，隨你要怎麼想都行。只要小心別步上虎星的後塵，變成一個壞蛋。」

她倨傲地揮了揮尾巴，消失在隧道裡。

獅焰把散落一地的貓薄荷草梗收集好，腦中仍迴盪著她臨別前說的話，他胃裡一陣翻攪，怕那些話會成真。他的夢境差一點就成真——他差點殺了她——而石楠尾也知道。他和虎星的差異正在消失，而獅焰從來沒有像現在這麼害怕過。

松鴉掌把更多艾菊送到兩腳獸窩外時，嗅到獅焰的氣味，並且追蹤氣味到了隧道口。過不了幾個心跳的時間，他就聽到雷族貓在荊棘屏障的地方傳來腳步聲。獅焰的氣息愈來愈濃，還夾雜著貓薄荷的氣味。

「你找到了！」哥哥來到隧道外時，松鴉掌喊。「有沒有被風族貓發現？」

獅焰猶豫了一下；松鴉掌感覺得出他身上混合恐懼和憤怒的感覺。「要是有，我還會在這裡嗎？」他兇巴巴地說。「你在我身上聞到他們的氣味了嗎？」

松鴉掌聳聳肩。他沒時間去想獅焰為什麼一副好像身上爬滿螞蟻的模樣。「你最好把屏障修補好，」他說。「可別被其他貓猜出我們做了什麼。」

獅焰一言不發地鑽回隧道，松鴉掌則叼起那捆貓薄荷，走向兩腳獸的窩。

「你是怎麼找到的？」

聽到葉池的聲音，松鴉掌僵住了。他還沒決定該怎麼告訴她，原本他是希望趁她還沒發現前，先去治療病貓的。

「貓薄荷！」葉池聲音裡流露著喜悅，她走上前，鼻子埋進茂密的草梗間。「這麼新鮮、長得又好！不可能是來自舊的兩腳獸窩吧。」

「不是，」叼著草梗的松鴉掌含糊地說。「是從那邊找來的。」他的尾巴胡亂朝營地深處指了指。

「感謝星族！」葉池輕聲說。「祂們一定告訴了你該去哪裡找。」

「呃……對，是祂們說的。」這是真的，松鴉掌想到。要不是亮魂引導他去風族，他絕不會找到貓薄荷。「那邊就這麼多了，」他又說。「不必再去找了。」

「這些已經綽綽有餘。」松鴉掌感覺得出，葉池因為太欣慰而完全不多問。「來吧，我們馬上把藥草帶去給病貓。」

他們跨過兩腳獸窩外的氣味記號。「今夜就是半月了，」她說。「我想這一次，我們都可以去月池。」

松鴉掌點頭，嘴裡塞滿貓薄荷而無法說話。他好奇星族貓會不會在等他，感謝他拯救了影族。他很想走進小雲的夢裡，看看他是怎麼對戰士祖先解釋影族選擇索日而背棄星族的事。但最重要的，他想踏著通往月池的小徑上的足印，再次感覺那些貓祖先。

松鴉掌雖然看不到月亮，卻可以想像當自己在迴旋小徑上踩進腳掌形狀的凹洞時，月亮的銀光潑灑在身上的感覺。**我以前是松鴉翅的時候，是否也來過？這些腳印裡是否也有我的？**

他覺得同來的巫醫都感到深深的滿足，因為小雲又跟大家在一起了，蛾翅這一次也跟柳光同來。**唔，我想如果她每次都沒來，大家會開始起疑吧。**

他上前來到池邊，聽到其他貓都在周圍各自坐定。但他伸長身子拍打幾滴冰水時，葉池卻說：「等一下。」

松鴉掌驚訝地坐起來，發覺這位導師幾乎難掩興奮之情。

「在我們跟星族交流之前，」葉池繼續說，她的聲音發自池對面的瀑布旁。「我要做一項工作。星族已經告訴我，現在我該給松鴉掌一個新名字了。」

松鴉掌掩藏不住那份震驚。葉池一定是想到他找到貓薄荷才這麼做的。有一個心跳的時間，他對自己利用隼掌和獅焰去取得藥草、又欺騙葉池找到藥草的地方而覺得羞愧。**但雷族會活下去**，他提醒自己。他不在乎自己是如何達到這個目的。想到自己和葉池把珍貴的藥草送給病貓時，他們是多麼高興、多麼欣慰，一股暖意從他耳朵傳到尾尖。他們已經睡得更安詳了，而且剩下的貓薄荷還很多，能夠繼續治療他們。

「松鴉掌？」葉池的聲音充滿歡喜和關愛。「被獾咬掉舌頭啦？」

「我……不……謝謝！」他結結巴巴地說。

「那就到我這邊來。」

松鴉掌小心地在滑溜的地面跨出每一步。他可不想在命名儀式一開始就跌進月池。

他經過吠臉身邊時，這隻老巫醫咕噥著：「做得好。」隼掌則把尾巴輕輕放在松鴉掌肩頭。

最後，松鴉掌站在導師面前，她身上散發出深深的關愛與驕傲，令松鴉掌吃了一驚，那些情感甚至比他之前從半月身上感覺到的還要強烈。他對葉池的意義真的如此重大？

「我是雷族的巫醫葉池，」她開口。「呼喚我的戰士祖先看看這名見習生。他努力不懈地學習當一名巫醫，在祢們的幫助下，他將為他所屬的貓族服務數月。」

松鴉掌聽得全身每根毛都發痛了。他忘了周圍在看的貓，彷彿自己站在一個又高、又遠的地方，那裡只有葉池和瀑布奔流不息的聲響。

「松鴉掌，」葉池繼續說。「你是否承諾將信守巫醫職責，在敵對的貓族間維持中立，並且不惜犧牲性命，一視同仁地保護所有貓？」

「我願意。」松鴉掌清晰、有自信地說出這三個字。一時間，他聞到身後似乎有動靜，那股殘留未散的氣味並不是貓族的，但卻帶有一絲雷族領域的氣息。**半月！**她是來看他成為真正的巫醫嗎？松鴉掌希望她能明白這件事的意義，他永遠無法以她想要的方式與她為伴，以他們都想要的方式，如果一切都不同的話……

「那麼以星族的力量，我賜給你巫醫的真正名字。」

松鴉掌胃裡一陣翻攪。**別叫我松鴉翅。**那個夢所帶給他的沉重認知已到他能承受的極限，他並不想讓下半輩子都跟自己的祖先共用一個名字。

「松鴉掌，從現在起，你的名字就是松鴉羽。」葉池的聲音因充滿感情而發顫。「星族讚揚你的技巧以及你對知識的渴望，你拯救了許多貓的性命。」

滿懷驕傲與欣慰的松鴉羽納悶自己的導師會不會詳細說明，自己究竟是做了什麼而能有這場儀式。但貓族間如此動盪不安，他猜她不會說出綠咳症的事。否則，就跟他對獅焰說過的那樣，她大可以跟吠臉要一點貓薄荷。

他感覺葉池的臉靠在自己頭上，族長對新戰士也都這麼做。他則用舌頭舔過導師的肩作為回應。

「松鴉羽！松鴉羽！」小雲放聲喊。其他的巫醫也都跟著喊，連柳光也不例外。

她現在沒理由對我傲慢了吧，松鴉羽心想。

「現在你可以以真正巫醫的身分，跟星族交流了。」葉池告訴他。

「願祂們賜給你一個好夢。」吠臉低沉著聲音說。

松鴉羽繞著月池往回走時，感到有些緊張。星族貓會不會因為他以曖昧的手法贏得新名字而教訓他呢？黃牙可不會驚訝，這點他很肯定。

不管了，在其他貓都一籌莫展的時候，是我拯救了雷族。

他坐在池邊，伸長身子去拍水。他聽到其他巫醫也都這麼做，然後找個舒服的姿勢睡著，接受星族捎來的夢。松鴉羽也蜷起身子，閉上眼，尾巴覆蓋在鼻端。

他醒來，不習慣地對光眨眨眼，以為自己會出現在遇見磐石的荒涼山頂。反之，他發現身在一座茂密的林間空地，也就是亮魂跟他說過話的地方。一陣暖風帶來藥草的鮮綠氣息，輕撫著他，使他的焦慮有如新葉季裡的冰那樣融化。

一開始，松鴉羽以為這裡只有他，但那陣風吹動樹葉，他看到空地另一端有兩隻貓蜷伏在一根樹枝上。閃心和勇心都睜著一雙閃閃發亮的眼，望著下方的自己。就在同時，這棵樹下方的蕨葉被撥開，亮魂走了出來。

這隻美麗的銀毛虎斑貓走過空地，直到她的鼻子可以碰到松鴉羽。她身上的甜香混合著藥草的氣息。

「松鴉羽，」祂打聲招呼，眼神輕快又高興。「現在你是真正的巫醫了。」

「都是托祢的福。」松鴉羽坦承。「祢拯救了雷族，因為祢告訴我哪裡可以找到貓薄荷。」

「我很樂意幫忙。」亮魂的綠眼裡閃著愛和喜悅。「我曾經想當巫醫，但那不是星族替我選定的路。現在我會盡一切力量幫助有需要的貓，無論他們屬於哪一族或哪個部落。」

松鴉羽低下頭表示深深地尊敬。「謝謝祢。謝謝祢不遠千里來幫我們。」

亮魂再次跟他碰碰鼻子。「我想你走得更遠吧，朋友。」

松鴉羽打了個顫。他遲疑地問：「我還會再見到祢嗎？」

「那就只有星星才知道了。」亮魂回答。

她的呼吸溫暖他身體，松鴉羽被閃爍的雲包裹著，彷彿這隻銀毛虎斑貓要將他捲上天空，讓他成為她身邊的一顆星星。他的腳掌發痛。

「再見，松鴉羽。」亮魂輕聲說。

松鴉羽猛地睜開眼，眼前一片黑暗。他仍蜷伏在月池旁的平石上，其他巫醫也開始清醒。

第二天一大早，他和葉池回到營地時，松鴉羽聽到族貓在空地中央大聲交談。棘爪的聲音蓋過眾貓。

「安靜點，我會想辦法理出頭緒的，好嗎？」

葉池嘆氣。「不斷狩獵、邊界巡邏，每隻貓都變得暴躁疲憊了。我去替他們拿點補充力氣的藥草。」她走向自己的窩。

「松鴉掌，我可以跟你談談嗎？」松鴉羽接近群貓，想知道大家究竟在鬧什麼時，棘爪這麼喊。

「當然，不過我現在叫松鴉羽。」松鴉羽驕傲地說，但沒有貓聽到。他壓抑下一聲惱怒的嘆息，問：「有什麼問題嗎？」

「蕨毛說黎明巡邏隊在風族裡發現一隻狐狸，距離邊界不遠。」棘爪回答。「你和葉池在回來的路上有沒有看到什麼？」

「我什麼都看不到好嗎，」松鴉羽不高興地說。「我嗅到一絲狐狸的氣味，但我很肯定那是在我們領域裡。」

「如果狐狸在風族邊界附近，很快就會到這裡來。」黛西擔憂的聲音就在附近。「我們的孩子有危險了。」

「還有兩腳獸窩裡的貓，」松鴉羽感覺到灰紋的焦慮。「要是狐狸進去了怎麼辦？」

「好，灰紋和蕨毛過去查清楚，」棘爪下令。「如果發現狐狸跨越邊界的任何跡象，就追蹤氣味，看看能不能找到狐狸窩。」

「好，我們走。」能夠針對這項威脅做點什麼，灰紋似乎鬆了口氣。

松鴉羽在這兩位戰士出發以前攔住他們。「葉池有些補充體力的藥草要給你們。」

「謝謝，松鴉羽。」蕨毛說。松鴉羽聽到他和灰紋往巫醫窩跑去。

「好，現在是狩獵巡邏隊。」棘爪繼續說。「灰毛，請你帶隊好嗎？讓栗尾和樺落跟你一起，然後——」

「那我的床位呢？」鼠毛插嘴。「已經好幾天沒換。大家都忙，正規的工作都沒做。」

松鴉羽聽到棘爪忍住一聲嘆息。「好的，鼠毛。見習生立刻就去辦。」

鼠毛哼了一聲。「本來就該這樣。」

「真不懂我們為什麼要做這種事。」狐掌低聲對姊姊抱怨。松鴉羽這才發覺狐掌和冰掌就在自己身邊。

「鼠毛就跟腳痛的獾一樣暴躁，」狐掌繼續說。「她從來沒謝過我們一句。」

「就說嘛，她總說『太溼了』，不然就是『裡面有刺耶』。」冰掌也低聲說。

松鴉羽轉身面對這兩位見習生。「你們應該讓自己有用點，去幫鼠毛找乾淨的床鋪來。」

他斥責。「對長老放尊敬一點。你們難道喜歡睡在骯髒的窩裡嗎？」

「你又不是我們導師，」狐掌抗議。「你不能叫我們做事。」

松鴉羽彎下頭，鼻子碰到狐掌的鼻子。「立刻去幫鼠毛找床鋪。否則我就告訴黛西，說你們有意騙小蟾蜍把兔子糞當成一種新的漿果吃掉。」

他感覺到狐掌大吃一驚。「你怎麼知道？」

「別管我怎麼知道的，」松鴉羽回答。「現在就去。」

「你才不會告訴黛西咧。」狐掌恐嚇他。

松鴉羽露出牙齒。「你以為我不敢？」

「好啦、好啦，我們走了。快，冰掌，妳還站在那裡幹嘛？」

松鴉羽聽到狐掌推著姊姊，兩隻小貓手忙腳亂地跑向屏障。冰掌困惑的聲音還飄過來：

「兔子糞？他在說什麼啊？」

「別管了啦，」狐掌說。「我們得馬上去找苔蘚！」

松鴉羽叼起氣味強烈的補充體力藥草，發覺葉池已經從窩裡出來，正在把這些草葉分發給所有戰士。

「謝謝，葉池。」棘爪說。「病貓的份也夠嗎？」

「對，多得很。」葉池回答。「我會請松鴉羽帶去兩腳獸窩那邊。還有一件事，」她又說：「你能不能請狩獵巡邏隊獵捕嫩一些的食物呢？這樣病貓比較容易吞嚥。現在我們有貓薄荷，他們就會開始感覺到餓了。」

「沒問題，」棘爪回答。「大家都聽到了吧？沙暴，請妳率領巡邏隊去兩腳獸窩好嗎？帶蛛足、莓鼻還有……呃……灰毛一起去。現在，我們還需要一隊邊界巡邏巡視影族邊界。由我領隊，再請——」

「你應該發覺，」莓鼻突然開口。「你剛才派灰毛參加兩支狩獵巡邏隊吧？他難道該變出分身嗎？」

「噢，老鼠屎！」棘爪喊。「對不起，灰毛，你可以——」

「灰毛，拜託你好不好！」松鼠飛突然說。她身上散發的那股怒氣讓松鴉羽都縮了一下。「你就不能開口講話嗎？只會像個樹幹那樣站著不動？」

「對不起，可是——」灰毛好像嚇了一跳。

「『對不起』抓得到獵物嗎？」松鼠飛咆哮著。「你剛才幹嘛不講話？難道你看不出來棘爪承受的壓力有多大？副族長就必須什麼都自己來嗎？」

「嘿，松鼠飛……」伴侶替自己兇狠地辯護，讓棘爪很不好意思。

松鼠飛不理他。松鴉羽明白她的憤怒出自於她仍沒完全康復到可以狩獵或巡邏的地步，同時又替她父親和其他族貓擔心。「要是棘爪出了什麼事，想當副族長的貓多得是，」她呸著說。「要挑棘爪的錯，你們動作全都快得很，但你們有誰願意跟他易地而處？」

「松鼠飛，安靜。」棘爪再度插嘴，語氣更嚴厲了。「沒那麼嚴重。」

松鼠飛發出憤怒的噓聲，轉身大步走向戰士窩。松鴉羽替她敢這樣講話感到驕傲，他也為自己的父親感到驕傲，父親扛下了所有族長職責，在火星生病時維繫雷族的團結。

「灰毛，剛才真抱歉，」棘爪繼續說。「你去率領營地巡邏。沙暴，請妳找鼠鬚替補。」

「很好。」灰毛的語氣冰冷。他召集隊員後就離開。

看在星族份上，要氣多久啊？松鴉羽心想。**棘爪又不是故意弄錯的。**

跟葉池往巫醫窩走去時，松鴉羽忍不住好奇這場爭執背後是否有他還不知道的內幕。松鼠飛那麼憤怒，棘爪又如此迅速地彌補，而灰毛顯然沒有原諒他……這三隻貓之間，松鴉羽是否錯過什麼非常明顯的事？

他甩甩頭想澄清思緒。不管有什麼問題，他們都可以自行解決。這件事跟他一點關係也沒有，這點是肯定的。

第二十章

灰綠色的雲層低懸在樹林上方，空氣厚重又溼冷，暴風雨即將來臨的徵兆使冬青葉全身刺痛。她跟在灰毛的狩獵巡邏隊後方走過樹林，逐漸逼近的暴風雲似乎呼應著她的不安。不管她如何想把煩惱拋開，仍無法忽視那種不對勁的感覺。

兩個夜晚以前，棘爪選她去參加大集會。黑星也去了，但他對索日的事隻字未提，也沒說起他讓影族再度遵奉戰士守則的決定。棘爪取代火星的位置跟其他三個族長一起，只簡短說明火星很抱歉無法前來，但並未解釋原因。

我們還互相隱瞞了什麼事？冬青葉納悶。

巡邏隊經過兩腳獸窩時，她想起一個祕密。獅焰從裡面出現，身後是蜜蕨和小玫瑰。這隻乳白色的小貓跑過空地，衝進一堆枯葉，把枯葉弄出碎裂聲，她興奮地尖叫，一面把枯葉拍打到半空中。

「安分一點，」獅焰說。「妳可不想在還

沒回到營地以前就累壞吧。」

小玫瑰坐直身子，一片枯葉黏在她頭頂。「我沒事！」她宣布。「我想幫母親抓些獵物！」

蜜蕨發出高興的呼嚕聲，把她從枯葉裡推出來，迅速替她梳理一遍。獅焰來到姊姊面前。

「更多貓要回家？」冬青葉問。

「沒錯，」獅焰回答。「現在只剩下蜜妮和小薔了，還有火星。他堅持要等每隻貓都回營地了才肯離開。」

「松鴉羽能找到那些貓薄荷真好。」冬青葉說。看到弟弟的反應，她瞇起眼睛。

「呃……對啊。」獅焰一臉不安。

他的表現讓冬青葉深信之前就起疑的事，貓薄荷有祕密，而她的兩個弟弟都有參與。

為什麼他們不告訴我？我們之間不該有祕密的啊。

「一切都會沒事，」獅焰迅速地說，好像想避免回答問題。「這裡的貓薄荷又開始發芽了，所以足夠蜜妮和小薔吃。她們愈來愈強壯啦。」

「真好，不過那——」

「冬青葉！」灰毛不耐煩的吼聲打斷她的問題。這隻灰毛戰士已轉過身，在舊的兩腳獸道路旁幾個尾巴外等她。

「我得走了。」她對獅焰說，很確定自己這麼說時，在他眼中瞥見一絲鬆口氣的神情。

「待會見。」他回答，跟在蜜蕨身邊往朝營地走去，小玫瑰則在他們前面蹦蹦跳跳。

冬青葉看著他們走遠，然後沿著道路回到灰毛身邊。

「妳準備今天打獵還是明天啊？」看到她接近，他嚴厲地問。

「對不起，」她囁嚅著。「我只是想跟獅焰談談。」

結果一點用也沒有，她想。灰毛哼了一聲，帶頭走進樹林深處，跟在其他巡邏隊隊員後方。她對獅焰和松鴉羽對自己隱瞞什麼事依舊毫無頭緒。

巡邏隊回到營地時，一陣熱風吹過，吹捲仍在樹上的葉子。冬青葉的毛被吹得翻起，她被嘴裡獵物的氣味嗆著，好像叼著的是滿嘴烏鴉食物似的。

灰毛率領巡邏隊穿過隧道時，大而溫熱的雨點開始落下，冬青葉鑽出隧道走上營地，其中一滴濺上她鼻子，她不高興地抽動鬍鬚，甩掉雨滴。雷聲轟隆隆地在遠方響起。

好耶，冬青葉把獵物放上獵物堆時心想，**暴風雨過後，空氣就會恢復清新了。**

她抬眼上望，卻被一道劃破天際的彎曲閃電照得閉緊了眼。雷聲在頭頂轟隆大響，雨突然傾盆而下，嘩啦嘩啦地落在山谷的泥地上，不到幾個心跳的時間冬青葉全身就溼透了。

一聲哀號發自戰士窩，雲尾探出頭。「怎麼回事？」

冬青葉不敢跑去躲雨，肚皮貼緊地面。她看到蛛足冒雨奔進戰士窩，鼠鬚跟在他身後。另一道閃電劃過天空，冬青葉震驚地望著山谷旁的一棵樹爆出烈焰，火舌爭先恐後地向上騰躍，就連滂沱的大雨都無法澆熄。焦黑的樹葉落進山谷，一段燃燒的樹枝在恐怖的呻吟聲中斷裂，啪啦一聲重重落在距離冬青葉一個尾巴遠的地上。她驚恐地大叫，往旁邊一跳，跟刺爪撞個正著。

「樹林著火了！」他尖聲喊。

閃電的利爪再次劃破天空，一陣震耳欲聾的聲響蓋過隆隆雷聲，冬青葉看到一棵樹開始倒下，樹根被拉出地面，火焰吞噬樹枝。燃燒的樹葉和樹枝如雨點般灑上空地。充滿驚恐的叫喊聲在冬青葉身邊響起。她看到棘爪衝進育兒室，沙暴用腳掌對著一段燃燒的樹枝潑水，想阻止火焰延燒到戰士窩。

灰紋大喊：「蜜妮！」然後就衝進隧道，往兩腳獸窩奔去。

他粗大的灰色尾巴一消失，火星就從隧道口出現，他衝到空地中央，雨水使他火紅色的皮毛顏色加深，上面是一道道泥濘。但他抬高了頭，發出一聲命令式的大喊。

「出去！大家全都出去！留在這裡會被困住的！」

貓兒陸陸續續從窩裡出來，他們踩著水花跑過空地，迂迴走著或往旁縱跳，躲避如雨點般紛紛掉落的殘枝散葉。

「跑到兩腳獸窩去，」火星下令。「那裡可以避火。」

棘爪叼著小蜂從育兒室出來，黛西帶著小花跟在後面，小玫瑰和小蟾蜍跌跌撞撞地跟著母親。鼠毛的尾巴放在長尾肩頭引導著他。冰掌和狐掌驚恐地睜大雙眼，被他們的導師推向荊棘屏障。

冬青葉往四周看著想找獅焰和松鴉羽，但逃跑的群貓裡並沒有他們的影子。她試著控制心中的恐懼，想到松鴉羽會需要幫忙才逃得出去。松鼠飛又怎麼辦？她的傷口還會痛，而且尚未完全恢復元氣。

冬青葉在傾盆大雨和猛烈的火勢中，踩著水花奮力跑向巫醫窩。她在藤幕前遇到嘴裡叼滿藥草的葉池，松鴉羽就在她身邊。

「去幫忙其他貓！」冬青葉上氣不接下氣地對巫醫說。「我來帶領松鴉羽。」

葉池點頭表示同意，然後衝向隧道。

「我自己來就可以。」松鴉羽憤怒地說。

「少鼠腦袋！」冬青葉忿忿地回嘴，「外面正在起火。少抱怨東抱怨西的，抓住我的尾巴。」

弟弟一口咬住她的尾尖時，她縮了一下，然後轉身往隧道走去。獅焰突然出現在大雨中。

「你們在這裡，」他欣慰地喘著氣。「我們走吧。」

三隻貓一起往隧道走去。這時空地上已經空了，彷彿族裡包括火星在內的所有貓都已經離開。**他們能否安全抵達兩腳獸窩呢？**冬青葉納悶著。還是他們會在樹林裡走散？雷族到頭來還是會四分五裂嗎？

她和兄弟才走到空地的一半，一道長長的閃電從天上擊中遮住營地入口的屏障，屏障裂開然後爆出火苗。隧道被火焰吞沒了。

冬青葉停步，嚇得僵在當地。「我們出不去了！」

她狂亂地張望，試著想出辦法。營地上到處散著燃燒的樹枝，還有更多正從被閃電擊中的樹上落進山谷。戰士窩已經開始悶燒，那裡也不能躲。

「見習生洞穴……」她喘氣，雖然心裡也知道那裡太淺，火勢蔓延就起不了保護作用。

「不，到這裡來。」松鼠飛的聲音從她身後響起。冬青葉轉身看到母親急切地揮尾巴指著那面石牆。「還有一條路可以出去。」

一陣欣慰湧上冬青葉全身，她覺得難堪極了，好像自己仍然沒長大，還需要被母親照顧。她帶著松鴉羽，跟著松鼠飛繞過生長在山谷牆腳的一處蕨叢，獅焰殿後。

冬青葉驚訝地看到蕨叢後方的岩石已散落，從雨中望去，看到裂縫間亂七八糟地長著樹叢和野草，一直延伸到上方。

「這是出營地的密道！」她喊。「我們竟然從來不知道！」

「感謝星族，」松鼠飛冷冷駁斥。「你們小時候和當見習生時惹的麻煩已經夠多了，用不著知道這個。」她話聲一轉，又緊張起來：「松鴉羽，你先過來，聽我的聲音走。不怎麼難爬。」

「我們會在後面，要是你掉下來我們可以接住你。」獅焰向弟弟保證。

「我又不是小貓！」松鴉羽頂嘴，但冬青葉看得出來他其實怕得發抖。

松鼠飛從蕨叢中往上爬，勾在半空呼喊松鴉羽好讓他跟過去。松鴉羽奮力跟在後頭，後腳不小心踩空，身體掛在常春藤的卷鬚上搖晃。

「老鼠屎！」他呸著說，又手忙腳亂地維持平衡。

松鼠飛繼續引導他往上，雖然她自己肯定也害怕其中一個孩子會掉下去，但她的聲音現在冷靜多了。

冬青葉和獅焰跟著爬。松鼠飛雖然說過不難，冬青葉卻覺得滂沱的大雨隨時會把她沖下岩石，或閃電隨時會擊中她腳下的荊棘。黑暗、熊熊火光和隆隆雷聲圍繞在她身邊，她看不到族貓，也以為自己永遠爬不到頂。

但終於她又聽到了母親的聲音。「幹得好！」松鼠飛咬住她頸背，把她拖上崖頂。她躺著喘氣，看著母親推著獅焰爬到身邊。松鴉羽躺在她的另一邊，閉著眼睛，身側上下起伏。

「離崖邊遠一點，」松鼠飛警告。「岩石很鬆。」她轉身，帶頭走進樹叢。

冬青葉推著松鴉羽站起。「再走一段你就可以休息了。」

弟弟露出牙齒發出微弱的咆哮。她看得出來，弟弟永遠不會承認這段路他爬得有多艱苦。

「願意的話，可以靠在我肩頭。」獅焰提議，站到松鴉羽的另一邊。

「哼，鼠腦袋──」

松鴉羽惱怒的噓聲被一道照亮整片天空的閃電打斷，閃電來勢洶洶地刺下，彷彿要把三隻貓兒都釘在它的爪下。雷聲在他們頭頂轟隆地響，樹叢開始起火燃燒。

冬青葉發出恐懼的叫喊。貪婪的深紅色火舌朝她和兄弟伸來，擋住他們遠離崖邊的路，雨點打上樹叢，濃煙騰騰上升，冬青葉被嗆得咳嗽。滂沱的雨勢漸漸減弱了，但還沒停的小雨卻不足以熄滅火勢。

一陣熱流向冬青葉襲來，她直覺地後退，感到腳下的岩石開始碎裂。她慌忙跑開，往下一看，只見空地上東一塊、西一塊都是火焰和黑暗。就算他們能在火和雨裡安全爬下去，那裡也已無路可逃了。

「怎麼回事？」松鴉羽在炙熱的氣流中縮低身子。「我們該往哪邊走？」

「我們哪裡也去不了，我們被困住了。」獅焰的聲音很鎮靜。他金黃色的皮毛反映出火光，在眼中閃爍。「松鼠飛！」他喊。「妳在外面嗎？幫幫我們！」

他喊話時有根樹枝夾帶著火焰從其中一處樹叢垮下，冬青葉拖著松鴉羽及時離開那塊地方。三隻貓兒在崖邊縮成一團。

「我在這裡！」松鼠飛的聲音尖細中帶著驚恐。「我要把一根樹枝推到你們那邊，你們可以趁樹枝著火前，踩在上面跑過來。」

「好，我們會做好準備。」獅焰回答。

弟弟的勇氣讓冬青葉感到一陣感激。要是沒有他，她肯定會慌張個半死，在大火和大雨中被困在營地。但他們會緊守著不分離，他們三個，就跟以往一樣被那個預言保護著。

火焰外，冬青葉聽到重物被拖過樹叢的聲音，她的信心立刻像灰燼被吹散了。

「她辦不到的，」她低聲對獅焰說。「那些傷口怎麼辦？她不夠強壯呀。」

「松鼠飛永遠會做她非做不可的事。」獅焰回答。

小火苗開始在草地上竄起，雨水落上時發出嘶嘶聲，留下冒著煙的焦黑土地，但火苗愈來愈多，燃燒的酸味充塞空中。一片燃燒的樹葉飄到松鴉羽身上，獅焰一掌把火打滅，滿布濃煙的空氣裡又多了一絲毛被燒焦的惡臭。

紅橘相間的火焰外，冬青葉瞥見松鼠飛正奮力把一段樹枝拖向火堆。她已經是一副累壞了的模樣。獅焰繃緊身上的肌肉，好像想跳過樹叢去幫她。

「不！」冬青葉咳著喊。「太遠了。」

獅焰還來不及爭辯，另一個身影從濃煙裡竄出來，站到松鼠飛身邊。他雙眼燃燒著，一身灰毛纏在一起，夾著幾塊燒焦的樹葉和樹枝。被煙霧和火焰弄得有些頭昏腦脹的冬青葉幾乎以為自己看到戰士祖先，然後才認出是灰毛。

松鼠飛放下樹枝。「幫我推進火裡！」她吼。

灰毛強有力的嘴咬起樹枝，用力一推樹枝就穿過火牆。但冬青葉仍舊不放心。灰毛眼裡有種她不明白的神色，就像貓剛發現一個出乎意料的肥美獵物那樣。

樹枝在火焰中成了一座橋，灰毛站在另一端，擋住通往安全的路。獅焰推著松鴉羽站起，冬青葉往樹枝跨出一步，然後不動。看著灰毛閃爍的藍眼，她感覺肚子裡有股寒冷的重量。

「灰毛，快讓開。」松鼠飛的聲音顯得困惑。「讓他們出來！」

「棘爪可不在這裡，不能照顧他們。」灰毛冷笑。

冬青葉感覺全身的毛開始豎立。灰毛這是什麼意思？

獅焰金黃色的毛也開始豎起。「你把我們的父親怎麼了？」他隔著火焰大吼。

灰毛同情地看著他，一對眼睛在燃燒的樹林中宛如兩簇火焰。「我何必在棘爪身上浪費時間？」

這根大樹幹很結實，不容易著火，但上面的葉子卻開始捲曲，小枝幹也開始冒煙了。冬青葉發覺要不了多久，這根通往安全的橋就會開始燃燒。

松鼠飛搖搖晃晃地走向灰毛。冬青葉從沒見過母親如此生氣，她的毛全在憤怒中豎起，看起來就像虎族的戰士。然而爬上崖頂、勉強推動樹枝顯然也讓她大傷體力，她真的累慘了。

「你跟棘爪的爭吵該結束了，」她噓聲說。「已經過了這麼多個月，你不能一直拿一件水到渠成的事來懲罰棘爪。」

灰毛驚訝地豎起耳朵。「我跟棘爪沒有爭執。」

冬青葉跟獅焰震驚地互看一眼。「在我看來可不是這樣。」

「我一點也不在乎棘爪。」灰毛繼續說：「愛上一隻不忠的母貓又不是他的錯。」

不忠?冬青葉喉嚨裡開始發出吼聲，但她停止吼聲，望著燃燒樹枝另一端的兩隻貓。一種不祥的感覺籠罩在她面前，就連置身在熊熊的火焰裡，她也感到一絲寒意。她縮身貼緊獅焰和松鴉羽，松鴉羽抬起頭，睜著熱切的盲眼，好像看得到母親與灰毛的衝突。

「我知道妳以為我一直不原諒棘爪把妳從我身邊偷走，但妳錯了，每隻這麼想的貓也都錯了。我要報復的對象是妳，松鼠飛。」灰毛的聲音在狂怒中發顫。「一直都是妳。」

冬青葉驚恐極了，她退後一步，踩在崖邊的後腳就快要滑落。她調過頭，閃電打了下來，雷聲掩蓋住包括熊熊烈焰在內的所有聲響。有一個心跳的時間她就懸在半空，發出一聲哽住的叫喊。

然後她感覺到頸背上被牙齒緊緊咬住，她在濃煙中眨著眼，發覺是獅焰把自己拉回安全地帶。但這裡並不安全，只有飢餓的火焰和擋住樹枝另一端的灰毛，眼中滿是憤怒。兇猛的火花落在這三隻年輕貓兒身上，燒炙著他們的毛，樹幹下方也有火焰舔舐。看到樹幹已經開始悶燒，恐懼再度席捲冬青葉全身。

灰毛非得讓我們出去不可！但冬青葉找不出話來懇求他。這裡所發生的事跟他們無關，儘管他們有可能因此喪生。

「這一切已經是好幾個月以前的事了。」松鼠飛很困惑。「灰毛，我完全沒想到你還不高興。」

「不高興？」灰毛重複她的話。「我才沒有不高興。妳根本不知道我有多痛苦，那感覺就像每天被刀割，鮮血直流不停。我真不懂怎麼會沒貓注意到我的痛苦……」

他的眼裡蒙上陰影，聲音變得瘋狂又遙遠，好像看到鮮血灑在身上，在燃燒的地上滋滋作響。冬青葉忽感一陣驚恐，緊緊靠著弟弟們。這隻貓遠比暴風雨、火焰，或後腳跟旁隨時會讓她掉落的懸崖還要危險。

驚慌的她想走到樹枝盡頭，灰毛立刻圍過來，馬上又一臉警戒，露出牙齒咆哮。

「別動！」他轉向松鼠飛，但一隻腳掌仍留在樹枝上，噓聲說：「真不敢相信！妳竟然不知道自己傷我有多深。瞎了眼的是妳，不是松鴉羽。妳以為是誰傳訊給火星，要他到有狐狸陷阱的湖邊去？我要他死，讓妳失去父親，好讓妳明白到底什麼叫做痛苦。」

冬青葉震驚的眼神迎上了獅焰的。「他想殺掉火星？」她驚呼。「他瘋了！」

獅焰眼中閃著決心，鼓起肌肉準備來個大跳躍。「我去跟他打一架。」

「不！」冬青葉緊咬著他。「不行！」她無法清楚地說話。「他會把你推進火裡。」

「當時棘爪救了火星，」灰毛繼續對松鼠飛說。「但他現在不在這裡了，他不在——但妳的孩子都在。」

松鼠飛的眼睛在燃燒。有一瞬間，冬青葉以為她會撲向這隻灰毛戰士，但她知道疲累又痛苦的母親不可能打贏。松鼠飛似乎也明白這點，她站起身、昂起頭，即使渾身發抖，卻清楚、勇敢地表達。

「夠了，灰毛，你要傷害的對象是我，這幾個孩子從來沒有傷害過你。你要對我怎麼樣都可以，但讓他們從火裡出來吧。」

「妳不懂，」灰毛用彷彿是第一次見到她的神情望著她，聲音困惑又任性。「只有這個辦法才能讓妳感受到妳在我身上造成的痛苦。妳選擇了棘爪，把我的心扯碎，不管我對妳做什麼都及不上那種痛苦。但妳的孩子……」他的目光穿過火焰，看著三隻貓，眼睛瞇成兩條深藍色的縫。「如果讓妳看著他們死，那妳就會明白我所受的痛苦了。」

劈里啪啦的火威脅著要靠近，冬青葉覺得那股熱度幾乎要把她身體燒成灰燼。她往後挪了挪，才發現後腳下面就是山谷邊緣，他們三個貼身縮在一起，只要其中有誰失去平衡，大家都會被拖下懸崖。冬青葉看了看懸崖，又看了看大火，忍不住全身發抖。

松鴉羽緊貼著地面而伏，身上的毛被雨淋得溼透貼身，使他看起來比平常更瘦小。獅焰的爪子在閃電乍現的亮光下閃爍，但他緊繃著後半身卻不是因為準備撲向灰毛，而是在努力不讓自己跌下懸崖去。

松鼠飛抬起頭，目光定定注視灰毛瘋狂的雙眼。「那你弄死他們吧，」她說。「我不會傷心的。」

灰毛張開嘴想說話，但什麼也沒說。冬青葉和兄弟倆都凝視著母親。**松鼠飛在說什麼？**

松鼠飛退開一步，不在意地別過頭，一雙綠眼裡的兇狠神色是冬青葉前所未見的，另外還有一種她不了解的表情。

「如果你真的想傷害我，就得另外想點更好的辦法。」松鼠飛咆哮著說。「他們不是我的孩子。」

第二十一章

暴風雨和火的聲音都消退了，松鴉羽唯一聽見的是鮮血洶湧流過耳朵的聲音。他搖搖頭，極力想聽松鼠飛和灰毛接下來說了什麼，一面憎恨自己看不到他們的表情。

「妳說謊。」灰毛的語氣充滿不可置信。

「不，我沒有。」松鼠飛聲音輕柔說，但她的怒意卻穿透劈啪作響的火焰。「你看過我生他們嗎？我哺餵他們了？我在育兒室住到他們成為見習生嗎？沒有。」

「可是——我……」灰毛開口，又說不下去。松鴉羽幾乎可以聽見他腦海奔流的回憶。

「我欺騙了你們，包括棘爪在內，」松鼠飛輕蔑地繼續說。「他們不是我的孩子。」

「族裡誰都不知道？」灰毛的態度從不相信轉為不確定了。

「對。他們全都跟你一樣，看不見真相。」

松鴉羽感覺灰毛腦中靈光一閃，再次奪得

掌控權。「要是我說出去，妳想會怎樣呢？」他追問。「妳的族貓要是知道妳欺騙了他們——欺騙了火星、妹妹、棘爪，還會讓妳留在雷族嗎？」

「你會告訴他們？」松鼠飛的聲音痛苦得尖銳起來。

「妳以為我不會說？我還是可以讓妳失去妳的最愛，棘爪不會想再跟妳有任何瓜葛。妳要是以為我會替妳保守祕密，那妳實在很蠢，不過妳一直都這麼蠢，松鼠飛。我會讓這三隻貓——不管他們是誰的孩子——活下去，但妳的苦難才剛開始。」

樹叢間一陣窸窣聲，灰毛的氣味就隨著他的走遠而消失了。

「松鴉羽，樹枝在這裡。」獅焰的聲音很緊張。松鴉羽感覺哥哥咬住自己頸背，他被拉起來。獅焰提著他直到他站穩。「正前方，」他說。「快跑。」

松鴉羽信任獅焰的指示，在兩旁的熱氣和熊熊火光中快跑向前。他踩上一根燃燒的小樹枝，肉墊上的一陣刺痛使他發出噓聲。他半跳半墜地離開樹枝，腳下的地面熱熱的，但並沒有燃燒。他安全了！幾個心跳過後，他聽到冬青葉和獅焰跳到自己身邊的聲音。

雷聲轟隆作響，但現在聲音遠多了，暴風雨似乎正在遠離。慈悲的雨又落下，澆熄火焰時發出嘶嘶聲。風也變弱了，樹木傾倒的危險已經過去。松鴉羽聽到下方山谷傳來吼聲，似乎正要回營地的貓發現他們在懸崖上。但他們都沒理會。

「松鼠飛？」冬青葉的聲音發顫。松鴉羽感到她既不敢相信又恐懼。「剛才那些不是真的吧？我們是妳的孩子，對不對？」

一段長長的沉默。松鴉羽已經知道答案，他腦海中充滿松鼠飛絕望的悲傷和悔恨——還有洶湧而來的愛，母親對孩子的愛。這一切在她對灰毛的話裡都成了謊言。松鼠飛愛過他們，但她並不是他們的母親。

「真對不起，」松鼠飛輕聲說。「我早該把真相告訴你們的。」

「什麼意思？」獅焰質問。哥哥益發高漲的怒火使松鴉羽一陣暈眩。

「當時我們認為這樣最好，」松鼠飛哀求著。「我保證，這是我們做過最困難的事。」

「我們？誰是我們？」獅焰反問。

松鼠飛沒有回答，她腦中愛意與悔意糾纏得一團亂，松鴉羽也無法知道究竟哪個多。

「棘爪知道嗎？」冬青葉抽噎著。松鴉羽聽到她的爪子在地上抓扒。

「他從未欺騙你們。」松鼠飛說。「他……他不知道。」

「妳讓他以為我們是他的孩子？」冬青葉的聲音拔高，變成尖叫。「所以妳也騙了他。可是……如果妳不是我們的母親，會是誰？」

松鴉羽再度探索松鼠飛腦海，想尋找記憶，但他只感覺到一團模糊，裡面有雪、有長途旅程、蕨葉刮著她身體，這個天大祕密的愧疚感已讓她力不從心。他知道當時還有一隻貓跟她在一起，但那影子太過模糊，他認不出是誰。

「我不能說。」松鼠飛的聲音低得幾乎聽不見。

「妳能說，但妳不肯說！」獅焰的聲音裡充滿痛苦和憤怒。松鴉羽也在冬青葉身上感覺同樣的情緒，但他體內卻有什麼令他鎮靜，彷彿他早已知道事情會變成這樣。如果他們就是預言裡的三隻貓，掌中握有星族的力量，那麼他們的出生背景異乎尋常也是合理的。

「對不起，」松鼠飛的聲音穩定了些。「我知道這麼說沒有用，但就算你們是我親生的，我也不可能比現在更愛你們。我真替你們三個感到驕傲。」

「走開，別管我們！」冬青葉發出噓聲。「妳沒有資格為我們感到驕傲，沒有資格對我們有任何感覺！妳讓我們以為妳是母親，但妳並不是！」

「求求你們……」松鼠飛哀求著。

獅焰的聲音冷酷。「走開。」

松鼠飛身上散發出一股滯悶烏雲般的悲哀，差點讓松鴉羽站不穩腳步。他聽到她轉過身，跌跌撞撞地走進樹叢，好像再也不在乎燒痛肉墊。

他們三個在焦黑的樹叢旁，誰也沒說話。松鴉羽震驚地說不出話，覺得兄姊也是。他們差點死掉，還跟灰毛澈底的瘋狂正面對決，但最令他們震撼的卻是松鼠飛剛才說出口的祕密。

「如果他們不是我們的親生父母，那誰才是呢？」冬青葉終於顫聲發問。

「這個可以待會兒再想，」心寒的怒意仍鼓盪在獅焰的聲音裡。「首先我們必須決定，灰毛把事情告訴全族時，我們該怎麼辦。」

「你覺得他會嗎？」冬青葉問。

「妳覺得他不會？」獅焰反問。「他只求所做的事能傷害松鼠飛，別的什麼都不在乎，而這件事能把她傷得最重。」

怪異的是，松鴉羽似乎脫離哥哥姊姊焦慮的提問，他只感到一股和緩的好奇，想知道接下來會怎麼樣。

「我們什麼都不要對族貓說。」冬青葉憂心忡忡地說。「要是他們也懲罰我們怎麼辦？他們會想我們早就知道了，我們得裝作跟平常一樣。也許灰毛什麼也不會說。」

「那刺蝟就會飛了，」獅焰反駁。「但我同意至少在我們得知真相以前不該說出去。如果族貓知道是怎麼回事，我們就得自衛，好讓他們知道我們跟此事無關。好嗎，松鴉羽？」

松鴉羽點頭。「好。」

「那我們就回營地吧，」冬青葉說。「那裡會有一大堆事情得做。」

松鴉羽手忙腳亂地穿過所剩無幾的荊棘屏障後，聞到石頭山谷裡的焦味和苦味。他被父親——不，棘爪——的聲音嚇了一跳。「你們都還好嗎？」

「我們沒事，謝了。」獅焰僵硬地回答。

「那你可以去幫蕨毛修補育兒室吧？冬青葉，妳也去，再多從樹林裡找點蕨葉來。松鴉羽，葉池要找你，蛛足的腳掌燒傷了，長尾也被一根倒下的樹幹砸到頭，可能還有其他我不知道的傷。」

「好，」松鴉羽聽到棘爪走開，就轉向哥哥姊姊說道，「別忘了，我們什麼也不能說。」

但當他踩著被燒傷的肉墊，一跛一跛地走向巫醫窩時，他感覺灰毛就站在空地邊緣。他知道這隻灰毛戰士的目光定定注視自己，清楚得就像他能看到灰毛燃燒著的藍色目光。

午夜說知識並不總是等於力量，但有時候是。而灰毛現在擁有毀掉我們全部的力量。

第二十二章

暴風雨過後的那天早上，獅焰獲派跟蕨毛、栗尾和煤心一起負責黎明巡邏。他們走出石頭山谷，要不是林地上七橫八豎地都是樹枝，和被閃電擊中的焦黑樹皮，獅焰幾乎可以裝作那場暴風雨是自己夢到的。

離開石頭山谷的途中他好奇得全身發癢，想知道這趟巡邏回來後，迎接自己的會是怎樣的責難和驚呼。但營地上一片祥和，只有棘爪正在指揮各窩的修補工作。刺爪和鼠鬚忙著把育兒室周圍的最後一個蕨葉縫隙填好，狐掌和冰掌叼著一大捆新鮮床鋪；雲尾和亮心合力把戰士窩燒焦的樹枝拖出來，白翅、樺落和莓鼻則把空地上的殘枝清走。獅焰聽到莓鼻抱怨這不是戰士的工作。

一切都沒變！他想。空地上沒看到灰毛的蹤影，但顯然這隻灰毛戰士尚未洩漏祕密。

獅焰很想相信那天的大風暴也像雨和雷聲過後一樣，只留寧靜，但他心底也知道，松鼠飛所引發的傷害將持續好幾個月。

「我們必須談談。」他跟冬青葉幫忙塵皮把荊棘枝梗拖到營地入口做新屏障時，冬青葉在他耳邊低語。「到樹林裡等我，我去找松鴉羽。」

她跑向巫醫窩，一會兒出現時，身後多了松鴉羽。獅焰看著他們從屏障邊、以前是泥地隧道的地方出去。他等了一陣子，然後走向塵皮。

「我去打獵好了，」他說。「獵物堆需要添點東西。」

「狩獵巡邏隊已經出發了，」塵皮咕噥道。「你嫌撿樹枝太枯燥嗎？噢，那你去吧，」他補充，對獅焰揮動尾巴。「但你最好帶點好吃的東西回來。」

獅焰快步走開，免得老戰士改變心意。他嗅到姊姊弟弟的氣味，就跟著那氣味進了樹林。他在空地邊緣稍停，張望四周，嚐嚐空氣。樹下傳來焦急的噓聲。「獅焰！在這裡！」

獅焰看到冬青葉從蕨叢中張望。「怎麼這麼久？」她問。

「我覺得等一下比較好。」獅焰一面解釋一面朝她走去，閃身進了蕨徑。「我不想讓其他貓懷疑我們偷偷見面。」

蕨葉後方的地面有個淺洞，松鴉羽就坐在裡面，獅焰爬進洞裡時他抬起頭。「好，」他說。「現在大家都在，我們必須決定該怎麼做。」

「我們能做的事情只有一件，」冬青葉的爪子憤怒地在柔軟的土地上扒著。「我們必須找出真正的父母是誰。松鼠飛不肯說，但我們有必要知道！」

「不，我不同意。」獅焰說。

「什麼？可是你說——」

獅焰舉起尾巴要她住口。「我想知道父母是誰的心跟妳不相上下，但那並不是目前最重要的事。我們最大的問題在於該拿灰毛怎麼辦。」

「我恨灰毛！」冬青葉一揮尾巴，她的情緒捲入另一場恐懼和挫敗的暴風雨裡。

獅焰把尾巴放在她肩頭。「他遠比發瘋的狐狸還要瘋，但那不是重點。」他忽然想起這位灰毛戰士當自己導師時他倆所做的打鬥。灰毛的藍眼燃燒著戰鬥的怒火。**他當時就想殺我好讓松鼠飛傷心嗎？**「我們一定要想出辦法讓他噤聲。如果洩漏出去，松鼠飛會有大麻煩的。」

冬青葉不屑地抽動耳朵。「那是松鼠飛的問題，不是我們的。」

「那是我們大家的問題。」獅焰忍不住同情起松鼠飛。沒錯，她的確欺騙了他們，但她也一直盡心盡力照顧他們，把他們視若己出。「只要灰毛知道我們的祕密，他就有力量對付我們。」他試著想像那會是什麼狀況，身上的每根毛都發痛了。

「你就是不懂，對不對？」冬青葉責罵，目光燃燒著綠色的火焰。「你難道不明白——我們可能根本不是貓族！」

獅焰張嘴想回答，但什麼也沒說。冬青葉的言外之意嚇著了他。

「我們可能根本不屬於貓族——不在戰士守則的規範內。」她那語氣彷彿再沒有比這件事更糟的了。「要是松鼠飛受託於路過的獨行貓或寵物貓呢？」

「可是——可是我們有三個，」獅焰結結巴巴地說。「預言說的是我們，我們會有比星族還強大的力量。我們怎麼可能會不是貓族？」

「我想你們兩個都忘了一件事，」松鴉羽第一次插嘴，聲音冷靜而遙遠。「預言告訴火星『有三隻貓，你至親的至親……』要是松鼠飛不是我們的母親，那我們就不是火星的親戚，對不對？」

獅焰和冬青葉瞪視著弟弟。這隻小虎斑貓鎮靜地坐著，四隻腳都裹在尾巴內。「怎麼樣？對嗎？」他重複。

「雲尾是火星的親戚……」獅焰滿頭霧水地開口，但冬青葉的一聲尖叫蓋住了他的話。「我就知道！我們的身世一點也不稀奇！你們都擅長打鬥，至於松鴉羽——唔，他是巫醫，所以當然會做夢！」

獅焰感覺血管裡的血變冷、流速變慢了。會是真的嗎？**但我打鬥時會有的那種感覺又怎麼解釋？我知道我能夠隻身打敗一整族的敵人！**他甚至無法去想自己可能根本不是預言的對象。**因為如果我不是，那我的技巧就是得自虎星，而他對我說的那些愚蠢夢境的話全都說對了。**

然後，另一個想法閃過他腦海，遠比第一個念頭還令人擔憂。**如果棘爪不是我父親，那麼我就不是虎星的親戚。他要是知道了，會對我怎麼樣？**

⁂

幾天不知不覺地過去。營地的修復工作結束，蜜妮和小薔終於從兩腳獸窩那裡回來，灰紋驕傲地走在她們身邊，小薔走在前面。獅焰真不敢相信她就是之前被叼出營地的那隻小貓，當時的她就像死了似的。蜜妮仍然瘦削，但她的尾巴跟灰紋的愛憐地纏在一起，眼裡閃著健康的光輝。黛西歡迎她回到育兒室，其他小貓都撲向小薔，開心地跟她扭打嬉鬧。

風掃過樹林，帶來禿葉季即將來臨的寒意。最後幾片葉子轉圈從樹上飄落，獵物愈來愈難找了，但雷族已完全恢復元氣，要讓獵物堆疊已不成問題。松鼠飛開始做些輕鬆的戰士勤務，甚至連在暴風雨中受傷的戰士都離開了巫醫窩。

獅焰注意到白翅日漸臃腫，樺落也開始發福，臉上有著驕傲的神情。所以雷族會有更多小貓了！外表上看來，一切都順利平靜。

但獅焰不再覺得跟族貓去巡邏是件樂事了，灰毛知道的事就像暴風雲懸在他頭頂。冬青葉對他們的親生父母是誰仍耿耿於懷的同時，獅焰卻鎮日擔憂該怎樣說服灰毛不要洩漏祕密。他經常發現灰毛在看他，一雙藍眼裡帶著邪惡的承諾。這隻灰毛戰士在等什麼？獅焰無法相信灰毛會改變心意，不再威脅要把松鼠飛所做的事說出來。

一個有陽光、有清冷微風的早上，獅焰走出戰士窩，看到灰毛和火星同在獵物堆旁，他肚子一陣翻攪，卻裝作漠不關心地走過，挑了一隻老鼠來吃。雖然他覺得自己可能一口都嚥不下去，還是蹲下來吃著，他背對著族長，豎直耳朵。

「再過幾個日出就是大集會了，」灰毛說。「我去參加如何？」

火星似乎有些驚訝。「我通常在大集會當天才選同行的戰士，但如果你想去……」

「謝了，火星。」

獅焰大膽瞥了一眼，看到這隻灰毛戰士朝荊棘隧道走去。**我知道灰毛想要怎樣了！他要在大集會上對所有貓兒宣布松鼠飛的祕密！**

冬青葉離開戰士窩，獅焰迎上前。「老地方，」他噓聲說。「我去找松鴉羽。」

他從掛在巫醫窩的藤蔓間窺視，看到松鴉羽正拱背要伸展身子。葉池仍蜷伏在床鋪上睡。

「獅焰？」松鴉羽抬頭。「怎麼了？」

「我們得談談。」獅焰告訴他。

他帶頭走向戰士窩後的裂縫，冬青葉已經等在那兒了，一雙綠眼裡滿是恐懼。「發生什麼事？」獅焰一現身她就發問。

「我剛才聽到灰毛問火星他能不能去參加下次的大集會。」

冬青葉的爪子一張一縮，頸上的毛開始豎立。「不！不行！」她哀號。

「安靜。」松鴉羽罵道。「妳想被所有貓聽到嗎？」

「我們一定要設法阻止他。」冬青葉壓低聲音，但聲音裡仍充滿慌急。「否則他就會把我們的事告訴四族了。」

獅焰點頭。「松鼠飛會在大家面前蒙羞。我們可能會被趕出湖邊。」

「火星不會准的！」冬青葉震驚極了。

「火星可能別無選擇。」松鴉羽說。「妳也知道其他貓總是責怪火星收留獨行貓，族裡有些貓兒也同意，他們認為那樣削弱雷族的力量。火星為了全族著想，他可能會把我們送走。」

雷族——不是他們的部族。弟弟對風險的冷靜評估讓獅焰從耳朵到尾尖都一片冰涼。他再也無法相信任何事了。他努力要成為貓族裡最棒的戰士，現在只因為灰毛所知道的事，讓這一切都受到威脅。「也許我們應該告訴松鼠飛。」最後他提出建議。

「為什麼？」冬青葉呸了一口，爪子在地上留下深深的抓痕。「她又能怎樣？我可不想跟那隻撒謊的貓兒再說半句話！」

「但看樣子她是唯一能夠影響灰毛的貓了。」松鴉羽表示。

「那你去跟她說！」

「我們一起跟她說。」獅焰想保持鎮靜。「冬青葉，理智一點。我們必須盡力阻止灰毛。」

他不等姊姊同意，就扭身離開戰士窩後的窄縫，目光掃過空地。他的姊弟們跟在後面，冬青葉的一雙綠眼閃著怒意。

空地上，獅焰並沒看到松鼠飛。他從戰士窩的樹枝間探頭進去，看到她正在苔蘚鋪位上打盹。「松鼠飛！」他噓聲說。

這隻薑黃毛色的母貓立刻抬起頭，希望充溢眼裡。獅焰感到一陣同情。自從暴風雨過後，這是他們第一次跟她說話，她一定以為他們準備原諒她了。

「能不能跟妳私下談談？」獅焰輕聲說，不想把在窩裡睡覺的其他貓吵醒。

「好，」松鼠飛急切地跳起來，甩掉身上的幾塊苔蘚。「當然可以。」

她走到窩外，看到三隻貓都在等待，眼裡的希望頓時轉為擔憂。「怎麼回事？」她低聲問。

「我剛才聽到灰毛請火星批准他去參加下次的大集會。」獅焰回答。

他不必清楚告訴松鼠飛這代表什麼意思。她驚慌地睜大了眼。「不……」她輕喊。

「妳準備怎麼做？」冬青葉逼問。「還是妳完全沒問題？要是火星把我們全都趕出去，我猜妳根本不會在乎吧。」

松鼠飛的尾尖抽動著，眼中閃過憤怒，但她鎮靜地開口：「火星不會那麼做的。他不會這樣對你們。」

「妳怎麼知道？也許我們不是貓族的貓？」松鴉羽問。

「你——」松鼠飛沒把話說完，又轉移話題。「我保證你們不會受到處罰。這個謊是我撒的，跟別的貓無關。」

「我們的親生母親也撒了謊，」冬青葉說，聲音裡透著咆哮。「不管她是誰……」

獅焰期待地望著松鼠飛，但她一無表情，嘴巴也閉得緊緊的。她顯然不肯把所有祕密都說出來。「我會跟灰毛談，」她說。「我會讓他明白，這樣傷害不了我。他是忠誠的戰士，不會做任何會削弱雷族力量的事……」她低下頭。「對不起。」她低聲說。

沒有貓回應她。幾個心跳後，松鼠飛轉身走回窩裡。

「她或許相信灰毛不會做出傷害雷族的事。」松鴉羽說。「但我可不信。我們一定要做點什麼。」

他轉身朝巫醫窩走去。獅焰看著他走遠，心想：說得可容易，但執行起來可不簡單啊。該怎麼做才能讓灰毛不說祕密呢？

那天晚上，鮮血湧進獅焰的夢裡。他全身精力充沛，扭動著、跳躍著抵抗看不見的敵人，直到爪子上鉤著灰毛，黏稠、腥臭的血黏在他毛上，空氣裡充塞著那股惡臭。

他醒來時身在戰士窩裡，大多數的鋪位都空了。獅焰急忙站起，覺得四腿僵硬，腳掌重得彷彿他真的整晚都在跟敵人拚鬥似的。他張嘴打個呵欠，伸長前腿，爪子伸縮著，動動肩上的肌肉。

獅焰覺得清醒多了，他走上空地，立刻心頭一緊，灰毛就在幾個尾巴外往正在獵物堆旁聊天的雲尾和亮心過去。

「快來，」灰毛說。「狩獵巡邏。」

獅焰走向他。「我可以加入嗎？」

灰毛嚇了一跳，然後瞇起眼。「當然。」

雲尾和亮心也加入了，巡邏隊朝樹林出發，獅焰殿後。他知道灰毛一定疑心大起，因為自從暴風雨那天起，他們三個都沒跟他說過話。但他不怕灰毛，他得想辦法找個沒有其他貓在的時候跟他對質。

獅焰不知道該怎麼讓灰毛跟雲尾、亮心分開，但他無須擔心。他們沿著舊兩腳獸小徑朝廢棄的兩腳獸窩走，雲尾停下來嗅著空氣。

「我想去兩腳獸花園那邊試試，」他宣布。「那裡已經有一陣子沒貓去了。」

灰毛聳聳肩。「我覺得這是浪費時間，但你想去就去吧。我們再跟你會合。」

雲尾和亮心離開道路。灰毛看著他們走出視線範圍，然後轉向獅焰。「怎樣？你想幹嘛？

我猜你要求加入這隻巡邏隊，不是為了想陪我吧。」

「不，」獅焰沉穩地回答。他覺得難以區隔對灰毛身為族貓和前任導師的尊敬，和對這隻在暴風雨那晚威脅過他們、現在又拿松鼠飛撒謊一事當把柄的咆哮貓的厭惡分開。「我聽到你問火星參加下次大集會的事。我知道你準備在那裡做什麼。」

灰毛抽動鬍鬚。「所以呢？」

「我要請你別這麼做。不是為了我們，」獅焰補充，「而是為了全雷族。雷族的命運掌握在你手中。」

灰毛大大嘆了口氣。「少拿對雷族效忠這點來說動我。」他冷笑。「我已經被松鼠飛叨唸過了。我跟她說過，現在我也跟你說——沒有任何貓能阻止我。」

獅焰感覺頸上的毛開始豎立。他伸出了爪子。「別逼我對你動手。」

灰毛的爪子立刻伸出，他瞇起眼，眼中閃爍著敵意。「有膽子就試試看，」然後他又鬆懈下來，縮回爪子。「高貴的獅焰？攻擊同族的戰士？不，你絕不會冒著失去雷族地位的風險攻擊我的。」

他輕蔑地哼了一聲準備走開，然後又回過頭。「你受到戰士守則的限制，跟大家一樣。」

「戰士守則讓你毀掉我們的貓族嗎？」獅焰逼問大步走開的他。

灰毛不理他。獅焰看著他消失在樹叢裡，他絕對不會讓這隻貓奪走雷族奮鬥得來的一切——他所奮鬥得來的一切。

「也許我沒有你想像中的那樣受到戰士守則的限制……」他低語。

第二十三章

松鴉羽盤在巫醫窩裡自己的鋪位上，等著睡意襲來。獅焰跟松鴉羽說了他在樹林裡跟灰毛對質，而這位灰毛戰士拒絕他和松鼠飛的請求。**如果那樣沒有用**，松鴉羽心想，**那就該試試別的辦法**。

他打著呵欠，把身子埋進更柔軟苔蘚之間，想像自己走出藤幕，橫越空地到戰士窩。他穿過樹枝，小心翼翼地在睡著的貓中間走過，最後站在一團灰毛隆起前方，那是灰毛。

松鴉羽撥了撥苔蘚，替自己弄出一個位置，然後伏在灰毛身邊，讓自己的呼吸跟這位戰士的相合。

不久他就感到一陣勁風吹來，他醒來後發現自己在樹林裡，距離影族邊界不遠。灰毛不在，但樹林看來似乎有些不同，除了他看得見以外，身上的毛也都倒豎著好像期待會有場打鬥。他伸出爪子蓄勢待發，對獵物的氣味比以往更加警覺。

風把草吹平了，帶起草地上的枯葉，松鴉羽朝其中一片撲過去，享受著腳下劈里啪啦的碎裂聲響。在清醒的世界裡，他看不到樹葉被風吹起，也無法拿樹葉這麼玩。

「但你已經不是小貓了。」他低語。

就在同一時間，他聽到有貓穿過樹叢走來的聲音。蕨葉的卷鬚在松鴉羽面前分開，灰毛走了出來。他大驚停步。

「你在這裡做什麼？」

松鴉羽聳聳肩。「我也可以問你同樣的問題。」他上前走近，用尾尖把灰毛肩上的一塊蕨葉拍掉。

灰毛頸上的毛豎起。「你看得見！」

「當然。你在做夢，灰毛。你不知道嗎？」

灰毛戰士退後一步，藍眼中透著困惑。「我為什麼會夢到你？」

「因為我想跟你在不會被打擾的地方談談，一個你不得不聽我說的地方。」

灰毛冷笑一聲。「我沒必要聽任何貓說話，更別提是一隻骨瘦如柴的巫醫貓。何況，我也知道你要說什麼，你要求我在下次大集會上什麼也別說。哼，你可以省省力氣，我想說什麼就會說什麼，那隻撒謊的母貓會永遠被逐出雷族，而且不會被其他貓族收留。」

松鴉羽瞇起眼。「灰毛，你會後悔的。」

這名戰士朝他逼近，憤怒在他眼中悶燒。「你在威脅我？我一掌就能打斷你的脖子。」

「試試看啊，」松鴉羽毫無懼意。「這是夢，你忘了嗎？」

一時間灰毛顯得有些手足無措，然後他一揮尾巴。「對，這是夢，這一切都是我想像出來的。我還是沒必要聽你說話。」

「灰毛，別怪我沒警告你。」松鴉羽跨前一步，定定注視這名族貓。「我是巫醫，我的話代表星族的旨意。如果你一意孤行，你會後悔的。」

灰毛又退後，後半身碰到蕨葉。「是啊，星族都知道的，」他漲紅著臉。「撒謊的是松鼠飛，她不值得任何貓對她忠心。」

他轉身鑽進樹叢。

松鴉羽站著看他走遠，直到蕨葉卷鬚停止搖晃。灰毛聽到他的警告了，但對醒來後的他會有多大影響呢？

第二天早上，松鴉羽跟葉池忙著把藥草分類，他的導師似乎有些心不在焉。

「我們需要更多水薄荷，」她低聲說。「暴風雨過後，我們在受傷的貓身上用掉好多。」

「不，這才是水薄荷，」松鴉羽把一堆水薄荷推到她面前。「我們多得是。我們需要的是蓍草。」

「噢對……抱歉。」

她連水薄荷和蓍草都分不清楚，松鴉羽受不了繼續跟她工作，他走出窩。「我去多找一些來。」他回頭拋下一句。

他在隧道口聽到貓走進的沙沙聲，就退到一旁等候。第一個走上空地的是雲尾，身後跟著灰毛。

「你想怎樣？」令松鴉羽感到滿意的是，這名灰毛戰士的語氣顯然很驚嚇，憤怒和不安流竄他全身。

「我在等著出去。」松鴉羽冷靜地說。

灰毛哼了一聲，接著是白翅的聲音：「灰毛，你擋住入口了。」灰毛惱怒地發出噓聲，然後走開。

松鴉羽帶著蓍草回來時，又在獵物堆附近聞到灰毛的氣味。他並不直接走去巫醫窩，反而朝這位灰毛戰士走去。聽到灰毛站起來走開，走入戰士窩，那股滿意的感覺又回來了。

我讓他害怕了，松鴉羽轉向回到自己的窩。**但是否能夠讓他保守祕密呢**？

現在是大集會前的下午。冬青葉覺得好像整個世界都快塌在自己身上，她本以為趕走索日後，生活就會回歸正常，沒想到灰毛的可怕威脅卻像頭頂一棵隨時要倒的樹。**他會毀掉一切！**

她靜不下來，於是溜上營地，漫步走進樹林。現在知道自己並非那三隻貓之一，她覺得無助極了：之前相信著那個預言，她覺得自己無所不能，但灰毛卻把這份信仰生生扯開。一隻掌中握有星族力量的貓就會有能力阻止灰毛，不讓他說出會導致部族四分五裂的話。但平凡如冬青葉，不再是火星親戚的她卻無能為力。

一股熱辣的怒意竄過冬青葉全身，她停步，爪子插進溼地。她**最想要**的就是成為那三隻貓之一，她想要與眾不同，想擁有超越任何貓的命運。**那是我應得的！**這個欲望如飢餓的利爪撕扯著她的肚子。**我會比任何貓兒更努力地當個好領導，讓四族裡都留下我的足印。不能讓灰毛破壞我的全盤計畫！**

她壓抑著怒氣繼續往前走。暴風雨過後，雨下得更大了，她小心繞過積水的地面，跳過滿布在溼地上的條條涓流。蕨葉卷鬚在她經過時彈出一蓬雨水，滴上她的頭、肩，她身上已滿是雨水和泥濘，但她仍繼續走，完全沒去想自己身在何處。

雷族貓兒的強烈氣味使她停步。灰毛從生滿樹瘤的橡樹樹幹後繞出來，把她嚇了一跳。

「不要這樣鬼鬼祟祟的！」她罵。

「我沒有鬼鬼祟祟，」灰毛反駁。「如果妳非知道不可，我剛才是在探查風族邊界附近的狐狸蹤跡。蕨毛之前聞到的那隻狐狸還在附近。」

冬青葉沒答話。她和灰毛面對面，灰毛睜大的藍眼透著警惕。「妳想要幹什麼？」他問。

「你為什麼認為我要做什麼？」冬青葉說。

一時間灰毛顯得不知所措。「妳不像松鼠飛和妳兄弟一樣希望我改變心意嗎？」

「不。」看到這位灰毛戰士眼中震驚的神情，冬青葉一陣欣喜。「我知道我無能為力。你要背叛雷族也是你的決定。」

「背叛？」灰毛頸上的毛豎立，爪子也伸出來。「我沒有背叛任何貓，松鼠飛才是叛徒，因為她撒了謊。」

「上次大戰才過沒多久，你就想在所有貓族面前削弱雷族的氣勢，這還不叫背叛？」冬青葉厭惡地說。

灰毛朝她伸長脖子，縮起嘴唇作勢咆哮。「如果妳想嚇我，起不了作用的。」

冬青葉並不退縮。「你也嚇不了我。」她說。「最讓我害怕的，是想到你一點也不怕把話說出去之後會發生什麼。」

灰毛瞇起眼。「我揭露真相之後，接下來發生的事只會讓我滿意得發出呼嚕聲。」他說完也不等回答，跳著轉身走進森林了。

⚡⚡⚡

太陽沉沒在層層疊疊的雲後時，火星召集貓群參加大集會。

「灰毛呢？」火星問，四處張望著。

冬青葉跟獅焰交換了一個眼神。其他被選中要參加大集會的貓——棘爪、塵皮、蕨雲、灰紋、雲尾和煤心——已聚在族長周圍，葉池和松鴉羽也走過空地，來到他們身邊。但到處都看不到這位灰毛戰士。

火星惱怒地抽動尾巴。「他還特地要求今晚要去的，現在卻不見蹤影。我也請松鼠飛去，結果她也不在。」

「等他們的話，我們就會遲到。」塵皮表示。

冬青葉肚裡一陣緊張。她不想去想灰毛，更別提站在這裡等他了。如果他在大集會上沒出現，對大家都好。至於松鼠飛……就算這輩子再也看不到她，冬青葉也不在乎。

「也許灰毛先走了。」獅焰提議。

「如果是這樣，他應該跟我們其中一個說，」火星回答。「我們走。」

他領先走過荊棘屏障，冬青葉、獅焰和松鴉羽殿後。她知道弟弟們都急著想知道灰毛在哪，她幾乎可以看見從他們身上的焦慮如閃電般發出劈啦聲。但他們誰也沒提起灰毛。

貓群還沒離開隧道，松鼠飛就上氣不接下氣地跑來，身上的毛成團且溼透，泥濘四濺。「對不起，」她喘氣說。「我不是故意讓大家等的。」

棘爪迅速舔了她一下。「妳剛才去哪裡？」

「幫葉池找藥草，在靠近影族邊界那邊。」松鼠飛解釋。「溪岸都是泥濘，我跌了進去。」

「鼠腦袋，」棘爪愛憐地說。「妳應該更小心些。沒事吧？如果妳想休息，就不必非去參加大集會。」

「沒關係啦，」松鼠飛堅持。「我絕不會錯過大集會的，我已經好幾個月沒參加了。」

「走吧，別再浪費時間了。」火星從隊伍前方喊道。

他們朝湖邊走去，最近下的雨使得林地仍然溼漉漉地，貓群得爬過泥洞或踩過掉落的樹枝。冬青葉幾乎沒注意到泥濘和腳下嘩啦一聲踩過的小溪。她覺得自己彷彿進了一條長隧道，隧道通往一個充滿恐懼和背叛的黑暗未來。她自問貓兒為了維護戰士守則能做到什麼地步。還有，如果不管怎麼做都會違背守則，又會怎麼樣呢？

雷族貓走出樹林，往下走到湖邊，轉往風族邊界前進。一輪滿月已高掛天際，把湖面照成一片銀色。冬青葉抬頭，看到雲層逐漸飄近，但還沒有一片雲遮蓋那明亮的銀盤。她嚥了一口口水。他們祖先的靈魂要表現憤怒了嗎？

火星揮動尾巴。「大家走快點。其他貓族都在等。」出了樹林的他放開步子，直到戰士們都沿著湖邊快走起來。

冬青葉仍在靠近獅焰和松鴉羽的隊伍後方，看到火星在雷風兩族交界的溪岸邊突然停步。緊跟在後的灰紋吃驚地喊了一聲。

不祥的預感充滿冬青葉全身，她加快步伐，肚皮擦過圓石奔跑起來，尾巴在身後飄成了一直線。獅焰緊跟著她。

她抵達溪岸，從聚集著凝望溪裡的群貓中間擠出。卡在她腳下岩石後方的，是一具沒有生命的屍體，漂浮在高漲的溪水中，身上的毛既暗且溼，尾巴在水流間揮舞，彷彿這貓還活著。

塵皮第一個開口：「是灰毛。」

第二十四章

獅焰勉強壓抑住一聲驚慌的嚎叫。然而對這隻死去的族貓他卻不覺得一絲難過。灰毛準備揭露一件可能會毀掉雷族的事，現在這個可怕的祕密再也不會洩漏了。他跟冬青葉互看一眼，覺得姊姊的感覺跟自己一樣。他希望不會有別的貓知道，灰毛的死對他們來說有多安慰。

「把他撈上來。」火星下令。

塵皮走進溪裡，他咬住灰毛肩頭開始拉。

「小心些。」蕨雲擔憂地說。

灰紋跳進溪裡，站到灰毛的另一邊，兩名戰士合力把屍體從岩石後方拉出，拖上溪岸。

葉池蹲在他身邊，一掌放在他胸口，迅速嗅了一下。松鴉羽在葉池身邊，鬍鬚顫動著。

葉池抬起頭。「他死了。」

「怎麼死的？」煤心睜大一雙藍眼問。

「是掉進水裡淹死的嗎？」

「我掉進影族那邊的小溪過，」松鼠飛提

醒大家。獅焰很好奇她是否也一樣感到欣慰。「溪水如果跟這裡一樣深，就很容易淹死。」

雲尾冷笑著。「灰毛是強壯的戰士，才不會像小貓那麼容易淹死。如果我們想知道他是怎麼死的，就該把矛頭對準風族。」

火星低頭嗅了嗅灰毛溼透的屍體。「沒有風族的氣味。」

「溪水會把氣味沖掉。」雲尾說。

「這個我們待會再談。」火星迅速打量四周。「塵皮、灰紋，你們把灰毛的屍體帶回營地好嗎？大家得繼續前進，否則其他族貓就會知道有事情不對勁了。」

「我也去，」獅焰自告奮勇。「灰毛曾經是我的導師。」

火星點頭。「好。其他貓兒都跟我走。」

火星和其他戰士半涉水、半游泳地過溪，獅焰和另兩位族貓叼起灰毛的屍體。屍體沉甸甸地懸在他們中間，三隻貓兒奮力穿過樹林往山谷走去。

刺爪正在營地入口守衛。「怎麼……？」他們拖著灰毛來到隧道時，他豎起身上的毛。「發生了什麼事？」

塵皮對他解釋，獅焰和灰紋則繼續拖著戰士的屍體到空地中央。月光把他浸溼的灰毛照成了銀色，獅焰覺得死了的他看起來異常地小。他曾經擁有難以想像的力量，那種力量足以把雷族拖垮、讓松鼠飛和曾相信她是生母的小貓蒙羞。

身後傳來一聲狂亂的哀號，獅焰縮了一下。白翅從戰士窩裡出來，身後跟著樺落。「是狐狸攻擊他的嗎？」她喊。

獅焰搖頭。「我們在風族邊界上的小溪裡找到他，好像是淹死的。」

白翅點頭，緩緩走到灰毛屍體旁坐下，鼻子埋進那冰冷、溼透的屍體。樺落護在她身旁也跟著伏下，陪她一起守靈。「他是一位好導師，」他悲傷地說。「我會懷念他的。」

其他戰士也都從窩裡出來，參差不齊地在灰毛身邊圍成一圈，個個震驚地竊竊私語著。

「記住我的話，這一定是風族在背後搞的鬼，」鼠毛帶著長尾走上前實說。

「還在大集會當天晚上。」蜜蕨的聲音震驚。「星族會生氣的。」

「火星不認為該責怪任何貓，」灰紋告訴大家。「灰毛只是很不幸。」

鼠毛不相信地冷笑，彎下僵硬的關節伏在灰毛身邊。獅焰抬頭望著懸在樹梢上方的月亮，陰雲都不見了。也許火星說得對，星族沒有理由發怒。

嘆口氣，他也接著伏下身子，把鼻子埋進前任導師的毛間，除了泥和水，沒有其他氣味。他閉上眼，他心裡沒有難過，只有欣慰，但希望其他貓兒都不會感覺出來。

獅焰在灰毛身邊一直待到天邊露出魚肚白，其他貓也過來圍在灰毛身邊。

最後，獅焰終於聽到荊棘隧道傳來響動，火星和其他貓從大集會回來了。他伸展麻痺的肌肉，看到冬青葉朝自己跑來，眼裡閃著兇猛的光。

「你絕對不會相信大集會上發生什麼事！」她噓聲說。「火星對灰毛的事完全沒提。」

獅焰驚訝地豎起毛。「沒有？」

「一句也沒有。」

冬青葉經過時，有一、兩隻貓好奇地望著她，獅焰用尾巴碰碰她的嘴，警告她小聲些，把她從灰毛身邊拉開一、兩步。

「他只提到最瑣碎的獵物消息，」冬青葉繼續以憤怒的語氣說。「然後感謝守護著我們的戰士祖先，就這樣而已。」

「唔……也許他不想讓雷族示弱。」獅焰猜。

「就因為有隻貓死掉，並不會讓我們變弱！」冬青葉呸了一口。獅焰想不透她為何氣成這樣。「每個貓族的族長都會報告類似的事。大集會的其中一個目的就是這個啊。」

「其他貓都沒注意到有什麼不對嗎？」

冬青葉搖搖頭。「顯然松鼠飛並不是唯一擅長撒謊的。」

「我覺得事情並沒有妳說得那麼糟，火星這麼做一定有他的理由。再說，雲也沒遮住月亮，所以星族不可能在生他的氣。」

冬青葉的回答是一聲厭惡的輕哼。

獅焰跟她貼了貼臉。「別這樣，我們去替灰毛守靈一下。」

姊姊的雙眼圓睜。「替那隻長癬的貓守靈？真不敢相信你會這樣！要是灰毛多活一個晚上，就會毀了我們全族。」

她不等回答，轉身大步走向戰士窩。獅焰看著她走遠，希望不管讓她如此煩躁的是什麼事，她睡過一覺後都會遺忘。他轉頭回到灰毛的屍體旁坐下。

第二十五章

松鴉羽跟著葉池回到營地。黎明的微風拂過空地，他聽到鳥兒開始在山谷上方的枝頭鳴叫。沉默籠罩著營地，群貓試著適應灰毛已死的事實，松鴉羽在他們身上感覺到混合著悲痛和迷惑的情感。

他跟著葉池走到放灰毛屍體的空地中央。松鴉羽嗅出仍黏附在他毛上的一股冰冷的水味，還有獅焰、樺落、白翅和刺爪的氣味，他們都還在灰毛身邊守靈。

「他摸起來又冷又溼。」葉池低語著伏到灰毛身邊。「我們不該讓他以這副模樣去見戰士祖先。」

葉池開始舔著這名死去戰士的毛，松鴉羽聽到她舌上傳來刷刷聲。悲傷的情緒一波波湧上她身體，幾乎像母親悼念孩子那樣強烈。**她不會愛上灰毛吧？**松鴉羽納悶。**她可是巫醫呀！**

慢慢地，灰毛屍體旁的貓一個個起身，走

回窩裡。獅焰最後一個走，離開前他把尾巴短暫放上松鴉羽肩頭。松鴉羽不知道還能做什麼，便也在葉池對面坐下，開始幫她把這隻死戰士的毛舔乾。他長而規律的舔舐著，睡意開始朝他襲來。

葉池的驚呼讓他猛地驚醒。驚恐就像洪水將她捲進去。「怎麼了？」他問。

有一個心跳的時間，他聽到她的舌頭迅速舔著，然後她噓聲說：「你看看這個。」

松鴉羽忍著沒反諷說他可看不見，只繞過灰毛的屍體，伏在導師身旁。葉池全身肌肉僵硬，頸上的毛豎得老高。

松鴉羽嗅了嗅，聞到一絲血腥味和肉的氣味。他用一掌摸索著，在灰毛喉間發現一道傷口，是被貓兒俐落捕得的獵物身上會有的那種傷口。

這種傷口不會出現在掉進溪裡淹死的貓兒身上，而是有誰蓄意弄出，用利爪劃開的。

「他不是淹死的，」葉池沙啞地低語。「是被謀殺的！」

松鴉羽一陣暈眩。若不是葉池對這隻死亡戰士屍體的照顧，決不會有貓兒發現灰毛的死因。現在會怎麼樣呢？

「我要去告訴火星。」葉池說。

松鴉羽聽到她跑過空地，朝亂石堆而去。不久，腳步聲回來，火星伏在他身邊檢視屍體。

「誰會這麼做？」火星的語氣一片迷惘。

「風族？」葉池猜測，懷疑使得她聲音都尖銳起來。「我們是在風族邊界上找到他的。」

「妳該很清楚他身上並沒有風族的氣味。」火星提醒她。松鴉羽感到族長身上散發出一股強烈的懷疑。「我知道溪水會沖走氣味，但……」他的話聲轉柔，好像是在自言自語。「風族為什麼只殺我們一名戰士？他們是想警告我們嗎？但我們並沒有給風族帶來威脅啊。」

「而且灰毛是純族貓，」松鴉羽也說。「風族沒有理由跟他爭吵。」

「沒錯，」火星低語。松鴉羽聽到他的爪子刮過地面。「但如果不是風族……那殺了灰毛的就一定是雷族貓。」

「不！」葉池驚恐的低呼像爪子刺進松鴉羽心頭。「雷族貓絕不會做出這種事。一定是風族。」這話在松鴉羽聽來，倒像她是想說服自己和火星。「我們該怎麼做？」她緊張地問。

族長遲疑了。「我們沒理由不禮葬他。」他終於決定。「我們會請長老埋葬他，然後我要跟全族談談。」

「我去找鼠毛和長尾。」葉池說。

松鴉羽等待長老從窩裡出來，其餘族貓都聚在一旁向灰毛道別。葉池一定把他的毛舔得蓋過脖子上的傷口了，因為沒有一隻貓注意到。

鼠毛和長尾合力拖著這名灰毛戰士的屍體離開空地，棘爪走向火星。「我率領一隊黎明巡邏隊去風族邊界查查，」他宣布。「那裡可能有些蹤跡，能讓我們知道出了什麼事。」

「好主意，」火星回答。「但別忙，我有事情想對全族貓說。」

松鴉羽嗅出副族長的困惑，耳邊接著傳來獅焰的低語，他嚇了一跳。「怎麼回事？」

松鴉羽雖然想把剛才發現的事告訴獅焰，卻又不知怎麼開口。這項發現很重大，而後果多得他無法想像。「你很快就會知道了。」他回答。

他站在哥哥身邊，爪子在地上刮著等待兩位長老回來。冬青葉也來到他們身邊，身上散發出強烈的焦慮，像蜜蜂嗡嗡地從樹裡飛出。「可怕的事就要發生了。」她低聲說。「我感覺得出來。」

終於，鼠毛和長尾從荊棘裡出現，回到空地。火星爬上擎天架，松鴉羽聽到他提高音量好傳達到營地的每個角落。

「讓所有能夠自行獵捕食物的成年貓在擎天架下集合吧！」

多數族貓早已在空地上了，但松鴉羽聽到育兒室那裡有響動，黛西和蜜妮帶著各自的孩子出來。狐掌和冰掌蹦蹦跳跳地來到空地中央，對這場不尋常的召集興奮之情多過於擔憂。松鴉羽也嗅出松鼠飛的氣味，她就站在不遠處。

「我們對灰毛的死有了新發現，」等所有貓兒都聚集後，火星立刻開口。「那不是意外，他喉嚨上有道裂口，表示他是被蓄意殺害的。」

空地上的貓兒發出驚慌的吼聲。聽到這可怕的真相被說出來，松鴉羽胃裡一陣翻攪，他感覺到冬青葉和獅焰也全身僵硬，嗅出他們害怕的心情。松鼠飛身上傳來的恐懼和悲痛幾乎讓他站不穩。

「是狐狸幹的嗎？」塵皮問，提高聲音蓋過喧噪。

「沒有狐狸的氣味。」火星再度開口，喧鬧聲就小了。「而且狐狸會把他吃掉。」

「他是不是掉進溪裡，被岩石或樹枝劃破喉嚨的？」松鼠飛問。松鴉羽感覺得出她非常希望事情是如此。

「我很懷疑，」火星告訴她，聲音裡帶著悔意，彷彿這個解釋也能讓他放心。「傷口很乾淨，就像狩獵的戰士會在獵物身上留下的傷口那樣。」

「你是說，有隻貓殺了他？」雲尾不敢置信地問。

「風族！」刺爪吼著。「一定是他們在邊界上看到他就把他殺了。我們現在就該攻過去！」

他話聲一落，贊同的聲音紛紛響起，好一陣子之後大家才又聽見火星說話。

「我們不該躁進，」他警告族貓。「灰毛身上並沒有風族的氣味。事實上，完全沒有證據證明他是被別族的貓兒所殺。」

凝凍的寂靜充塞空地。蕨毛開口時，聲音在發顫。「你是說，是我們其中一個殺了灰毛？」

松鴉羽等待火星回答，一顆心怦怦地跳。身邊的兄姊也全身緊繃，他也聽見松鼠飛忍著不發出快窒息時的大口吸氣聲。

「誰知道雷族裡會有誰想置灰毛於死地？」火星問。

他身邊的獅焰和冬青葉在沉重的真相之下顫抖著。稍遠處，松鼠飛完全停了呼吸。松鴉羽知道他們全都想著懸崖頂上的那一幕，松鼠飛在暴風雨和大火中吐露了一個天大的祕密。這點，而且光憑這點，絕對就是謀殺灰毛的原因。

現在，為了他們自己以及全族著想，他們必須協力永遠藏住這個祕密。

國家圖書館出版品預行編目(CIP)資料

貓戰士三部曲三力量. V, 暗夜長影 / 艾琳・杭特（Erin Hunter）著；約翰・韋伯（Johannes Wiebel）繪；韓宜辰譯. -- 三版. -- 臺中市：晨星出版有限公司, 2024.04
272面；14.8x21公分. --（Warriors；17）
暢銷紀念版（附隨機戰士卡）
譯自：Warriors : Power of Three. 5, Long Shadows.
ISBN 978-626-320-790-5（平裝）
873.59　　113001532

貓戰士三部曲三力量之V

暗夜長影 Long Shadows

作者	艾琳・杭特（Erin Hunter）
封面插圖	約翰・韋伯（Johannes Wiebel）
譯者	韓宜辰
責任編輯	郭玫君、陳涵紀、謝宜真
文字校對	曾怡菁、葉孟慈、蔡雅莉
封面設計	陳柔含
美術編輯	陳柔含、張蘊方
創辦人	陳銘民
發行所	晨星出版有限公司 407台中市西屯區工業30路1號1樓 TEL：04-23595820　FAX：04-23550581 行政院新聞局局版台業字第2500號
法律顧問	陳思成律師
初版	西元2010年02月28日
三版	西元2024年04月15日
讀者訂購專線	TEL：（02）23672044 /（04）23595819#212
讀者傳真專線	FAX：（02）23635741 /（04）23595493
讀者專用信箱	service@morningstar.com.tw
網路書店	http://www.morningstar.com.tw
郵政劃撥	15060393（知己圖書股份有限公司）
印刷	上好印刷股份有限公司

定價250元

ISBN 978-626-320-790-5